異世界転生の冒険者 10

ISEKAITENSEI NO BOUKENSYA

㊔ケンイチ ㊎ネム

contents

第一〇章……………006
あとがき……………287

第一〇章

第一幕

「じいちゃん、前方に冒険者がいる。ククリ村方面から来たみたい」

昨日、俺は野営の準備が終わるなり寝落ちしてしまい、気がついたら朝になっていた。夜間の見張りは俺以外で回したそうで、その代わりとして朝から御者をやっているのだ。

野営地を出発してから、あと二〜三時間くらいでククリ村に着くというところで、ククリ村から反対の方へ向かっている数人の冒険者パーティーを発見したのだ。

「シェルハイドからここまでやってきて、他の冒険者と会うのは初めてじゃな」

「そうだね。とりあえず、辺境伯との約束もあるし、声をかけてみるよ」

その冒険者たちのいる方角に馬車を進めると、すぐに相手方も俺たちに気がついたようだ。近づくにつれて、冒険者たちが警戒しているのがわかったが、馬車相手に逃げ出してもすぐに追いつかれるか、怪しまれるだけだと思っているのか、ライデンに気がついた場所から動かずにこちらをじっと見ている。冒険者は五人組で、全員俺より年下のようだった。たぶん、『大老の森』で薬草でも集めに来たのだろう。

「俺たちは『シェルハイド』から来たのだが、君たちはククリ村からの帰りなのか？」

あまり警戒させすぎないように、冒険者たちから少し離れた場所で馬車を停止させて声をかけると、冒険者の一人が「そうだ」と答えた。

「俺たちは辺境伯から、ククリ村付近で活動する冒険者に注意をするように頼まれている」

辺境伯から頼まれたと言った時、さすがに信じられなかったらしく冒険者たちが警戒を強めたが、俺の後ろからリオンが辺境伯家の家紋の入った旗を見せたことで、怪しみながらも話くらいは聞こうと思ったようだ。

「そういうわけで、なるべくククリ村には近づかない方がいい」

最近、ククリ村付近で行方(ゆくえ)不明者が増えているということを話すと、冒険者たちは青ざめながら、「やっぱり」とか、「変な気配がしていたんだよな」とか仲間内で話し始めた。

「やっぱりって、どういうことだ?」

「俺たちは全員、ククリ村のように森がすぐそばにある村で育ったんだ。だから、冒険者としては新人だけど、森の知識に関しては自信があるんだ。だから、『大老の森』の薬草が高値で引き取られていると知って採集に来たんだけど……何だか気味が悪かったから引き返してきたんだ」

話を聞くと、彼らは夜中のうちにククリ村の近くまで移動して休憩を取り、朝早くから『大老の森』で薬草を探そうと計画していたそうだ。そして、太陽が昇る少し前から予定通り『大老の森』で薬草集めを開始したところ、普通の森とは違う嫌な気配がした為(ため)、採集を途中で切り上げて引き返してきたらしい。

「それはいい判断だと思うけど、俺たちはここに来るまでにゴブリンの群れに二回、オークの群れに一回遭遇している。君たちの行く方角に魔物の群れがいるとは限らないが、帰りも用心した方がいい」

俺の忠告を聞いて、冒険者たちの顔はさらに青ざめていた。戦闘に自信のあるパーティーではないみたいなので、襲われた時のことでも想像したのだろう。

その後、じいちゃんが知っていた比較的安全と思われるルート（ただし、だいぶ昔のことなので、気休め程度ではあるが）と、最近のククリ村の情報を交換して冒険者たちと別れた。冒険者たちは、日が暮れる前になるべくククリ村から距離を取りたいのか、この場から足早に去っていった。

「これは、『大老の森』で異変があったと考えた方がいいじゃろうな」

「そうだね。軽く話しただけだけど、あの冒険者たちは森のことには結構詳しいみたいだったから、変な気配を感じたというのは本当かもしれないし、ここに来るまで魔物の群れに三度も遭遇したというのも気になるしね」

とりあえず、冒険者たちから聞いた情報を元に、今日の野営地を当初予定していたククリ村の中ではなく、その外にある『砦（とりで）』にすることに決めた。砦は昔ゾンビと戦う際に籠城したものが跡地として残っていて、塀などはかなり壊れているが堀は残っているそうで、ククリ村を訪れた冒険者が、よく野営地として利用しているらしい。

「ようやく着いたね」

「そうじゃな」

あの新人冒険者たちと出会った後は他の冒険者や魔物に遭遇することなく、予定通りククリ村に到着した。いや、ククリ村のあった場所と言った方がいいだろう。

俺の記憶にあるククリ村の建物は、そのほとんどがあの騒動の時のゾンビの侵攻や俺たちの魔法で壊れており、唯一石造りだった教会が残っているだけだった。もっとも、残っているとは言っても屋根などはなく半壊状態なので、野営に使うどころか中に入るのも危ないだろう。

「あれが、俺の家があった場所だよね？　その隣がおじさんとおばさんの家で、あそこがよく村の皆で宴会をしていた所」

　他にも、じいちゃんが寝泊まりに使っていた家や、初めて魔法を使った場所など、色々な記憶が蘇ってきた。ただ、俺が指差した所にあったはずの思い出の場所は今や見る影もなくなり、わずかに残っていた柱や床板、花壇の跡などでかろうじて判別できる程度にしか残っていなかった。

「そして、ここが俺の部屋……」

　ゆっくりと変わり果てた村を見ながら自宅があった場所にたどり着いた俺は、昔を思い出しながら玄関のあった場所から家の中に入り、自分の部屋までやってきた。

「本当に、何もなくなったなぁ……」

　もしかしたら、昔使っていたものがあるかもと期待したのだが、何も残っていなかった。

「この焼けかすは、もしかしたらベッドだったのかな？　だとするとあれは椅子で、あれが机か？」

　仮にゾンビとの戦いで残ったものがあったとしても、その後にやってきた冒険者たちに、金になりそうなものは全て持っていかれただろう。

「テンマ。そろそろ、シーリアとリカルドの墓に行こうか？」

「そうだね」

　昔を懐かしんでいると、じいちゃんが声をかけてきた。この場にいるのは俺とじいちゃん、それにスラリンたちだけだ。他の皆は俺たちに遠慮したらしく、砦の方で野営の準備をしてくれている。

「あそこじゃ。あそこで二人は、犠牲になった村の者たちと一緒に眠っておる」

自宅のあった場所から移動した俺たちは、しばらく村の中を歩いて目的の場所へと到着した。

「この場所って、シロウマルの両親のお墓の近くじゃない？」

焼け野原になっているが、ここから少し歩いた所にシロウマルの両親の墓がある。

「うむ、そうじゃ。この場所は、元々木々が立っておったが、テンマの魔法で焼けて平地となってのう。それに犠牲となった者を埋めるのに十分な広さがあったことから、この場所が選ばれたそうじゃ」

その時じいちゃんは、怪我の具合が悪く動ける状態ではなかったそうで、生き残った人たちでこの場所にお墓を作ったそうだ。それでもククリ村を離れる際には、マークおじさんに力を借りながら墓参りをしたらしい。

「ここじゃな。この石が、シーリアとリカルドの墓石じゃ」

じいちゃんが立ち止まった所に、四〇センチメートルほどの大きさの石が置かれてあり、その石に父さんと母さんの名前が彫られていた。

「久しぶり、父さん、母さん……」

俺は、ドラゴンゾンビを倒した後のことを二人に聞かせるように手を合わせ、最後にこの日の為に作っていたものを取り出した。それは、二人の名前の後ろに、オオトリの姓が刻まれた墓石だ。

「二人も、喜んでおるじゃろう」

「そうだと嬉しいね」

父さんと母さんの墓参りを終えた後、俺とじいちゃんは他の村人の墓にも手を合わせ、一つ一つ綺麗にしていった。さすがに数が多かったせいで、墓掃除の途中でクリスさんたちが捜しにやってきたが、俺たちのやっていることを見て、皆も掃除に参加してくれた。

掃除を終えて野営地にしている砦に行くと、途中で会った冒険者たちの言っていた通り、塀はあの時の戦闘と風化により大部分が壊れており、堀も崩れた塀や草などで埋もれていた。

「とりあえず、あの場所で野営をしようと思って、準備をしたわ」

クリスさんが野営に選んだのは、砦の中で他の冒険者が利用していたと思われる場所だった。前に利用した冒険者が作ったと思われるかまどの跡や、風よけの土壁などもあり、あまり手を入れなくてもよかったのだそうだ。

「食事はジャンヌとアウラが作ったし、他にしておくことは見張りの順番を決めるくらいね」

「その前にだけど、明日の朝にククリ村を出発しようと思う」

前々からククリ村には数日とどまるとしていたので、俺の発言にはじいちゃんも驚いていた。

「今のククリ村で、何かはわからないけど、おかしなことが起こっているのは間違いないと思う。それは、ククリ村周辺での行方不明者の増加もそうだし、来る時に会った冒険者が感じたという気配のこともある。本当は、今から引き返してもいいとは思うけど、俺たち自身が原因の一端かおかしな気配を感じないことには、ギルドにも報告のしようがない」

幸い今この場には、各方面に影響力のある者ばかりなので、俺たちの誰かが実体験として報告すれば、調査の為に隊を編成して送り込むことも可能である。

「それも一理あるのう」

「まあ、このまま帰って報告だけしても、ギルドは信じてくれないでしょうね。むしろ、臆病者だと思われるかも？」

行方不明者が出ているとしても、ギルドは冒険者を派遣することで利益が発生し、組織運営ができているところがあるので、かもしれない程度では報告として認めない可能性が高い。

「俺は構わないぞ。俺としても、ククリ村で何が起こっているのか知りたいしな」

じいちゃんとクリスさんが納得し、リオンが賛成したことで、残りの皆も頷いた。元々、俺とじいちゃん以外はククリ村に思い入れがあるわけではないので、滞在期間が短くなることに反対する理由がなかったとも言える。

「それで、見張りの順番だけど、最初の組がクリスさん、アルバート、カイン。二番目の組が、じいちゃん、リオン、アムール、レニさん。最後の組が、俺、ジャンヌ、アウラでどうかな？」

最初の組に関しては、クリスさんが指揮を執ればアルバートとカインは命令を忠実にこなすだろう。二番目の組は経験豊富なじいちゃんが入れば安心だし、リオンとレニさんを一緒にするのは若干の不安が残るが、じいちゃんとアムールの二人がいれば問題は起こらないと思う。最後の組は、ジャンヌとアウラがいざという時に足を引っ張りそうに見えるが、俺がいるとスラリンたちもついてくるので、実は一番戦力が充実している。

順番に関しては、二番目と三番目を入れ替えても良かったのだが、朝食の準備やライデンの支度などを考えた場合、俺が三番目にいた方がいいと考えた結果だった。

一応そのことまで説明したが、言う前に皆納得してくれた。ただ、リオンとレニさんの心配点に関しては、じいちゃんとアムールのみに伝え、それとなく気をつけておいてもらうことにした。なお、クリスさんをアルバートとカインの組に入れた理由は、三人とも言わなくてもわかっているようだった。

それから全員で交代の時間や緊急時の対応の打ち合わせをし、その後各々の組で話し合ってから、夕食まで自由時間ということになった。ただ、何があるのかわからないので単独での行動は控え、『大老の森』にはなるべく近づかないというルールを決めた。

◆ジャンヌSIDE

「それじゃあ、おやすみなさい」

「はい、おやすみ。しっかり寝て、おいしい朝ごはんをお願いね」

本格的に見張りの準備に入ったクリスさんたちに挨拶をしてから、女性用の宿泊場所になっている馬車に乗り込んだ。先に寝ているアムールとレニさんを起こさないように気をつけながら自分の布団に潜り込むと、少し前に馬車に入ったアウラは、もう寝入っているみたいだった。

(そういえば、今日もテンマは眠るのが早かったな)

ククリ村に近づくにつれて、テンマは私から見ても落ち着かない時間が増えていた。私ですら気がついていたのだから、アウラ以外の皆はテンマの様子がいつもとは違うことは、とっくに気がついているだろう。

(久々にテンマと一緒の見張り時間だけど、私とアウラはいざという時の戦力にはならないだろうし、スラリンたちもいるから、ゴーレムだけ出してすぐに皆を起こして馬車の中に逃げないと)

横になって目を瞑(つむ)りながら、見張りの時にしなければいけないことの確認を頭の中で何度もしたのだった。

「寒い……」

いつの間にか眠っていた私は、急に感じた寒気で目を覚ました。とりあえず寒さをしのごうと、椅子にかけていた上着を羽織ることにした。上着のポケットに入れっぱなしにしていたものが、羽織る時にカチャカチャと音を立てていたけれど、寝起きだったせいで取り出すのが面倒だった。

「お水……」

喉の渇きを感じた私は、テーブルに置いてあったはずの水差しを求めて布団から出た。

馬車に入った時に寝ていたアムールとレニさんの姿はなく、代わりにクリスさんが横になっていたので、見張りは二番目の組が担当しているのがわかった。

「あと、どれくらいで交代なんだろう？」

交代までの残り時間によっては、このまま起きていた方が楽かもしれない。

そう思いながら、暗さで判断しようと窓から外を見てみると……

「テンマ？」

フラフラと、森の方へと歩いていくテンマの姿が見えた。

「何で誰も止めないの！」

明らかに様子のおかしいテンマを追いかけようと思ったけど、先にクリスさんを起こした方がいいと判断してクリスさんの体を揺すった。だけどクリスさんは一向に目を覚ます気配がなく、それならアウラをと思って頬を何度か叩（たた）いたけれど、アウラもクリスさんと同様に目を覚まさなかった。

「何で！」

二人共ちゃんと呼吸はしていたから死んではいないけれど、とても普通の状態であるとは思えなかった。

「外の皆は？」

急いで馬車から飛び出して、見張りをしている皆の所に走ったけれど、皆座ったままの状態で眠っている。

「マーリン様！　テンマが！」

一番頼りになると思っていたマーリン様もクリスさんやアウラと同じで、いくら体を揺すっても起きることはなかった。

そうこうしている間に、テンマはだいぶ離れた所まで行ってしまい、自分一人で追いかけようと決めた時には、テンマの姿は森の中に消えていた。

「確かにこっちの方に歩いていたけど」

私は森に入って早々に、テンマの姿を見失っていた。追いかけ始めた時は、『距離はあるけど、テンマは寝ぼけているみたいにフラフラだし、走れば追いつけるはず！』と思っていたのに、いざ森に入ってみると思っていた以上に森の中は走りにくい上に、慣れてない森の中だったせいで何度も転んでしまったのだ。

「テンマ、どこ……」

テンマを見失ってしまった上に薄暗く不気味な夜の森で、いつ魔物が襲いかかってくるかわからない状況は私にとって恐怖でしかなかった。だけど、テンマを放っておくことはできないし、何よなかったのだ。

り帰り道も確かではない。だから私は、テンマが歩いていったと思われる方向をひたすら進むしかなかったのだ。


「テンマ……いた！」

そのまま森の中を彷徨（さまよ）っていると、少し開けた場所へと出た。そこに出た時に周囲を見回してみると、私の場所からだいぶ離れた所にテンマがいた。テンマも私とほぼ同時に、この場所へと出てきたみたいだった。場所が離れているのは、テンマを追いかけているうちに少しずつ違う方向へ向かっていたからだろう。この場所でテンマを見つけることができたのは、ものすごく運のいいことだ。何せ、この時この場所に出ることができなければ、私はそのまま見当違いの方向に進んでしまい、遭難してしまっていただろう。

「テンマ！　何でこんな……ひぃっ！」

私はテンマを捕まえようと駆け寄った瞬間、テンマが目指していたものを見てしまった。テンマの目指していたもの、それは全身をフードで隠した不気味な化物だった。

離れている上に、全身をフードで隠しているので、不気味な化物と判断するのはおかしいかもしれないけれど、そうとしか言いようのない雰囲気を持っていた。何より、テンマに伸ばしていた手は骨だった。細くて骨のような……とかいう比喩ではなく、そのままの意味で。

直感的にテンマをあの化物に近づけてはいけないと感じ、魔法を使おうかと思ったけれど、私のコントロールではテンマに当たってしまう可能性が高かった。

「どうしたら……あれだ！」

魔法がダメなら石をと思ったけれど、私の力では届くわけがないと躊躇した瞬間、テンマにもらった『スリングショット』を思い出した。

それは上着を羽織った時にポケットに入れっぱなしになっていたもので、あの時に取り出さなかった私を褒めたいくらいの好プレーだ。

「これで……いけっ！」

足元に転がっていた小石をスリングショットにセットして、力いっぱい引き絞って化物めがけて飛ばした。小石は私の思惑通り、化物めがけて一直線に飛んでいった！ 途中までは……

急に上へと進路を変えた小石は、化物の上に伸びていた木の枝に当たって再び進路を変え、テンマを直撃した。何かが自分の方へ飛んできたことに気がついた化物は、その犯人が私だということに気がつき、私の方へ手を突き出してきた。

私に対して、明らかに何らかの魔法を行使しようとしているというのに、私は一歩も動くことができなかった。それは、とっさの出来事だったというのもあるけれど、何よりも化物の顔を正面から見てしまったからだ。化物の顔……それは手を見た時から想像していた通り人間のものではなく、人間の頭蓋骨だったのだ。

立ちすくむ私に向かって化物が一歩踏み出した次の瞬間、化物は後方に吹き飛ばされていった。

魔法を放ったのはもちろん……

「ジャンヌ、無事か！」

テンマだった。

◆

(これは夢だな……)

明晰夢というものはこれまでに何度か経験したが、これほど懐かしくて寂しい気持ちになる夢を見たのは初めてだ。俺の目の前に広がっている夢の中の風景は、子供の頃に見ていたククリ村のものだった。

(人がいないな……)

しかし悲しいことに、夢の中だというのに誰一人として見かけることができない。

(夢なのだから、少しくらいは楽しませてくれよ……)

夢の中の俺は、村の外から自分の家の方角を目指して歩いているらしい。しばらくすると、父さんと母さんに迎え入れられてからゾンビに襲撃されるまで過ごした懐かしい我が家に到着した。

そしてそのまま、懐かしむ間もなく家のドアを押して中に入った。しかし俺は自分の部屋に寄らず、家の中を突っ切って裏のドアから外へと出ていった。

(あれ？　家のドアは引いて開けるタイプじゃなかったか？　それに、こんな所にドアはなかったよな？)

夢の中だから実際の記憶とは違っているのかもしれないが、その違いが何となく気になった。だが、そんなことを確かめる暇もなく体は前に歩き続け、そのまま森の中へと入っていった。

(懐かしいな……昔この辺りにマル鳥の罠を仕掛けて、知らずに引っかかった父さんに怒られたっけ)

そんなことを思い出しながらも、俺は草木を分けながら森の奥へと進んだ。

(だいぶ歩いたけど、どこまで行くんだ?)

夢の中で意味不明な行動をすることはよくあるが、ただ歩くだけというのも変わっている。どこかへ向かっているようにも思えるが、俺の記憶通りならばこの先には目印になるようなものはなく、『大老の森』が続いているだけのはずだ。

(開けた所に出たな……ん? あそこに何かいる?)

森の中を進んで進んだ先で、ようやく開けた所に出た。夢の中らしく、初めて見覚えのない所に出たようだ。

そんな開けた所に足を踏み入れると、視線の先で何かが俺を手招きして呼んでいる。

(誰だ、あれは?)

俺を呼んでいる何かはフードで全身を隠しており、顔で何者か判断することができない。背丈は俺より多少高いみたいだが、体格はフードのせいでわからず、男女の判別もつかない。

(不気味な奴だ……でも、警戒するべきなのに、何故か足があいつの方へと向かっていく)

これが現実ならば、俺は近づくことなどせずにこの場を離れるか、『鑑定』を使って正体を確かめようとするだろう。だが、夢の中の俺はそんなことをせずに、不用意に正体不明の怪しい奴に近づいていた。

奴は俺が近づいてくるのに気がつくと、手招きを止めて手を前に突き出してきた。

(その手を摑めというのか?)

俺に向かって伸ばされた手は、見えているはずなのにどんな手なのかわからなかった。痩せているのか筋肉質なのか、男性のものなのか女性のものなのかも。ただ、何となく人の形をした手だと理解できるだけだ。

そんな手をあと数メートル、あと数歩くらいで握れるといった距離まで来た時、俺の額のど真ん中に何かが当たり、視線が強制的にあいつからそれた。

「いたぁ……」

反射的に指で痛みが走った箇所を触るとヌメっとした感触があり、指先を確かめてみると血がついている。血と痛みを認識したとたん、先ほどまで『夢』だと思っていた光景が『現実』だったということを理解した。

「夢遊病か……なっ！」

状況を把握しようと視線を正面に戻した時、先ほどまで俺を呼んでいた奴の正体が明らかになった。

その正体は『骸骨』だ。俺に伸ばされていた手もフードから覗く顔も、人体模型などで見たことのある人骨だった。もしかしたら、フードで隠れている部分に肉が残っているかもしれないが、そんなのは些細なことだろう。俺の前方にいるものは人ではなく、魔物かそれに近い存在だ。

そんな化物は俺のいる所とは違う方角を向いており、そちらに手を伸ばして何かの魔法を使おうとしていた。

「何が……ジャンヌ！　させるか！」

化物の視線の先には、ジャンヌがいた。そして化物は、ジャンヌを排除する気のようだ。ジャンヌは化物の異様さに飲まれ、すくんでいるらしい。

このままではジャンヌが化物に殺されてしまう。そう判断した俺は、風魔法の『エアボール』を化物に放った。速度重視で放たれた魔法は化物がジャンヌに魔法を放つよりも先に、化物を大きく吹き飛ばした。

「ジャンヌ、無事か！」

化物に追撃の魔法を放つよりもジャンヌの安全を優先させた俺は、ジャンヌを背後にかばうようにして化物との間に割り込んだ。

ジャンヌを助けることができたのは、かなり運が良かったからだろう。化物よりも魔法の準備が遅れていたのに俺の方が先に攻撃できたのは、俺が速度重視の魔法を選択したからだけでなく、化物が確実にジャンヌを殺す為の量の魔力を使おうとし、さらに狙いをつけていたことも関係しているだろう。それはわずか二〜三秒の時間だっただろうが、その溜めの時間がジャンヌの命を救ったのだ。

「一体、何が起こっているんだ？」

「やっぱり正気じゃなかったのね！」

口早にジャンヌが教えてくれたのは、俺がフラフラと野営地を抜け出して森の中へと歩いていったり、ジャンヌ以外の皆が何をしても起きなかったりという話だった。

「どこからどう見てもどう聞いても、まごうことなき異常事態だな……そして、その原因は間違いなく」

俺の視線の先に、ゆっくりと立ち上がる化物がいた。まとっていたフードはズタボロになっていて、その下に隠れていた骨の体が見え隠れしていた。

「やっぱり、体も骨か……スケルトンだったら楽なんだけど、俺やじいちゃんたちをまとめて罠にはめるだけの魔力を持っていて、今の魔法がほとんど効いていないとなると……あいつの正体はリッチか！」

前世から持っている俺のイメージでは、リッチはゾンビやスケルトンといった、いわゆるアンデッド系モンスターの中でも強力な魔物といった認識だ。それはこの世界でも大体当てはまる。ただ、ゲームに登場するプログラムとは違い、実際に存在している魔物の強さには個体差があり、それは当然目の前のリッチにも言えることだ。しかし、リッチのような死体を元に生まれた魔物は、元の死体の強さや状態に左右されることが多く、たとえリッチという種族に生まれたとしても、その強さは素材によってピンからキリまであるのだ。まあ、それなりの強さがないとリッチになれないので、リッチである以上はゾンビやスケルトンといった雑魚（とはいっても、ゾンビもスケルトンも、素材によって強さにかなりの差が出る）とは、魔物としての脅威の度合いが違うのだ。

しかし厄介なことに対峙（たいじ）しているリッチは、リッチの中でほぼ間違いなくピンに近い存在だと思われる。

「ジャンヌ！　俺のそばから離れるな！」

「わかった！」

俺は腕に存在しているマジックバッグから、ゴーレムの核を一〇個と愛用の刀を取り出した。出現したゴーレムのうち三体は俺たちの背後に回らせて、残りの七体はリッチに向かわせた。しかし向かわせた七体のうち、リッチの正面にいた三体のゴーレムは、リッチの魔法であっけなく破壊される。

「何の魔法だ⁉」

先ほどからリッチに対して『鑑定』を使っているが、ステータスを読み取ることはできなかった。そして、ゴーレムを破壊した魔法の正体も不明だった。

「残ったゴーレムは、左右から挟み込め！」

ゴーレムが二体ずつリッチの左右に回り、俺とリッチの間にゴーレムはいなくなった。

「石でも何でもいい！　投げまくれ！」

俺はゴーレムに命令を出すと、すぐに『エアボール』を連発した。リッチは、俺の魔法に対して何らかの魔法で対応しようとしていたが、左右から投げつけられる石や土の塊のせいで、まともに立っていられない状況だった。

「魔法より、物理攻撃の方が効果があるのか……なら、これで押し切る！」

俺は、風魔法の『エアボール』から土魔法の『アースボール』に切り替えて、リッチを倒しにかかった。リッチは、明らかに『エアボール』の時よりも余裕がなくなってきたらしく、『アースボール』に切り替えてからは、反撃どころか倒れないようにするのが精いっぱいといった感じだった。

「あと少し！」

俺が勝ちを確信した瞬間、リッチの目が妖しく光った。そして目が光ると同時に、リッチの左右から石や土を投げつけていたゴーレムたちが一斉に動きを止めた。

「壊された⁉」

「テンマ！　後ろ！」

「なっ！」

投擲中のゴーレムの動きが急に止まったので、何らかの魔法で最初の三体のように破壊されたのかと気を取られたところ、背後にいたジャンヌが何かに気がつき声を上げた。

その声で背後の異変に気づいた俺は、ジャンヌを抱きかかえてその場から飛び上がった。その次の瞬間、先ほどまで俺とジャンヌがいた所に、三つの拳が打ち下ろされた。

「ゴーレムを乗っ取ったのか！」

三つの拳の正体は、俺たちの背後を守らせていた三体のゴーレムのものだった。そして、先ほどまでリッチに石を投げつけていた四体のゴーレムも、リッチに背を向けて歩き出した。

「テンマ、あんなことが可能なの！」

「わからない。少なくとも俺はできないし、聞いたこともない」

直接ゴーレムに触れるのならば、コントロールを奪うのはできないこともないだろう。例えば、リッチの左右にいたゴーレムに、リッチが俺にわからないように接触（スラリンのように、体の一部を伸ばすなどして）したのならば可能だろうが、俺たちの後ろにいた三体に関してはどうやったのかわからない。

（あの時、妖しく光った目が関係しているとは思うけど……何にせよ、ゴーレムは使わない方がいいな）

それらしき原因がわかっても、防げないのなら意味がない。幸い、その方法が俺やジャンヌに効くのならば、ゴーレムよりも先に使っているだろう。俺もジャンヌもゴーレムのように操られていないことから、少なくとも意思を持っている者には効果がないか、効果が薄いと考えるべきだろう。ただし、別の方法かもしれないが、俺を操り、ジャンヌを除いた皆を眠らせた方法が不明なので、楽観視はできない。

俺はこちらに向かってくるゴーレムを破壊し、味方のゴーレムがいない状況でリッチと向き合うことになった。

そこからの戦いは膠着状態となり、互いに決定打を欠いたままの戦いが続いた。正直言って、隙を突いてジャンヌを抱えて逃げるという手もあったが、このリッチを倒さなければじいちゃんたちが元に戻らないという可能性があったので、それは最後の最後、これ以上は本当にどうしようもないという時にしか打てない手だった。

「クソっ！ 見た目以上に硬い！」

倒すと決めてから俺は、リッチに何十発もの魔法をぶつけた。まず試した魔法は『光属性』。光属性の魔法はアンデッド系の魔物に対して効果があると言われているが、あのリッチは光属性に対して非常に強い耐性を持っているのか、あまり効果がなかった。ならばと、光属性と同じくアンデッド系に効果がある『火属性』の魔法を使おうとしたのだが、火魔法を森の中で使うには後々のことを考えるとリスクが大きすぎる。

なので土属性の魔法を中心にリッチを攻めたが、魔法耐性と同じく物理耐性も高く、あまりダメージを受けているようには見えなかった。ただ幸いなことに、リッチは魔法・物理耐性の高さに反して動きは鈍く、少しずつではあるが俺の方が押し続けている状況だった。もっとも、ジャンヌをかばいながらなので、少しでもミスをすれば一気に逆転される状況ではある。

「もらった！ 『アースランス』！」

『アースボール』を中心に土属性の魔法を連発していると、そのうちの数発が連続して当たり、その反動でリッチはこれまでで一番大きくのけぞった。

その隙を突いて、それまで放っていた『アースボール』よりも大きく、名前の通り突撃槍のように先端が尖った魔法を、リッチの胴体めがけて打ち込んだ。打ち込んだ『アースランス』はリッチの胴体に突き刺さり、先端が背中から突き出た状態で後方へと吹き飛ばした。

「何とか倒せたか……えっ？」

魔物は、必ずと言っていいほど胸（心臓）の位置に魔核を持っている。魔核は魔物を象徴する素材の一つではあるが、生きているうちに破損したり破壊されたからといって、魔核の損失＝魔物の死とはならない（破損したかけらが死に繋がったり、破壊された時の衝撃で死んだりすることはある）。しかし、アンデッド系の魔物は少し事情が変わり、魔核の損失＝死なのだ。これは魔核を心臓代わりにしている為という説が有力とされているが、詳しくはわかっていない。

それを踏まえた上で、俺は『アースランス』で魔核ごと胴体のほとんどを潰したのだが、リッチは苦しむ様子を見せずに、胸を貫通している『アースランス』を面倒臭そうに抜こうとしていた。

「しまった！　ジャンヌ、伏せろ！」

「えっ？」

目の前の光景に気を取られてしまい、気がついた時にはリッチが攻撃を仕掛ける直前だった。

リッチは器用にも、胸の『アースランス』を抜くのに手間取る演技をしながら、俺に気取られないように魔法の準備をしていたのだった。

ジャンヌは、俺の言っている意味が一瞬わからないみたいだったが、それでも反射的に言われた通り、頭を抱えて地面に伏せた。

リッチの放った魔法は、俺が食らわせた『アースランス』に似た槍を模した土の魔法で、俺のよりはサイズが小さいが、その数は一〇を超えていた。

「『アースウォール』！　『アースウォール』！」

俺は向かってくる土の槍に対し、『アースウォール』を二度続けて対応した。飛んできたほとんどの土の槍は、『アースウォール』にぶつかるか下からかち上げるようにして粉砕された。しかし、一番前を飛んでいた土の槍は落とせなかったので、刀で切り落とした……のだが、

「ごふっ！」

「テンマ！」

横からの衝撃で、俺は宙を舞った。

リッチは、俺が作り出した『アースウォール』に身を隠しながら移動し、側面から『アースボール』と同じような魔法を飛ばしてきたのだ。

魔法が当たったのは左腕だったが、圧縮された土の塊がかなりの速度でぶつかったのだ。腕の骨は砕けているし、肋骨も数本折れている。ただ、折れた肋骨が肺や心臓に刺さっている感じはないし、今すぐに治療しないと死んでしまうという怪我ではない。

先ほどのリッチの動きは、驚くほど速かったというわけではないが、それまでの鈍い動きとは明らかに違っていた。それが俺の油断に繋がり、このように大きなダメージを受ける原因となったのだ。

もしリッチがまだ手札を隠しているとしたら、今の状態で余力を残し、後のことまで考えて行動

するのは逆に危険だ。今ここで全ての力を振り絞ってでも、リッチを倒しにかかった方が生き延びる可能性が高そうだ。

「ジャンヌ！　俺のそばに来い！」

「わ、わかった！」

俺はジャンヌを呼ぶと同時に、リッチの頭蓋骨めがけて小烏丸（こがらすまる）を投げつけた。リッチはこれまでにないくらい慌てた様子で、迫る小烏丸から頭蓋骨を守ろうと腕を交差させた。小烏丸は、リッチの頭蓋骨を貫くことはできなかったものの、交差させた両腕の骨の隙間に引っかかるようにして、リッチの動きを封じた。

「やっぱり、そこに隠している……よな」

胸に魔核がないのだとしたら、残る可能性は頭蓋骨の中だと考えたのだ。スカスカな肋骨で守るよりも、すっぽりと魔核を隠せる頭蓋骨で守った方が、安全性が高いのはわかる。だが、自分の魔核を移動させるなど聞いたことがないし、実際にしているのなら、あのリッチは俺が思っていた以上の化物だということなのだろう。

「ちょ、ちょっと、テンマ！」

「静かに！　俺にしっかり抱きついて、顔を埋（うず）めるようにするんだ！」

そばにやってきたジャンヌを抱き寄せると、突然のことにジャンヌは驚いていたが、強い口調で従わせた。俺の言葉にジャンヌが従ったのを見て、

「『テンペスト』！」

俺の最大級の切り札を発動させた。

徐々に強くなる竜巻に、小烏丸で動きを封じられていたリッチは為すすべもなく飲み込まれ、飛ばされまいと体を低くして耐えている。

「『テンペストF2』！」

さらに威力を上げるとリッチは地面に這いつくばり、自由のきかない両腕で近くにあった石を掴んで踏ん張っている。そんなリッチの上では、『テンペスト』に巻き込まれた石や木が飛び交っていた。

あと少しでドラゴンゾンビの時のように、飛び交う石や木々に巻き込めるといった感じだが、俺とジャンヌの限界が近かった。

『テンペスト』の中心にいるので、石や木に巻き込まれる心配はないのだが、気圧の変化の影響からか左半身の痛みが増してきているし、外周部分ほどではないが、気を抜くとひっくり返りそうなくらいの衝撃が、俺たちのところにも襲いかかってきているのだ。

「ジャンヌ、もう少し耐えてくれ。『テンペストF3』！」

昔倒したドラゴンゾンビがギリギリ耐えていた威力まで上げると、ようやくリッチの体が浮き上がった。昔よりも『テンペスト』の威力は上がっているし、そもそもドラゴンゾンビとリッチでは大きさが違いすぎるのに、ここまで耐えたのは驚きだった。

しかし、驚くべきところはそれだけではなかった。リッチは暴風に巻き込まれ、石や木々にめちゃくちゃにされているというのに、まだ形を保っているのだ。

あいつは俺の思っていた以上どころかさらにその上を行く、ある意味でドラゴンゾンビに匹敵する化物だったのかもしれない。

「テ、ンマ……もう、無理……」

しかし、『テンペスト』に巻き込まれたリッチよりも、ジャンヌの限界が先だったようだ。

「ジャンヌ、『テンペスト』を止めたら、耳をふさいで目を閉じて、口を開けて身を低くするんだ」

ジャンヌは青い顔をしながら、俺の言葉に首を上下に動かして応えた。

「三、二、一……今！」

タイミングを見計らって合図を出すと、ジャンヌは言われたままに地面に伏せた。俺は地面に伏せたジャンヌを囲むように結界を張ると、空高くまで上がり落下を始めたリッチに狙いを定め、

「堕ちろ……『タケミカヅチ』！」

とっておきの魔法を発動させた。

『タケミカヅチ』とは、雷神や剣の神とされる『建御雷神』から名をつけた魔法で、その威力は『テンペスト』を上回り、まともに当てることができればドラゴンゾンビを一撃で倒すことも可能と思えるくらいの大魔法だ。しかし、その発動には手間がかかる上に、条件が合わなければ威力は出ない。その条件とは、上空に雲があること、その雲に魔力を混ぜて帯電させることだ。

今回は、『テンペスト』によって集められた周囲の雲と、気圧の変化でできた雲に魔力を混ぜて発動条件を満たしたのだ。

そして、最後に重要な要素が一つある。それは標的であるリッチに『当てる』ことだ。

『タケミカヅチ』は俺の魔法なので、ある程度のコントロールは可能だが、同時に雷としての性質も持っているので、標的より高い位置にあるものに落ちる恐れがあった。その為、『テンペスト』でリッチが空高く舞い上がるまで待ったのだ。

放たれた『タケミカヅチ』は俺の思惑通り、上空からリッチめがけて襲いかかった。そして直撃の瞬間、凄まじい閃光と衝撃がリッチを中心として周囲に放たれ、目を閉じ手でひさしを作っていたにもかかわらず、視界は白で埋め尽くされ、閃光が収まっても目の焦点が合わなかった。急いで回復魔法を目に使い、視力が戻って最初に見えたものは、『タケミカヅチ』に打たれてボロボロになったリッチが地面に落ちる瞬間の姿だった。

地面に激突したリッチは、胸から下の骨は粉々に砕けたが、その上の骨は頭蓋骨の前で両腕を交差させた胸像のような状態で残っていた。

「やば……」

俺は意識が何度も飛びそうになりながらも、歯を食いしばってリッチの様子を探った。リッチは全く動く気配を見せていないが、死んだふりをしている可能性もある。なので反応を見てみようと、少しだけ近づいてから足元の石を拾い、リッチに投げてみることにした。しかし、フラフラの状態だったせいで踏ん張りきれず、反動でひっくり返りそうになってしまった。

「危ない！」

ひっくり返る寸前でジャンヌが支えてくれたのだが、ジャンヌも『タケミカヅチ』の衝撃で万全の状態ではなかったらしく、二人して尻餅をついてしまった。

そんな隙だらけの状態でも、リッチは少しも動く気配を見せなかったので本当に倒したかもしれないが、念の為ジャンヌに頼んで『スリングショット』でリッチを狙ってもらうことにした。

俺の頼みを引き受けたジャンヌは何度か狙いを外した後、見事に小石をリッチの頭蓋骨に命中させた。あれだけ頭蓋骨を狙われて焦っていたのだから、もしリッチが生きているのなら何か反応があるはずだ。

そう思ってリッチを見てみると、小石が当たった瞬間に頭蓋骨が後ろに落ちた。そしてそれが合図だったかの如く、残っていた骨は砂のように崩れていった。

「終わったみたいだな……」

「みたいね……」

リッチは滅んだのだと確信した時、遠くから俺を呼ぶ声が聞こえてきた。

声が聞こえてきた方角に目をやると、空を飛ぶじいちゃんとソロモン、それにシロウマルの背に乗ったアムールの姿が見えた。かなりの大声だったが、よほど慌てているのか俺とジャンヌの名前以外は聞き取れない。そんなじいちゃんたちの姿を認識した次の瞬間、俺の目の前は真っ暗になったのだった。

第二幕

「うっ……」

「気がついたか！　テンマ！」

　意識が戻るとじいちゃんの顔が目の前に現れ、俺の体のあちこちを触り始めた。

「くすぐったいって、じいちゃん！」

「それくらい我慢せい！　……見たり触ったりした限りでは、大きな怪我はなさそうじゃな」

　俺の怪我の具合を確かめたじいちゃんは、介護するように寝た状態から体を起こすのを手助けして、ベッドに座らせた。それくらい手助けなしでもできると思ったのだが、リッチとの戦闘の影響のせいか、思うように力が入らなかった。

「そういえば、リッチは⁉」

　リッチの胴体部分が粉々になったところまでは覚えているが、実際に間近で粉々になったものを見たわけではなかったので、もしかしたら俺を油断させる為の擬態だったのではないかと思ってしまったのだ。

「うむ。ジャンヌから話を聞いてリッチの残骸を調べてみたが、あの様子では倒したとみてよいじゃろう。少なくとも、あの残骸が動き出すことはないはずじゃ。ただのう……」

　じいちゃんが言い淀(よど)んだのが気になり続きを待っていると、

「『魔核』が見つからなかったのじゃ」

魔核が見つからないということは、あのリッチを倒すことができない可能性があるということだった。

「見つけることはできなかったが、わしはリッチの魔核がテンマの魔法に耐え切ることができず、骨と同じく粉々になった可能性が高いと見ておる。テンマの魔法……何といったかのう？」

「『タケミカヅチ』のこと？」

「そうじゃ。あの『タケミカヅチ』は、『テンペスト』や『アースクエイク』と同じく、規格外の魔法じゃ。それこそ、人工的な天災と言っていいくらいの威力じゃ。そんな一撃を受けたのじゃから、リッチを魔核ごと粉砕してもおかしくはないじゃろう」

『タケミカヅチ』は、瞬間的な威力は他の二つと比べてもずば抜けて高いので、魔核が跡形もなく消え去ってもおかしくはない。しかし、どこか納得できない自分がいるのも確かだった。

「確かめるすべがないのじゃから、あまり深く考えるものではない。今は体を休めるのを優先させるのじゃ」

そう言ってじいちゃんは、馬車を出ていった。その時になって周囲を見回してみたが、馬車の中には俺しか残っていないようだ。

「だるい……」

じいちゃんがいなくなってから急に体のだるさを覚え、ベッドに倒れ込むようにして横になった。

（それにしても、本当にあのリッチに止めを刺せたのだろうか？）

確かにあの時、使える中で一番威力が高い魔法を完璧に近い形で当てることに成功したが、やはり魔核が見つからなかったのが気になった。それは初めてリッチと戦った上に、リッチが想像していたより何倍も強かったのが原因の一つだろう。

（考えることは色々あるけど、じいちゃんの言う通り体を回復させるのが先か……）

もしも、俺の心配している通りリッチが逃げ延びていて、今の状態で復讐(ふくしゅう)に来られた時、魔法で対抗できるのが、じいちゃんだけというのは不安だった。じいちゃんや他の皆が力不足というわけではなく、ジャンヌを除いた全員をはめたリッチの魔法（罠）が不明なのが怖いのだ。

（今の俺にできるのは、休むことだけっていうのも辛(つら)いな）

いつ襲われるか心配なのに、自分を戦力に数えることができないのは初めての経験だった。そんな悶々(もんもん)としたものを抱えながらも体は疲れているので、俺はいつの間にか眠りについていた。


「ふひゃ！」

急に変な叫び声が馬車に響き、それを聞いた俺は目を覚ました。顔を動かして声の主を探すと、視線の先には尻餅をついているアウラがいた。そのアウラは今、尻餅をついた状態で俺と目が合い固まっている。アウラの隣では、ジャンヌが天を仰いでいた。

「ええ～っとですね……大丈夫ですか？」

「アウラ……むしろ、あなたの頭の方が大丈夫？」

二人は、俺の様子でも見に来たのだろう。その証拠に、ジャンヌの手には水の入った桶(おけ)とタオルがあった……持っているのがアウラでなくて、本当によかった。

「あれから、どれくらいの時間が経(た)った？」

「え～っと……リッチとの戦いが終わってから、大体三～四時間くらいかな？」

「それくらいしか経っていないのか？　外はだいぶ明るいみたいなんだけど？」

カーテンの隙間から光が馬車の中に入ってきていて、その明るさから日が昇っていると思ったが違ったようだ。ジャンヌの話では、敵に発見される危険性より、敵を早く発見できるようにかがり火の数を増やしたそうだ。そして、砦はリッチが罠を仕掛けている可能性を危険視して放棄し、別の場所に移動したとのことだった。

「マーリン様の話だと、ここはあの砦から一〇キロ以上は離れている場所だそうよ」

見張りは全員が参加し、さらにはスラリンに預けているゴーレムのほとんどを出して、周囲を警戒させているとのことだ。二人は、休憩の合間に俺の様子を見に来たらしい。そして、アウラがへまをしたのだそうだ。

「それで、何かおかしなことはあったのか？」

「いいえ。たまに狼（おおかみ）なんかが近づいてくるけど、ゴーレムが近寄っただけで逃げるし、今のところ大きな問題はないわ」

皆、いつもより気を張っているせいで疲労はあるみたいだが、それ以上に気合が入っているらしい。中でもじいちゃんは、『賢者』と呼ばれているのにリッチに気がつかなかった」と、俺が寝込んでいる間は落ち込み方が激しかったらしいが、俺が意識を取り戻してからは気合の入り方が怖いくらいなのだそうだ。そんなじいちゃんは今、積極的にゴーレムたちに交じって周辺を警戒しているらしい。しかし、あまりにも気合が入りすぎて目が血走っているらしく、三回ほど魔物と勘違いされたそうだ。ちなみに勘違いしたのは、リオン、クリスさん、アムールだったとのことだ。さすがにじいちゃんに攻撃こそしなかったそうだが、それくらいの迫力があったとのことだった。

「あと数時間で日が昇るそうだから、それまではここで守りを固めて、明るくなってから一気に次の目的の街まで進むことになったわ」

次の目的地は『ラッセル市』で、ククリ村から一番近い都市だ。あそこなら、じいちゃんのことを知っている人たちがまだいるはずだし、ククリ村で起こった事件もよく知っている。なので、ラッセル市でリッチの存在と戦闘、そしてまだ生きている可能性を報告するそうだ。元々ラッセル市には寄るつもりだったので、予定より数日早くなっただけだ。

「最低限の働きはできそうだから、何かあったら俺にも知らせてくれ」

「ええ、わかったわ」

ジャンヌはそう言って、タオルと桶を俺の前に置いた。わかったと言いながらも、軽くあしらうような言い方だったので、おそらく何かあってもギリギリまで知らせてくることはないだろう。

「アウラ」

「はい？」

俺はジャンヌが離れた隙にアウラを呼び、何かあったら呼ぶようにと、極秘の命令をした。

アウラはその命令に困惑していたが、『誰がアウラの主(あるじ)なのか』とか、『命令を守れないのなら、アイナに相談しなくてはならない』などと、少し脅すような言い方で従わせた。もっとも、そこまでの危険が迫っていて気がつかなかったということはない……と思いたいが、万全の状態ではないことを考えての保険だ。

「何か話していたの？」

「へっ？　いや、その……」

「アウラに、じいちゃんの気を静めてくれってお願いしたんだよ」

ジャンヌがアウラの挙動不審を怪しんだので、考えていた言い訳を使うと、ジャンヌは即座に、

「無理でしょ」と断言した。だが俺が、「いつもみたいにアホなことをしていたら、呆れて元に戻るかもしれない」と言うと、今度は真剣な表情で考え込んでいた。

「私、そんなことしてませんけど！」

アウラは否定していたが、ジャンヌはそんなアウラをちらりと見てからため息をついていた。申し訳ないとは思うが、皆のアウラに対してのイメージを利用した形だ。まあ、『いつもみたいに』は言いすぎだが、よくアホなことやドジをしてアイナに怒られているのは事実だし、そうでなくともアウラはよくアホなことをしているという印象がある。

「まあ、アウラのドジでマーリン様が元に戻るくらいなら、苦労しないんだけど……アウラ、やってみる？」

「やってみる？　で、ドジなんてできるもんじゃないでしょ！」

「ジャンヌ、アウラ……何しているのかしら？」

「サボり？」

二人の漫才を見ていると、その騒ぎに気がついたクリスさんが静かにドアを開けて、二人の首筋を摑んだ。その後ろには不満げな表情のアムールも立っている。

「いや、あの……アウラがちょっと……」

「私は無実です！」

アウラを売ったジャンヌだが、クリスさんには通用しなかったようで、首筋を摑む力が増したの

か先ほどよりも痛そうにしている。

「ジャンヌ……アウラがやらかすのはいつものこと」

「アムールの言う通りよ。アウラのドジをフォローするのは、相方であるあなたの役目でしょ。それを一緒になって騒いでどうするの？」

クリスさんとアムールはそう言って、呆れた様子で二人を外へと連れていった。

「あっ！」

と思ったら、アムールだけが戻ってきた。

一瞬、『何かイタズラをする気か？』と疑ってしまったが、レニさんと合流してからのアムールは女性として成長しているので、何かちゃんとした理由があるのだろう。

「テンマ、これ」

アムールがバッグから取り出したのは、黒い棒のようなものだった。

その棒をよく見てみると、『タケミカヅチ』を使う前にリッチを貫いた小烏丸だった。

「これは……小烏丸か？」

「ん。回収しておいた」

小烏丸は、リッチと共に『タケミカヅチ』の直撃を受けたせいで、刀身が煤(すす)などで汚れていた。しかも、『タケミカヅチ』の衝撃で柄(つか)や鍔(つば)といったものはなくなっている。正直、刀身がそのままの形で残っているのが不思議なくらいだ。

「ありがとう……って、アムール？」

小烏丸を受け取ろうとして手を伸ばすと、アムールは直前で小烏丸を後ろに引いた。

「テンマ、小烏丸はすぐにバッグに入れると約束する？」

「え？」

「テンマのことだから、暇だとか言って小烏丸の手入れをし始める気がする。それだと、回復が遅れる」

アムールの言う通り、このまま何も言われずに小烏丸を受け取っていたとしたら、俺はまず間違いなく手入れを始めただろう。

そんなアムールの心配を、一瞬でも何か要求されるのではないか？　と疑った自分が恥ずかしかった。

「確かにその通りだと思う。悪いけど、じいちゃんかスラリンに預けてくれないか？」

アムールは俺の言葉を聞くと、頷きながら小烏丸をバッグにしまった。

「わかった。その方がいいと思う」

「それと、きちんと休憩をとるようにって伝えてから、皆にこれを配ってくれ。お茶はジャンヌかアウラが持っていると思うから、二人に言えば用意してくれるはずだ」

そう言ってアムールに渡したのは、いつもバッグに常備しているお菓子だ。甘いものを食べながら休憩すれば、いくらかじいちゃんの気も静まるだろう。

「任された！　……先に一つ食べてもいい？」

俺が頷くと、アムールはクッキーを一枚口に放り込んでから、お菓子を持って外へと出ていった。

アムールが出ていってから少しして、外から明るい声が聞こえてきたので、多少は気分転換できたのだろう。

「あっ！　テンマ、起きた」

「調子はどう？」

次に目が覚めると、ベッドの横にいたアムールが真っ先に気がつき、続いてクリスさんが調子を訊いてきた。時折、馬車が大きく揺れたり弾んだりしているので、かなりの速度で移動しているようだ。

「全快とはいかないけど、だいぶ良くなってきたみたい」

肩を回したりして体の調子を確かめると、だるさや倦怠感はあるものの、寝る前よりは楽になっていた。

「無理だけはしないようにね……って、リッチの罠にかかった私が言えることではないでしょうけど……」

クリスさんも、じいちゃんと同じく役に立たなかったことが気になっているのだろう。

「あのリッチは規格外の魔物みたいだし、皆無事だったんだから気にすることはないよ」

クリスさんに声をかけてベッドから出ようとすると、いきなり肩を摑まれた。クリスさんは俺をベッドに寝かせようとしていたが、俺がトイレに行きたいのだとわかると、慌てて手をどけた。しかし、

「危ない！」

いざ、トイレへ！　と、立ち上がって一歩踏み出した瞬間にタイミングよく馬車が弾み、俺はバランスを崩してしまった。バランスを崩した瞬間に、クリスさんとアムールが両脇を抱える形で支

えてくれた。

「テンマ君、その調子じゃまだ無理よ……肩を貸してあげるから」

そう言ってクリスさんは、俺に肩を貸してトイレへ行こうとした。その反対側では、アムールも同じようにしている。

それは恥ずかしいと必死に抵抗したが、今の状態では二人に抗うことができず、少しずつトイレ(ユニットバス)のドアが近づいていた。さすがに用足しの間もつきっきりというわけはないだろうが、この年で若い女性に介護されるというのは、色々ときつかった。

「先輩、アムール、僕が代わるよ。さすがにテンマがかわいそうだし」

抵抗した際の騒ぎで寝ていたカインが目を覚まし、二人の代わりに付き添ってくれることになった。介護っぽいことに変わりないが、その相手が異性から同性に代わるだけで、俺の心はかなり落ち着いた。

「カイン、頼む！」

「はいはい、任されました」

俺がはっきりとカインを指名したので、クリスさんとアムールは介護の役目を譲り、元の席に戻っていった。その時、アムールの顔は見えなかったが、クリスさんはどことなく残念そうな顔をしていた。

「テンマ……貞操の危機は去ったよ」

カインはトイレのドアを閉めるなり、小声でそんなことを言っていた。俺も同じようなことを考えてはいたが、純粋に心配したからこその行動だという可能性も半分……くらいはあってほしいとも思うので、カインに対して苦笑いを返すことしかできなかった。

「ついでに、体を拭いておきなよ」

カインはトイレを済ませた俺に、お湯の入った桶と手ぬぐいを用意してくれていた。言われるまま浴槽のそばの椅子に腰かけて体を拭いていると、

「テンマ……たぶんだけど、ククリ村一帯は危険地帯として封鎖されると思う。もちろん、調査が済んで危険がないと判断されれば解除されるだろうけど、『大老の森』は未だに全容が解明されていない所だから、解除がいつになるのかはわからない」

そんなことを話し始めた。たぶんと言ってはいるが、この話はアルバートや次期辺境伯のリオンを交えて話したことだろうから、辺境伯の判断次第ではあるものの、現状ではほぼ決定事項と見ていいだろう。

「それとリッチのことだけど、箝口令が敷かれると思う。武闘大会優勝者のテンマをギリギリまで追い詰めた魔物がいて、そいつの生死が不明とか他にも同じような魔物がいる可能性があるというのを、一般レベルの情報として広めることはできないからね」

詳しい情報は王様や軍の上層部、それに上位貴族の一部でしか共有せず、それ以下の貴族や関係者には、国として都合のいい情報に編集して流されるだろうとのことだった。

「お願いだから、テンマも無闇やたらに情報を流さないようにね」

言い方こそ『お願い』という言葉を使ってはいるが、実質的に貴族の命令と思っていいだろう。

「そこは王様や辺境伯の決定に従うさ。さすがに俺でも、この情報がそのままの形で一般に広まれば、ハウスト辺境伯領……少なくとも、ククリ村に近い町や村から人がいなくなるというのは想像

できるしな」

納得できない部分もあるが、下手に吹聴して辺境伯領を混乱させたくはない。俺が同意すると、カインの雰囲気が柔らかくなった。

「テンマの考えを、僕の方からリオンに伝えておくよ。テンマにどうやって頼むか、色々と悩んでいたみたいだから」

リオンは俺にどういう風に切り出そうかと悩んだ挙句、一旦話を先送りすることにしたそうで、今はじいちゃんと御者をやっているらしい。

「マーリン様やジャンヌにアムールたちは『テンマ次第』って言うし、クリス先輩は『陛下次第』って言うもんだから、リオンのストレスはハンパなかっただろうね。でも、テンマが納得してくれたから過半数は味方になりそうだし、これでリオンも少しは楽になるかもね」

いつものようにふざけた感じでリオンのことを話すカインだが、やっぱり親友というだけあって心配していたのだろう。そんな感じで過ごしていると、

「カイン、テンマ、まだかかるのか？　私もトイレを利用したいのだが」

アルバートが、ドアをノックしながら声をかけてきた。

「すまん。ついでに体を拭いていたもんだから、少し時間がかかってしまった」

すぐに着替えて外に出ると、アルバートがドアの前で待っていた。

「急かしたようで申し訳ない」

アルバートにユニットバスを譲り、カインに支えられながらベッドに戻ると、ジャンヌたちも起きていた。

「テンマ、お粥食べる？」

ジャンヌがお粥を用意しようとしていたが、食欲がなかったので水だけ頼んでベッドに腰かけた。

「はい、お水……って、大丈夫？」

「まあ、何とか……」

俺がベッドに腰かけるなり、スラリンたちが殺到してきたのだ。スラリンは触手を伸ばして、マッサージをするみたいに肩や背中をさすっているが、シロウマルとソロモンは俺の太ももの片方ずつに顎をのせている。首輪をして小さくなっているとはいえ、二匹同時だとかなり窮屈なのだが互いに譲る気はないらしく、無理やりのせていた。

「三匹とも、テンマのことを心配していたからね。それで、ゴルとジルは？」

「いつも通り、バッグの中に引きこもって内職中。たぶん、リッチのことも、俺が倒れていたことも知らないんじゃないかな？」

これは二匹が薄情なのではなく、本当に気がついていないだけだと思う。何せこの二匹、俺がテイムしてから三年以上経つがほとんどバッグの外に出ることがなく、出てもそのほとんどが屋敷の中という有様だ。そんな二匹が野営地に出るなど考えられるはずもなく、したがって二匹に関しては、『仕方がない』と考えるしかないのだ。

「二匹が内職に励んでくれるのは、僕としても嬉しいことだけどね」

ジャンヌとの話に入ってきたのはカインだ。何故嬉しいかというと、作られる糸が増えれば、カインに回る確率が増えるからだ。二匹の作る糸は引く手あまたで、俺が使わなかった分の糸は、たまに親しい人に分けたりしているのだ。そしてカインは、そろそろ自分がもらえる順番とのことだった。ちなみに、俺はどんな順番で待っているのかは知らない。しかし、順番の管理はマリア様が絡んでいるので、どれだけ待たされても誰も文句は言わず、トラブルも起こっていないのだ。

「二匹基準の高品質じゃなくて、それ以下の糸でも一般的には超高品質だから、そっちをやろうか？」

二匹基準の高品質は国宝（でもおかしくない）レベルで、中品質は一般的に超高品質、低品質は高品質との評価をもらっている。そして、高品質以下の糸は高品質に比べて生産量が多く、カインに渡すくらいの在庫はある。しかし、

「やめておくよ。どうせなら高品質の糸が欲しいし、もしここで他の糸をもらったりすると、順番を飛ばされちゃうかもしれないから」

とのことだった。確かに、その可能性はある。二匹の糸は中品質でも、市場に出せばかなりの値段で取引されそうだし、マリア様なら中品質でも糸は糸だと言って、カインの順番を飛ばすことくらいはしそうだ。

「確かに、それが無難だな」

カインと笑い合っていると、馬車の速度が落ちていくのを感じた。

「お～い。ラッセル市が見えてきたぞ」

リオンの声が聞こえたので窓を開けて外を見ると、前方に見覚えのある街が見えた。

ラッセル市にはドラゴンゾンビの時に救援に来て以来なので、およそ六年ぶりだ。しかし、前回は一直線にギルドに飛び込み、依頼を出してすぐに戻ったので、ちゃんとした手続きで訪問するのは初めてだ。

「まあ、体調をある程度戻さないことには、何もできそうにないけどな」

とりあえず今日のところは、宿で寝て過ごそうと決めた俺だった。


「部屋でゆっくりしていたかったのに……」

「仕方がなかろう。当事者から報告してほしいというのは、ギルドとしては当たり前のことじゃからな」

体調不良という建前を使い、ギルドへの報告はリオンたち貴族三人と、その護衛という名目の引率者（クリスさん）に頼んだのだ。だが、ギルド長は緊急事態と認定する為にも、直接戦った俺の話が必要と判断し、急遽（きゅうきょ）呼び出されたのだった。

「まあ、車椅子を用意してくれたのはいいんだけど……お尻が痛いんだよね、これ」

ギルドとしても、体調不良と言って断った俺を呼び出すのだから、馬車の手配や車椅子の準備は当然だろうが、前世のものと違ってタイヤはゴムではないし、衝撃を吸収するような仕掛けもないので、バッグに入っていた魔物の毛皮を座面や背もたれに被せたのだが、気休め程度の効果しかなかった。


「こちらです……」

ギルドに入って受付で要件を話すと、すぐにギルド長の部屋へ案内されたのだが、その対応をした受付嬢は終始不機嫌だった。何故かは知らないが、ギルドのドアを開けて目が合った瞬間に、とても嫌なものを見たという顔をされた。しかし、受付はそこしか空いていなかったので、嫌そうな顔をした受付嬢に話しかけるしかなかったのだ。

「ギルド長、お連れしました」

「ご苦労様。どうぞ、お入りください」

「うむ。来てやったぞ、ユーリ」

じいちゃんにユーリと呼ばれた男性は、笑顔でじいちゃんと握手し、続いて俺に手を差し出してきた。

「お久しぶりです」

「ええ、六年ぶりくらいですかね？」

ユーリさんと会ったのは六年前……ククリ村がドラゴンゾンビ率いるゾンビの群れに襲われた際に、救援を求めてギルドに飛び込んだ俺と交渉した時以来である。

「ククリ村まで、救援部隊を引き連れていったまでは良かったのですが……あまりのゾンビの多さに一部の冒険者がパニックを起こしましてね。幸い、ほとんどのゾンビが目的もなく彷徨っているだけだったので、大怪我を負った者はいませんでした。ただ、ドラゴンゾンビがいたという話が広がると、逃げ出そうとする者も出ましてね」

逃げ出そうとした冒険者の大半は、仲間や知り合いの声などで我に返ったらしいが、何人かはそのまま逃走し、後日処罰を受けることとなったとか。

「ギルド長、テンマは調子が悪いんだから、要件を早く済ませてやってくれ」

「これは申し訳ありませんでした。では、リオン様もそう言っていることですし、さっそくお願いできますか？　それとカノン、君もここに残って記録をつけなさい」

「……了解しました、ギルド長」

ここまで案内してきた受付嬢は、嫌々ながらユーリさんの指示を承諾し、俺たちが座っている席からだいぶ離れた場所に机を用意して座った。

受付嬢のこの態度に、アルバートとカインは少しむっとしていたみたいだが、リオンが何も言わなかったので、言葉には出さなかったようだ。

ユーリさんはそんな受付嬢に対して眉をひそめていたが、まずはリッチの方が先だと思ったのか、受付嬢を放置して話を始めた。

「なるほど、『リッチに大打撃を与えたとは思うが、倒したかまではははっきりしない』『リッチの仲間、もしくは配下がいる可能性もある』というのが、テンマ君とマーリン様の見解ですね」

これまでに確認されたリッチの中には、『死霊の王』などと呼ばれてアンデッドの魔物を配下として操っていた個体もいた。なので、今回のリッチもどこかに配下が残っている可能性があると報告したのだ。

「これは、あまり公にしたくはない情報ですね……」

ユーリさんの心配ももっともな話で、ハウスト辺境伯領でアンデッドの配下を操る魔物といえば、真っ先に思い浮かべるのが『ドラゴンゾンビ』だからだ。あの時も、討伐が確認された後でドラゴンゾンビが現れたという情報を公開したらしいが、それでも大きな混乱があったそうで、何人ものラッセル市の住人が離れていったとのことだった。

「そのことだが、今回はあえて流したいと思う」

ユーリさんが悩んでいると、リオンがはっきりと情報を公開すると言い切った。

理由としては、情報を隠したとしても調査の為に人員を派遣していたら、どこからか隠した情報が流れてしまう可能性があるからだそうで、隠した情報が流れて辺境伯家の信用を下げてしまうよりも、辺境伯家の名でリッチが現れたということを発表したいとのことだった。

カインの予想とは真逆の話だが、もし発表したことで辺境伯領から去ってしまう領民がいたとしても、隠した情報がバレた時には、去ってしまう領民に加えて評判も下がってしまうという可能性が高いことから、最終的な傷口を小さくしようという、リオンの判断だそうだ。もっとも、辺境伯にそのことを書いた手紙を送って判断してもらわなければならないので、カインの予想通りになる可能性も残っているとのことだった。

「わしとしては、今後のことを考えるのであれば、リオンの言う通りにした方が良いと思うがのう」

「確かに、下手に隠し事をするよりも、危険性をはっきりと公表した方が、後々動きやすいかも。リオン、その時は俺の名前を使っていいからな」

リッチの情報を公開する時に、『俺(テンマ)がリッチを倒したが、もしかしたら逃げ延びている可能性が若干残っている』という一文があった方が、辺境伯家にとってプラス材料になると思うので許可した。

「辺境伯様に許可を取るということは、その返事が来るまでラッセル市に滞在なさるということですね?」

「まあ、そうなるじゃろうな」

ラッセル市に、テッドのような運び屋がいるのならシェルハイドまで数日で往復することが可能かもしれないが、普通の早馬だとその倍以上はかかるとのことだった。なので、二週間くらいはラッセル市に滞在しなければならないのだ。

「雪……降らないといいね」

「そうじゃのう……」

こうして、ラッセル市で予定外の滞在をすることになった俺たちだった。

第三幕

「何で私が……」

　ユーリさんとの会談の次の日、ラッセル市での滞在中、俺たちとギルドの連絡係兼世話係に任命された態度の悪い受付嬢が、先ほどから小さな声で愚痴を言いながら街の案内をしていた。

「テンマ、本当に彼女のこと、何も知らないの？」

　カインが車椅子を押しながら小声で尋ねてくるが、俺に心当たりは全くなかった。昨日、カインとアルバートは、ユーリさんとの話し合いの最中の彼女の態度に腹を立てていたようだが、俺のいない所で謝罪されたそうだ。一応、その謝罪を受け入れた二人だが、何故態度が悪かったのかまでは聞き出せなかったらしい。ただわかったことは、彼女が嫌っているのは俺だけであり、俺のいない所では非常に愛想の良い受付嬢に変貌するらしく、対応された冒険者からの評判も良さそうだとのことだった。

「カイン……自分で言うのも何だが、俺は親しくない奴との付き合いは、最低限にとどめる男だぞ。少なくとも、ハーフエルフの女性と言葉を交わした記憶なんか、生まれてからただの一度もないぞ。それどころか、見た記憶もない」

「まあ、テンマはリオンと違って、自分から女の子に声をかけるような性格ではないのは知っているけど……胸を張って言うことでもないよね？」

「まあ、それはそうだけどな」

「とか言いながら、本当はナンパして失敗したんじゃないのか？　それで嫌われているとか？」

「いや、リオンならともかく、テンマが失敗するとは思えんな……やはり、知らないところで恨みを買ったというのが、最有力だろう」

「アルバートの言う通りだと思うわ。例えば、年下のテンマ君の活躍に嫉妬したとか、自分が受けようとした、もしくは失敗した依頼をテンマ君が成功させたとかでも、恨む奴は恨むからね。でも、あの子の普段の評判を聞く限り、その可能性は薄い気がするのよね」

茶化してくるリオンに、冷静な意見を述べるアルバート。そして、さりげなく情報を集めていたクリスさんが、俺とカインの会話に加わってきた。

会話している間に、じいちゃんは懐かしそうに街の中を歩き回って、いつの間にかいなくなっているし、他の女性陣は、店や露店を覗きながらも、俺たちの会話に聞き耳を立てていた……特に、リオンの言った『ナンパ』のところでは、レニさん以外の三人が、俺に鋭い視線を向けていた。

「ん？　っと……皆、カノンさんが待ってるぞ」

俺たちが遅れているのに気がついたのか、少し先でカノンさんが立ち止まっていた。

「ねえ、テンマ君。あの子、震えてない？」

「みたいですね」

「リオンが下品すぎて、怖くなったんじゃない？」

「おい！」

「そんな性格はしていないと思うがな？」

小声で話しながら向かうと、カノンさんは何やらブツブツと呟いていた。目の前まで近づくと、

「覚えてないですって……私にあんなひどいことをしておいて……」

目の前にいる俺たちに気がついていないのか、カノンさんの呟きは少しずつ大きくなっていた。

「テンマ……お前、ナニしたんだ？」

「何もしてねぇよ！」

ついついリオンの言葉に反応して、大きな声で否定してしまった。そして、その言葉がスイッチになったようで、

「何もしてないわけないじゃない！　私をあんな目に遭わせておいて覚えてないなんて！　ふざけるんじゃぁあああああ――――」

「ストップ――――！」

詰め寄ってきたカノンさんは、あと一歩で俺に手が届くという位置で、横からアムールのタックルを食らって飛んでいった。

「ふぃ～……いい仕事した」

一緒に飛んでいった二人は、揃って野菜や果物が並べられていた店に突っ込んでいった。そして、アムールだけが起き上がり、いい笑顔で親指を立てていた。久々にアムールらしいところを見た気がするが、あの行動はレニさん的にはどうなんだろうと思ったら、レニさんもいい笑顔で親指を立てている。

「店主、すまない。私はこういう者だ。ついでに、あれはこういう奴で、壊れたものと店先に並んでいるものの代金は色をつけて払うから、それで収めてくれ」

アルバートが即座に二人の突っ込んだ店に行き、店長と思われる男性と話をつけた。男性に見せ

たのは、サンガ公爵家とハウスト辺境伯家の家紋らしく、男性は驚いた表情のままで何度も頷いていた。

「テンマ、不埒者は討ち取った！　あと、シロウマル出して」

無傷のアムールは気絶しているカノンさんを肩に担いで、俺の所に報告に来た。

「ああ……ありがとう、アムール。シロウマル、出てきていいぞ。あっ！　すまないけど、ソロモンは待機だ」

「ウォッフ！」

シロウマルに続いてソロモンも出てこようとしていたが、いきなり街中にドラゴンが出てきたら、慣れていないラッセル市の人たちがどういった反応をするのかわからなかったので、先ほどまでと同じくディメンションバッグで待たせることにした。まあ、突然のシロウマルの登場に驚いて悲鳴を上げた人たちがいたが、すぐに俺の眷属で安全な魔物だと周囲に知らせると、混乱するまではいかなかった。

「シロウマル、伏せ！」

アムールはシロウマルに伏せをさせると、その背中にカノンさんを乗せて、落ちないように縄で結び始めた。

「テンマ、ギルドに行こ」

「……そうだな、ユーリさんに話を聞いた方がいいみたいだしな」

何故カノンさんが暴走したのかを訊く為にも、上司であるギルド長に話を聞かなければならないだろう。俺の考えに皆頷き、ギルドへと足を向けた。じいちゃんを完全に忘れた状態で……思い出

したのは、ギルドのドアをくぐってからだった。

「……まあ、いいか」

細かな所は変わっているだろうが、大まかな道がわかれば宿まで帰ることができるだろうし、街の人に訊いてギルドへ直接やってくるかもしれないから、捜しに行かなくても大丈夫だろう。

「どうかした、テンマ?」

車椅子を押すカインに「何でもない」と返事してから、俺は受付でユーリさんを呼んでもらうように伝えた。

騒ぎの起こった場所からカノンさんをシロウマルの背中にくくりつけたままだったので、受付では非常に驚かれたがそれと同時に、「やっぱりか……」とかいう声が、職員や冒険者たちの間から聞こえてきた。俺とカノンさんを会わせるとこうなるという予感が、ギルド職員内どころか冒険者たちの間にも存在していたのだと理解できた。


「さて、ユーリさん……隠していることを、洗いざらい吐いてもらいましょうか?」

「あははは……」

ギルド長室に入るなり、俺はユーリさんを正面から見据え、カノンさんに関する話を求めた。車椅子に座っている俺は、椅子に座っているユーリさんを若干見上げるような形になっているが、俺の後ろには三馬鹿が控えており、その横にはクリスさん、さらにその後ろには、シロウマルの背中にくくりつけられているカノンさんの足の裏に、鳥の羽を向けているアムールがいる。

「ギルド長、テンマに対するこの受付嬢の態度はどういうことだ?　ラッセル市のギルド……というか、ラッセル市は、テンマに対して大きな借りと恩があるはずだ。あまりやりたくはないが、このままだと俺の権限を使って、相応の罰をギルド全体で負ってもらうことも考えている」

リオンは、他の職員にも連帯責任として罰を与えるというところまで考えているようで、いつもとは違う厳しい面を見せていた。まあ、辺境伯家の依頼を受けた帰りに、辺境伯領に潜んでいた危険な魔物を退治（撃退）した冒険者をギルドの職員が邪険に扱った上に、危害まで加えようとしたこと（と思われる行動）が広まったら、元に戻りつつある辺境伯領の景気が、また下降する可能性もあるからだろう。

「……では、何故彼女がそういった態度を取るのか、私の知る範囲でお話ししましょうか？　ちょっと長くなりそうですけど」

ユーリさんは、カノンさんが何故俺に対してだけ過剰な反応をするのか、思い出すように話し始めた。

そして結論から言うと、カノンさんの逆恨みだったことが判明した……が、若干同情してしまうところもあった。

「まさか、過去にテンマと彼女との間に、そんな接点があったとはな……」

「彼女の態度は許されることではないけれど、そんなことをしておいて覚えていないと言われれば、カチンとくるのは仕方がないかもね」

「だけどよ。やったのはテンマじゃなくて、ソロモンなんだろ？　覚えていなくても仕方がないだろ」

「どちらにしろ、テンマ君の印象に残らなかった彼女の方が悪いでしょ」

「うむ、クリスの言う通り！　テンマは悪くない」

「ですね。その後のことは同情もしますけど、テンマさんを恨むのは筋違いでしょう」

皆の意見はこういったものだった。ジャンヌとアウラは何も言わなかったが、女性陣の結論はキツめであり、男性陣の方が同情の度合いは少し上だった。

「言われてみると、そういった記憶がありますね……なんていうチームでしたっけ？」

「『ローエン・グリン』です」

俺の後ろで、「記憶にあると言いながら、覚えていないんかい！」とか言う声が聞こえたが、直後に声の主は左右からの攻撃で静かになったので、無視してユーリさんとの話を進めた。

「カノンは『ローエン・グリン』で弓兵をしていて、武闘大会のチーム戦で『オラシオン』と本戦でぶつかり、大敗しました」

カノンさんは、俺が初めて出場した武闘大会のチーム戦で戦い、ソロモンに脚をくわえられて上空に連れていかれ、上から落とされた選手だった。その時の負け方がトラウマになってしまい、一時期、ドラゴンに似たトカゲの魔物や、鳥のように空を飛ぶ魔物に対して実力を発揮することができなくなっていたらしい。現在ではかなり改善されているそうだが、その間にパーティーは解散してしまい、ユーリさんに誘われてギルドで働いているとのことだった。

「しかも、カノンも同じチームのメンバーも、個人戦の予選でもテンマ君に負けていましてね」

『ローエン・グリン』のメンバーは、全員が個人戦にも出場していたらしく、俺と同じ組の予選には、なんとカノンさんを含む、三人のメンバーが振り分けられていたとのことだった。なかなかに幸運な出来事で、連携して戦えば一人くらいは勝ち残るだろうし、もしかしたら二人いけるかもしれないと、メンバー全員で喜んでいたらしい。しかしその喜びも束の間、俺の魔法による場外負けという結果となり、他のメンバーも予選で敗退した為、『ローエン・グリン』の個人戦は終わった。

「雪辱を誓った次の大会では、個人・チーム共に予選敗退でテンマ君と同じ舞台に立つことができず、次こそはと意気込むカノンをあざ笑うかのように『ローエン・グリン』は解散となり、チャンスすら与えられませんでした」

「むっ！」

何故解散してしまったかというと、全員が俺にリベンジしようという気持ちが強すぎて、日常でもギスギスするようになってしまったらしい。そのズレが二回目の大会の敗退で爆発してしまい、大会後一か月も経たずに喧嘩別れとなったそうだ。

「それでも、テンマに非はないだろ？」

「むぅ……」

リオンの疑問に、ユーリさんも頷いていた。

「はい、完全に逆恨みですね」

「ん～……」

カノンさんはユーリさんの姪だそうで、日常でも俺の話題が出たり、『テンマ』に近い言葉を聞いただけで心を乱す今の状況をどうにかしたいらしい。そこで、俺がラッセル市に来たのをチャンスと捉え、俺と接することで改善される可能性にかけて、俺たちの世話係をやらせたのだそうだが……それが裏目に出た形だった。

「ん！」

「アムール、さっきからうるさいわよ！」

クリスさんが、先ほどから会話の最中に何度も変な声を出していたアムールを注意した。

「テンマ。カノン、寝たふりしてる」

その言葉で、皆一斉にカノンさんを見たが、カノンさんはここに運ばれた時と同じ体勢で微動だにしていない。

「いや、まだ気を失っているだろ？」

「まだ気を失っているのは、危ないかもしれない……だから、今から確かめる。これで！」

アムールが高々と掲げたのは、先ほどから手に持っていた鳥の羽だ。それでどうするのかというと、

「こちょこちょこちょ……」

ユーリさんを脅す為？　に構えていた鳥の羽を使い、アムールはカノンさんの足の裏をくすぐり始めた。そして、アムールがくすぐり始めてから数秒後、

「ふひゃ！」

カノンさんが耐え切れなくなった。しかしアムールは、羽を動かす手を休めない。

「ひゃ、ちょっまっ、ひゃん！」

まともに喋(しゃべ)ることができないカノンさんの声は、徐々に色っぽく聞こえてきた。

「なあ、アムール……そろそろ、許してもいいんじゃないか？」

「ん～？」

俺たちの中で、一番顔を赤くしていたリオンがアムールにそう言ったが、アムールは悩む振りを

しながら羽を動かし続けた。

「あ、謝る！　謝るから、許してっ！」

「アムール、もういいから」

「テンマがそう言うなら」

さすがにやりすぎだと思ったところで、俺の方からアムールに言うと、アムールはくすぐるのをやめた……が、

「へぶっ！」

背中で暴れられたのを嫌がったシロウマルが体を震わせて、カノンさんを振りほどこうとした。だが、カノンさんはしっかりとくくりつけられていたので離れることはなく、その代わりにカノンさんの足がアムールの顔にヒットした。

「むぅ……」

アムールは、反撃しようと羽を二本に増やしたが、その前にレニさんが二人の間に入り、カノンさんをシロウマルの背中から解放した。

カノンさんが背中からいなくなり身軽になったシロウマルは、体を大きく震わせた後で、スラリンたちが待機しているディメンションバッグに逃げていった。

「カノン、先ほど言った『謝る』とは、テンマ君に対するこれまでの態度に対してで間違いないね？」

「……はい。これまでの私の態度は逆恨みからのものでした。今後は改めます……」

皆の視線を浴びているカノンさんは、地面に座り込んだ状態でユーリさんの言ったことを認めて

頭を下げた。

「しかし、謝罪だけだと少し軽くはないか？　実害が出なかったとはいえ、摑みかかろうとしたくらいに恨みを持っていたのだし、言われたくらいで恨みを消すことはできないだろう？」

アルバートの疑問に、カインとクリスさんが頷いた。三人は貴族間でのやり取りを知っているだけに、口だけでは信用できないのだろう。リオンは……そういったことには疎そうだし、これまでそういったことをあまり考えたことがないのかもしれない。その分、アルバートとカインが苦労したのだろう。

「その為の、お三方の前での謝罪です。もしこれでカノンが手のひらを返すようなことをすれば、その責任を取ってテンマさんの奴隷にでも落とせばいいでしょう」

アルバート、カイン、リオンの目の前で非を認めて謝罪したのだから、次に同じようなことをすれば、三人貴族の面子を潰したカノンさんは、奴隷の身分に落とされても仕方がないということらしいが、

「だとしても、テンマの奴隷はないいな」

「そうだね。テンマの奴隷はあの二人を見てもわかるように、待遇が良すぎる」

カインがジャンヌとアウラを指差すと、二人は頷いて肯定した。

「奴隷に落とすのならば、私たちが信頼できる奴隷商を紹介しよう。だが、そこから先はどうなるかは知らんがな」

「そうだね。まあ、顔はいいからすぐに買い手が現れると思うよ。ただ、その買い手がどう扱うかまでは、僕たちの知るところではないけどね」

アルバートとカインの二人から、何やら黒いものが溢れているようにも感じた。カノンさんは、二人の話を聞いて、こちらが心配になるくらい顔を青くしている。そして後ろでは、ジャンヌとアウラも、自分たちがなるかもしれなかった未来を想像したのか、カノンさんほどではないが顔色が悪くなっていた。

ユーリさんは貴族相手に少し調子に乗りすぎたと思ったのか、次の言葉が出てこない。クリスさんや女性陣も、ユーリさんの発言に問題があったと判断しているのかただ見守るだけで、俺も話の中で『俺の奴隷に』という発言があったせいで下手に口を挟めない。

「そこまでする必要はなくないか?」

ギルド長室が悪い雰囲気に支配される中、リオンがいつもの調子でユーリさんと二人の間に入った。

「まあ、俺たちを証人にした形で謝罪して、まだテンマに危害を加えるというのなら、それ相応の罰は必要だと思うが、奴隷商に売り渡すまではしなくてもいいんじゃないか? 例えば、おふくろに預けて教育し、騎士団の下働きをさせるとかでもいいと思うけどな」

「まあ、リオンが辺境伯家として責任を持つというのならば、私たちはそれ以上言わなくていいな」

「そうだね」

先ほどまでの発言は何だったのかというくらい、あっさりと二人は引き下がった。

「もしもの時は、リオン様が責任を持ってカノンの面倒を見てくださるというのは、私としても安心できますね」

ユーリさんの方も、先ほどまでの緊張感は何だったのかというくらい軽いノリだった。

様子のおかしな三人に疑問を抱きながらも、話は終わりということで解散となり、ギルドを後にしたがその帰り道、

「リオン、お前が早く話に入らないせいで、変な空気になってしまったじゃないか！」

「そうだね。こんな時だけ空気を読んで黙らないで、いつも通りのリオンでいてほしかったのに……」

「ちょっと待てよ！」

「ダメ男のリオンは放っておいて、もう宿屋に帰ろうか」

呆然（ぼうぜん）とするリオンを置いて、カインは車椅子の俺を押して宿屋へと向かったのだった。

「何がどうなっているんだよ！」

宿に戻り部屋に入るなり、リオンがアルバートとカインに摑みかからんばかりの勢いで詰め寄った。

「リオン、あの場で一番力を持っていたのは誰だ？」

「あん？　それはテンマだろ？」

リオンの言葉に、コントのような反応を見せるアルバートとカイン。

「リオン、それはないわ……あの場面で言う『力』は権力のことよ。あなたはラッセル市を含むハウスト辺境伯家の次期当主でしょ」

クリスさんの呆れ声の指摘に、リオンは「ああ、そういうことか……で、それが？」と返し、今度はクリスさんが天を仰いだ。

「あの場で、他の領地の貴族である私とカインがギルド長を責め、次期領主であるリオンが仲裁すれば、カノンはリオンに恩を感じて、今後はテンマへの恨みを抑えようとするだろうが！」

「せっかくリオンにいいところを用意する為に、僕とアルバートが悪役を演じたのに……話が変な方向に進んでいっちゃって、もう少しで本当の悪者になるところだったじゃないか！」

ちなみに、ユーリさんもすぐに二人の意図に気がついて話を合わせてきたようだとのことだった。だからリオンが話に加わると、すぐに話がまとまったのか……と、納得した俺だった。ちなみに、クリスさんとレニさんは二人が何か企んでいると気がついていたみたいだ。

「それに、あそこでいいところを見せれば、カノンさんをゲットできたかもしれないのに」

カインが茶化しながら言うとリオンは、

「カノンさんか……綺麗な人なんだけどな」

と、どこか引っかかっているところがあるような言い方をした。

「何だ？　テンマに突っかかった、あの気性が気になるか？」

「いや、普段はそんなことはないと聞いているから、性格面に問題はないと思っている」

「なら、身分が問題？　辺境伯家はエディリアさんの例があるから、大した問題にならないと思うけど？」

「カイン、俺は身分で結婚相手を決めるつもりはないからな」

「それじゃあ、何が……ああ、年齢ね。確かにそれは気にしちゃうかもね。ハーフとはいえエルフということは、人族とは寿命が違うからね。でも、他種族間での婚姻では仕方がないことだし、今は実年齢よりも、見た目の釣り合いや子供が作れるかの方が重要だと言う人もいるくらいだから、そこまで気にする必要はないわよ」

「俺、年齢はあまり気にしないっすね」

「じゃあ、一体リオンは何を気にしているんだ?」

アルバート、カイン、クリスさんの疑問を違うと即答したリオンは、俺の質問には真面目な顔をして、

「胸がな、小さいんだ……他はこれまで出会った中でも、トップクラスなのに」

などと、心底残念そうに言い出した。

「はい、かいさ～ん! 皆さん、本日はお疲れ様でした。夕食の時間までは、自由時間ということで」

「そうだな。最低なリオンは放っておくとして、夕食は皆が集まってから決めるとするか」

「そうね。最低なリオンは捨てておいて、私は何かお土産(みやげ)になりそうなものでも探してくるわ」

「あっ! 私もついていっていいですか? ここにいると、最低なリオン様の視線が怖くて……」

「アウラが行くなら、私もついていこうかしら? ちょっとここに残るのは……」

「私は……大丈夫だと思うけど、リオンが最低だから外に行きたい」

「じゃあ、私も行きますね。お嬢様がいないのに残るのは……ちょっとアレですし、ねぇ?」

カインの解散発言で、それぞれリオンを無視して動き出した。中でも女性陣は、リオンに不快な虫でも見るかのような目を向けながら、距離を取りつつ早足で部屋から出ていった。

「クリスたちの様子が少しおかしかったが、何かあったのか?」

クリスさんたちと入れ替わりにじいちゃんが帰ってきたのだが、廊下ですれ違った際に違和感を

覚えたらしい。

「いや、実はリオンが……」

俺がじいちゃんにリオンの『やらかし』を説明すると、

「そういうことじゃったのか……わしからのアドバイスは、テンマ、アルバート、カイン……リオンの味方と判断されそうな発言は、間違ってもしないことじゃ。同類と思われるぞ」

「「「はいっ！」」」

「えっ……」

じいちゃんのありがたいお言葉に、俺たちは大きな声で返事した。

「そして、リオン」

「は、はい！」

「……何事も、諦めが肝心じゃ。耐え忍ぶことじゃ」

「そ、そこを何とかっ！」

メンバー中、一番の人生経験を持つじいちゃんでも、今のリオンの状況はどうしようもないらしい。しかし、リオンは何とかアドバイスをもらおうと、じいちゃんの腰にしがみついた。

「離さんか！　わしとてできぬことはある！　そもそも、わしにそんな男女関係の修正能力があれば、結婚くらいしておるわ！」

「そ、そんな……」

じいちゃんも結婚したいと思ったことがあったのかな？　とか考えながら、リオンに絡みつかれているじいちゃんを見ていると、

「わかった！　少し考えてやるから、離れるのじゃ！」

「本当ですかっ！」

粘り勝ちしたリオンはすぐに離れると、じいちゃんの正面で正座してアドバイスを待った。

「む～……リオン、お主はもう喋るでない！　話しかけられた時のみ、『はい』『いいえ』のような単語で返すのじゃ！」

「あ、ありがとうございます！」

それだけ？　と俺は思ったのだが、リオンは額を床につけて礼を言っている。

「まあ、リオンがそれでいいなら、俺がどうのこうの言うことじゃないか」

「テンマ、そこは僕たちと言ってね」

「マーリン様の助言は、それなりに効果がありそうだが……それでも、基本的に駄目な方向に向かうのがリオンだからな」

それは幼馴染の経験談であり、彼らより付き合いの短い俺でも頷くしかない話だった。

「それにしても、テンマ。珍しく顔を真っ赤にしていたね？」

「そういえばそうだな。テンマが、女性関連であそこまで照れているのは初めて見たな」

「何のことだ？」

とりあえずとぼけてみたが、リオンならともかく、この二人を誤魔化すことはできないと自分でもわかっている。

「確かに、あの時のカノンさんは色っぽかったけど……いつものテンマなら多少照れはしても、リオンみたいにはならないでしょ。何か、心境の変化でもあった？」

「確かにテンマは、身近に綺麗どころが集まるというのに、これまで浮いた噂がなかったからな。朴念仁とか、枯れているというわけでもないのに」

「何の話をしておるのじゃ？」

二人相手に追い込まれかけていたら、じいちゃんまで参加してきた。その後ろでは、じいちゃんの教えを守ろうと、口に力を入れて開かないようにしているリオンがいる。

「実は、マーリン様がいない時に……」

カインは、俺が車椅子のせいで動きが制限されているのをいいことに、すぐにじいちゃんにギルドで起こった俺の変化を話し始めた。


「テンマが女性に反応したとな？　祖父としては喜んでいいのか、悪いのか……ではなく、テンマ」

じいちゃんはカインの話を聞き終わった後で、一瞬俺をいじりかけたが、急に真剣な顔になって、俺を色々な角度から見始めた。

「外見の変化はないみたいじゃな……だとすると、内面に変化が……いや、正常に戻りつつあるのかもしれぬな……」

じいちゃんがブツブツ呟きながら、何か考え込み始めた。

「アルバート、カイン、リオン。テンマに関する重要な話をするから、他の者がこの階へ立ち入るのを制限し、クリスたちが帰ってきた時にすぐに知らせるようにと従業員に伝えるのじゃ。あと念の為、施錠をするのじゃ」

「私たちは席を外した方がいいですか？」

「いや、アルバートたちの意見も聞きたいから、戻ってきてくれ」

「わかりました。すぐに準備します」

「任務、了解」

三人は、じいちゃんの頼みを聞いてすぐに動いた。リオンはじいちゃんの教えを守っているせいで、若干……いや、かなり変な感じになっていたが、本人は至って真剣な顔をしていた。

「さて、わしが気になっておるのは、テンマの内面の変化じゃ。詳しく言うと、女性への興味が強くなってきたということじゃな」

じいちゃんが真面目な顔で何を言い出すのかと思ったら、全然真面目な話ではなかった。

「マーリン様、確かにこれまでのことからすれば変化したと思いますが……年齢を考えたら、至って普通のことではないですか？」

「テンマ、女、好き、普通」

「リオンはちょっと黙って！」

アルバートの言葉に、リオンが人聞きの悪いことを言い出したが、カインに小突かれて黙った。

「確かに、年相応と言えばそうなのじゃが、変化が急すぎての……というか、それ以前が変だったのではないのかという、前々から思っていた疑惑が強くなってのう」

「疑問？　テンマ、昔、普通、だった？」

「リオン、口を開くな！」

昔から変だったのではないかと言いたそうなリオンは、今度はアルバートに叩かれて静かになった。

「いや、ククリ村で暮らしている頃は身近に若い女性などおらんかったし、テンマもまだ子供だったから気にしなかったのじゃが、王都で一緒に暮らすようになってからは、若い女性が身近におるというのに、全然反応しなかったからのう。それで、ふと考えたことがあってな」

ククリ村はともかく、王都での暮らしの中で、女性に反応したことは何度かあったのだけど……という俺の反論は、全員に無視された。

「わしは、テンマがククリ村のドラゴンゾンビの騒動の時に、何らかの『トラウマ』もしくは、『呪い』のようなものを受けたのではないかと思ったのじゃ」

じいちゃんの考えでは、ドラゴンゾンビに父さんと母さんを殺されたところを目撃してしまったせいで、無意識のうちに『家族』を失うのを恐れてしまい、『新しい家族』を作るのを恐れているのではないかというものと、ドラゴンゾンビと戦った際に、『女性への関心が薄くなる』ような『呪い』を受けてしまったのではないかというものだ。

「『トラウマ』はわかるのですが、そんなピンポイントな『呪い』など存在するのですか?」

「呪いに関しては、伝承レベルの話が多いし、詳しく解明されておるわけではないから、あくまで『呪いのようなもの』といったものじゃが、もしドラゴンゾンビのせいで精力が減退するなど影響を受けた場合、それを『呪い』と呼んでもおかしくはないじゃろう。それに、テンマが村に来るずっと前から、ククリ村の人間は妊娠しづらくなっておった。それもドラゴンゾンビのせいで、村人たちが知らぬうちに精力が減退していたからじゃとすれば、あながち間違いとは言えぬのではないか？」

じいちゃんの推理には、納得できるものがあった。もし人間の精力を減退させる『ウイルス』のようなものをドラゴンゾンビが保持していた場合、直接戦った俺はそれに感染していてもおかしくはないからだ。

「ドラゴンゾンビが原因だとして、何故今になってテンマが正常に戻りつつあるのでしょうか？」

「それは……たまたま、ドラゴンゾンビの影響が薄れたのが今じゃったとも考えられるが、わしはテンマが戦ったという『リッチ』と、その時一緒にいた『ジャンヌ』が関係しておるのではないかと思っておる。あのリッチがドラゴンゾンビと同類であり、それを倒したことで呪いが薄れたのか、もしくは、その時に精神的に追い込まれたことで呪いが薄れ、同時に『ジャンヌ』を守らなければならないという気持ちが、テンマを正常な状態に戻しつつあるのではないのかのう？　ほれ、生き物が危機的な状況に追い込まれたりすると、子孫を残そうとする本能が働いて、子供ができやすくなるとかいう話もあるしのう」

「リッチのおかげで、テンマに精力が戻ったと？」

「リッチ、お手柄」

「リオン……間違っても、それを他人の前では言わないでね」

精力、精力と言われるのは、何だか性欲の塊になったみたいに感じるのでやめてほしい。だが、リオンはイマイチわからないが、他の三人は真剣な表情で話し合っている。

「何にせよ、人間である以上、性欲があるのは普通のことじゃし、過剰に身を任せぬ限り悪いことではあるまい。問題なのは、この話を女性陣には知られぬ方が良いということじゃ。ジャンヌ、ア

ウラは奴隷であるから、万が一間違いがあったとしても大した問題にはならぬじゃろうが
……アムールとクリスは気をつけねばなるまい。アムールも最近は大人しくなってきておるとは
いっても、子爵令嬢なのじゃから勢いで関係を持つのはまずいじゃろう。クリスは……色々とまず
い。テンマの現状を知ったら、色仕掛けをしてくるかもしれぬ」
「「「あ～……」」」
「姐さん、男日照り、納得」
アムールやクリスさんのことは、すごく簡単に想像ができた。しかしリオンは、じいちゃんの教
えを忠実に守っているせいで、前よりひどくなった気がする。
「まあ、テンマのことじゃから、年相応の性欲が戻ったとしても、それに身を任せて溺れることは
ないと思うから、過度な心配は無用じゃろう」
「ですね。テンマですし」
「少なくとも、手を出しても問題はない相手ばかりですしね」
「テンマ、ガンバレ！」
「……もう終わった？」
後半は俺をいじって遊んでいるだけだったので、途中からはスラリンたちとおやつを食べながら
四人のコントを眺めていた。ただ、コントだと思い込もうとしても、たまにムカッとくる時があっ
たせいで、少々おやつを食べすぎてしまった。
その日の夕方、食事の時間になってもクリスさんたちは宿に戻ってくることはなく、仕方なく男
性陣と女性陣に分かれて食事をすることになったのだが、俺としては変な話題でいじられたせいで

どうしても意識してしまうので、その方がありがたかった。

第四幕

「テンマ、おじ……ギルド長が、ここなら自由にしていいって」

「ありがと、カノン」

俺がいじられた日から数日後、俺はギルドに併設されている鍛冶場に案内された。今日はこの場所を借りて、黒焦げになった『小烏丸』を綺麗にするのだ。

カノンは、暴走して直接俺に怒りをぶつけたことで多少気が晴れたのか、俺に対する雰囲気が少し柔らかくなった。しかし、外での出来事だったので、大勢の目撃者を作ってしまった為、仲直りしたというアピールも兼ねて、互いに名を呼び捨てにすることにしたのだ。

「ところでテンマ、その……リオン様は？」

カノンは、アルバートとカイン、そしてユーリさんの目論見通り、リオンに惚れた。あの時、リオンだけがカノンをかばったことで、カノンの目にはリオンが王子様に見えたのかもしれない。

「リオンなら、街の中をぶらついているはずだぞ。出かける前に、『市場を見ておきたい』とか言ってたな」

「ごめん、ちょっと用事ができた」

カノンは俺からリオンのいそうな場所を聞き出すと、早足で鍛冶場から去っていった。まあ、鍛冶に関してカノンは役に立たないと自分で言っていたので、いなくても別にいいのだが……ギルド職員として、利用者に何の説明もせずにいなくなるのはどうなのだろうか？

「あれ？　テンマ君、カノンはどこに行きました？」

入れ違いにユーリさんがやってきたので事の次第を説明すると、ユーリさんはとても複雑そうな顔をした。たぶん、伯父として姪の恋を応援したいのと同時に、仕事と客をほっぽり出して行ってしまったことを、上司として叱らなければならないからだろう。

「どうしたのじゃ？」

「何かあった？」

ユーリさんが入口で立ち尽くしていると、その後ろからじいちゃんとクリスさんが顔を覗かせた。三人が入口に集まっているから見えないが、さらにその後ろにはアムールやジャンヌたちもいるみたいだ。

皆、カノンがリオンを追いかけていったと聞くと、「なるほど」と納得していた。それくらい、皆はカノンがリオンに惚れているのを理解している。理解していないのは、惚れられているリオンくらいだ。

「でも、リオンのそばには、いつも一緒の二人がいる……カノン、ドンマイ」

ラッセル市の市場調査に向かったリオンには、いつものようにアルバートとカインが同行している。その為、カノンが恋焦がれるリオンと一緒に街を歩くということは、カノンが苦手意識を持っている二人と一緒するということなのだ。

「まあ、あっちのグループのことは置いておくとして……今日は何をするの？」

クリスさんは、後輩に恋人ができる可能性が出てきたことが面白くないのか、早々とリオンとカノンの話を打ち切り、今日の予定を訊いてきた……確かに朝食の時に今日の予定を伝えたはずなのだが、(早めに俺を迎えに来たという体を装い、ちゃっかり朝食に参加した)カノンがリオンにアピールしているのに気を取られ、俺の話は聞いていなかったようだ。

「今日は、リッチ戦で黒焦げになった刀を綺麗にしたり、簡単な調整をしたりするだけだから、ここにいてもすることはないと思うよ? 皆も、買い物なんかで時間を潰してきたら?」

体調はだいぶ回復してきているが本調子ではないので、車椅子に座ったままでもできそうな刀身の煤を落として破損がないかを調べ、今ある予備の鞘を装着できるかを確かめようと思っている。

なので、鍛冶場なのに鍛冶作業をする予定はないのだ。それでもギルドの鍛冶場を借りたのは、煤で汚しても問題がない場所で、リオンやユーリさんの権限で自由に使える場所だったからだった。

「ん~……それでも、皆も終わるまで待つみたいだから、私も待つわ」

クリスさんは、俺の作業がそこまで時間のかかるものではないと判断したようで、皆と一緒に終わるのを待つとのことだった。

「まあ、皆がそれでいいならいいけど……文句は言わないでね。特に、クリスさん」

「言わないわよ!」

自分で選択したことを忘れ、俺に文句を言いそうなクリスさんに念を押すと、クリスさんは文句を言いつつ椅子をどこからか引っ張ってきて座った。

「それでは、私は仕事がありますので、何かあったらカ……職員の誰かに声をかけてください」

本来ならば、そういったことはカノンの仕事だったのだろうが、カノンがいないのでユーリさんは一瞬、「カノン」と言いかけていないことを思い出し、言葉を詰まらせていた。

ユーリさんが出ていった後で、俺は刀を綺麗にする為の道具を取り出して机の上に並べ、作業に取りかかった。

「せっけん作り用の重曹が残っていて良かったな。まずは濡らしてから、これを振りかけて……っと」

濡らした小烏丸に重曹を振りかけて布で拭いていくと、重曹が徐々に黒ずんできた。

「ん？　なにか、おかしい」

小烏丸を磨いていくうちに、何となく違和感があった。最初はその違和感に気がつかなかったのだが、布を広げて見てみると、違和感の正体がわかった。

「あまり煤が落ちてない？」

真っ黒になると思っていた重曹が、思っていたほど黒くなっていなかったのだ。そこで一度水で小烏丸を丸洗いして重曹を落としてみたのだが、

「黒いまま……いや、煤自体は落ちているな。ということは、小烏丸の色が濃くなったのか？」

試しに、白い布で何度も刀身を拭いてみたが、布に煤が付くことはなかった。何故、小烏丸の色が濃くなったのかは詳しくはわからないが、おそらくは『タケミカヅチ』の直撃が関係していると思われる。

「詳しくは、ガンツ親方かケリーに訊くしかないか……」

汚れの問題が解決したので柄の装着や試し切りもしてみたが、こちらも予想外のことが起きた。

まずは柄の装着だが、前に使っていたものと同じ大きさで同じ形のものなのに、サイズが合わなかったのだ。ミリ単位ではあるが小烏丸が小さくなったみたいで、柄との間に少しだけ隙間ができてしまい、がたついていた。それ自体は、『タケミカヅチ』が原因で茎（柄にはめる部分）が削れ

たりして縮んだと考えれば納得だが、ぐらついたままの刀を振るうのは危険なので、今の状態に合う柄を作るまでは、小烏丸の使用はできないということになった。

そして試し切りだが、かなり落ちていると思っていた切れ味は、あまり問題にならなかった。まあ、親方やケリーに研いでもらった直後に比べれば、確かに切れ味は落ちてはいるのだが、普段俺が使っている時より「多少切れ味が落ちたかな？」といった感じなのだ。ワイバーンの群れやリッチと戦ったことを考えれば、普通に使う分には問題がないレベルなのは少しおかしかった。特に、リッチの時には『タケミカヅチ』の直撃を受けているので、切れ味が落ちるどころか、刃こぼれがあってもおかしくはないと思っていたのに、だ。

「とにかく、今の俺にできることはあまりなさそうだな。武器はアダマンティンの剣か、ショートソードを使えばいいか」

俺は最初、切れ味はなくても使い慣れたものがいいと思っていたのだが、その使い慣れた小烏丸が使えないということで、大物相手に使用しているアダマンティンの剣か前にタニカゼの残骸で作ったショートソードを、小烏丸を修復するまでの主武器に使うことにした。

「さて、思いがけず時間が余ったけど……これからどうしよ？」

二時間くらいかかりそうだと思っていたのが、実際にはほんの三〇分ほどで終わってしまったので、とりあえず皆に尋ねてみたのだった。

「ご飯！」

「「お買い物！」」

「リオンかカノンを探し出す！」

俺の質問に、アムールはご飯、ジャンヌとアウラは買い物、そしてクリスさんはリオンかカノンを探すと提案してきた。アムールはご飯、ジャンヌとアウラは買い物、そしてクリスさんはリオンかカノンを探すと提案してきた。クリスさんの提案に関しては、『リオンとカノンの邪魔をしたい』だけだとわかりきっていたので、誰も相手にしなかった。

「それじゃあ、街をブラブラしつつ、気になる店があったら入るという感じでいいかな？」

結局、いつものように皆で街ブラすることになった。いつもは別行動をすることの多いじいちゃんも、昼食をとるということで一緒に街ブラするそうだ。

「なんか、昨日より街が騒がしいね」

「そうじゃな」

街ブラを開始して十数分、明らかに昨日にはなかった騒がしさを感じた。

「何か、催し物でもやっているのかしら？」

「大規模なお見合いかも……クリス、参加したら？」

「そんなわけないでしょ！　……チッ」

「お見合いじゃなくて、お祭りじゃない？」

「でも、ギルドの人は何も言わなかったわよ？」

アムールに茶化されたクリスさんは、アムールにゲンコツをお見舞いしようとしたがよけられてしまった。そんな二人を見ながらも、いつものことと無視しているジャンヌとアウラは、何か変わった出店でも出ていないかと周囲を見回している。

「きっと、リオン様が視察に出ているのが騒ぎの原因ではないでしょうか？　それに、リオン様に加えて、アルバート様とカイン様もいますし。あのお三方は何かと目立ちますから、街中が騒がしくなってもおかしくありません」

　レニさんの考えに、俺たちは納得して街ブラを再開しようとしたが……俺たちに向かって走ってくる人がいたので、足を止めて警戒しながら待ち構えた……が、すぐにギルド職員だとわかったので、警戒を解いて迎えた。


「こんなに騒がしいのはじいちゃんのせいということか……」

「いや、どちらかというと、テンマのせいじゃろう」

「どう考えても、二人のせいですから」

「ほんの少しだけ、クリスのせいでもある」

「その理屈だと、お嬢様のせいでもありますね」

　ギルド職員の話だと、この騒がしさの原因は俺たちだった。要は、武闘大会で活躍した選手が揃っている為に、このような騒ぎになっているそうだ。ただ、露骨に近づいてくる者がいないのは、俺やじいちゃん（ククリ村の住人）に対する負い目があるのと、俺の不評を買うと、いつの間にか存在を消されてしまうという都市伝説のせいらしい。

「ふむ、嘘（うそ）をつくときは、多少の真実を交ぜると効果的というわけじゃな」

「多少じゃない！　半分は入っている！」

「いや、半分も入っていないからな」

　アムールのボケに、反射的にツッコミを入れてしまったのだが、何故だかアムールはとても嬉しそうにしていた。

ラッセル市には数日前から滞在しているのに、何故今頃になって騒ぎになったのかというと、シロウマルとソロモンが関係していた。シロウマルは数日前にカノンを運ぶ時に外に出したが、その時の目撃者たちは、『もしかしたら?』程度の認識だったそうだ。だが、昨日行ったカノンのリハビリ（と称した、ユーリさんのいたずら）の為、ギルドの奥でソロモンとのふれあい会を開催した話が街中を駆け巡り、このような騒ぎになったのだそうだ。ちなみにふれあい会は、カノンだけの予定だったのだが、ユーリさんが、「伯父としてギルド長として、安全を確認しなければならない！」とか言い出したせいで、カノンだけの予定からギルド職員の参加が可能になり、ついでにふれあい会のメンバーにシロウマルも追加されることになった。なお、ふれあい会は短時間の開催だったのだがギルド職員の満足度がとても高かったとのことで、ユーリさんから二匹に二頭分の猪肉が報酬として贈られたのだった。

「でも、半分くらいはユーリさんとギルド職員のせいじゃない？」

「そうじゃな。ふれあい会はギルド職員以外の立ち入りができない所で開催したのじゃから、ユーリか職員の誰かが外部に漏らさなければ、広まることはないはずじゃからのう」

俺とじいちゃんの会話を聞いていたギルド職員は、滝のように汗を流しながら頭を下げていた。

「ん？　ああ、お主は気にせんでもいいぞ。職員にも責任があるとは言っても、最後の最後は全てユーリの責任じゃ。責任者は、こういった時の為におるのじゃ……というわけで、テンマ。ちょっとわしは、今からユーリをからかってくるからの」

じいちゃんはそう言うと、職員を引き連れてギルドへと戻っていった。食事はどうするのかと訊くと、「ユーリに用意させるから、わしに構わず楽しんでくるといい」とのことだった。この時、じいちゃんが『全てユーリの責任』といった瞬間、ギルド職員は安堵の表情を浮かべていた。

「それじゃあ、じいちゃんのことはユーリさんに任せて、俺たちは街ブラを再開しようか？　スラリン、車椅子を……って、無理か。シロウマル、引っ張ってくれ」

先ほどまで車椅子を押してくれていたじいちゃんがいなくなったので、スラリンに頼もうかと思ったが、さすがに無理だと気づき、シロウマルに頼むことにした。シロウマルなら、犬ぞりの要領で行けると思ったからだ。

「シロウマルに頼まなくても、私が押してあげるわよ」

シロウマルに頼んだのを冗談だと思ったのか、クリスさんが笑いながら車椅子を押そうとし、アムールがそれに張り合った。

「私がやる！」

「いや、シロウマルに頼もうとしたのは、ラッセル市の人たちへの紹介の意味もあったからで、頼まなくても自分で移動できるから」

この世界の車椅子の仕組みは、前世のものと比べると性能は低いが構造自体は大きく変わらないので、自分で動かすことは可能だ。ただ、ものすごく疲れるという欠点があるだけで……

「遠慮しなくていいわよ」

「クリスが嫌なら、私がやるから！」

アムールがクリスさんより先に車椅子に手をかけようとしたが、俺は思わず車椅子を前進させてかわしてしまった。

「何故？」

「いや、突然のことだったし……」

かわしたことを疑問に思ったアムールに、ついそういった言葉を返すと、今度は「今から押す！」と宣言された。絶体絶命の大ピンチ！ ……というわけではないが、覚悟を決めるしかないかと精神を集中させて、アムールの接近に備えた時、

「あっ！ ここにいた！ ちょっとテンマを借りますね！」

カインが脇道から現れて、車椅子を押し始めた。

「泥棒！」

アムールがカインを泥棒呼ばわりしたが、カインは、「人聞きの悪いこと言わないで～」と返しただけで、足を止めることはなかった。

「ちょっと！ どこまで行く気なのよ！」

しばらくカインの暴走に付き合っていると、何も聞かされずに走らされていることにしびれを切らしたクリスさんが、カインに強い口調で尋ねたところ、

「あと少し……見えた！ あそこです！」

「ちょっ！ 急に、あっ……んぐっ！」

急に止まったカインに反応できず、クリスさんは前のめりになって倒れかけたが、寸前のところでアムールに助けられた。まあ、腰の所を急に摑まれたせいで少々苦しそうだったが、顔から地面に突っ込むよりはましだっただろう。

「一体何が……って、アルバート。こんな所に隠れて、何しているんだ？」

「来たか、テンマ。あれをどうにかできないか？　というより、頼むからあれをどうにかしてくれ！」

物陰に隠れているアルバートの指差す方向を見てみると、そこにはリオンと、そのそばに寄り添って店先の商品を見ているカノンがいた。

「クソっ！　手遅れだったか！」

「あれがどうしたんだ？　仲が良さそうにしか見えないんだけど？」

悔しがるクリスさんを無視してそう答えると、アルバートとカインは揃って首を横に振った。そこで、二人のことをよく見てみると、

「リオン、そっけないな。あれじゃあ、さすがにカノンがかわいそうだ」

二人をよく見て気がついたのは、カノンが色々と話しかけているのに、リオンはそっけない態度で接し、何度も周囲をキョロキョロと見回しているということだった。

「もしかしてあれ、アルバートとカインを捜しているんじゃないか？」

「かもしれないけど……下手に付き合って、馬に蹴られたくないし」

「そうでなくとも、女性に恨まれたくはないしな」

二人はカッコつけてそんなことを言ってはいるが、真相はカノンが怖かったのだろう。そのことに気がついたのは俺だけではなく……というより、女性陣の方が早く気がついたようだ。特にクリスさんとアムールは二人を怪しんでおり、今にも尋問……が、たった今始まった。そしてものの数秒で、二人は素直に白状した。「「合流した時のカノンは、自分たちを排除すると決めた目をしてい

た」」と……

「これは、もうリオンに覚悟してもらうしかないわね……とても腹立たしいけど。このままだと、カノンがどういった行動に出るか火を見るより明らかだわ……死ねばいいのに」

クリスさんは、本音と建前の区別がついていないようで物騒なことも口にしていたが、その建前の部分にはこの場の全員が頷いていた。

俺に敵意むき出しだったカノンの気性を考えれば、このままだとヤンデレ、もしくはメンヘラ化してしまうかもしれない。それはそれで面白そうだとカインは思っていそうだが、実際にカノンがそうなってしまった場合、アルバートやカインにも被害が及ぶ可能性があるので、二人も真剣に対策を練らなくてはならないのだ。

しかし、対策といってもリオンがその気にならなければ意味がない。そんな条件があったせいで、特にいい案は誰からも出ず、終いにはクリスさんが、「いっそのこと、リオンを酒に酔わせて、カノンと同じベッドに放り込もうかしら？」とか言い出したが、それをやると報復で同じことをやられても文句は言えないので、「「「絶対にやりません！」」」と、俺とアルバートとカインで却下した。

「とりあえず、リオンは見失ったということで、このまま二人っきりにしておこう。二人の仲が発展するかどうかは、カノンの努力次第ということで」

「「よし、そうしよう！」」

真っ先に賛成したアルバートとカインは、リオンに気取られないようにしながら、急いで俺の車椅子を押してその場から離れていった。見て見ぬふりをするという結論しか出せない俺たちだったが、それ以外に考えが出てこなかったので、誰も何も言わなかった。

リオンたちからだいぶ離れた所まで移動してから、アルバートとカインは何事もなかったかのように、これからの予定を話し始めた。

「じゃあ、まずは食事で決まりだね」

「それなら、いい所を知っている」

何度かラッセル市に訪れたことのある二人のおすすめの場所で食事にすると決めたが、二人が知っているということはリオンも知っている可能性が高いので、そこのところはどうなのかと訊くと、その店は別料金で利用できる個室があり、それを目当てにした貴族も来店することが多いらしく、店員の教育もしっかりしており、たとえ俺たち(リオン)の知り合いが聞いたとしても情報を漏らすことはないそうだ。

「それに、入口と出口が複数用意されているから、よっぽど運が悪くない限り、鉢合わせすることはないはずだよ。少なくともラッセル市では、一番情報が漏れにくい店だろうね」

それでも、数を集めて全ての出入口を見張っていれば誰が利用していたのか知ることは可能だが、今回警戒するべき相手はリオンとカノンなので、そこまで心配する必要はない。

「王都の料理と比べても、遜色のないレベルね」

「うまかった！」

「やっぱり、南部とは味つけが違いますね……お嬢様、口調」

「……おいしゅうございました」

「おいしかったけれど……」

「テンマ様の料理の方がいいですね！」

「まあ、テンマの料理は王室が認めた味だからね」

「それと、テンマの料理の方が、珍しいというのもあるのだろう。ここの料理はうまいが、他に比較できる味があるからな」

「そういうものなのかな？　俺としてはここの料理は十分おいしいと思ったし、本職が作った料理だけに、技術は完全にここの方が上なんだけどな……ちょっと待て、近くにリオンがいる」

　店を出て、それぞれが料理の感想を述べている最中に、ふと要注意人物の気配を感じて警戒するように言うと皆一斉に静かになり、俺の指示に従って近くの脇道に隠れた。

「本当にいるね」

「しかも、あそこから出てきたということは、我々と同じ店にいた可能性が高いということだな」

　アルバートが言うには、リオンとカノンが出てきた小道の先には、俺たちが先ほどまで利用していた店の出口の一つがあるそうで、リオンの満足したような表情から、同じ所で食事をしていた可能性が高いと考えたようだ。

「行き先は……街の中心部か？　それなら、俺たちはギルドに戻らないか？　このまま買い物をしていたら、どこかであの二人と鉢合わせしそうだ」

「それもそうね。どうせあと数日はラッセル市に滞在する予定なんだし、買い物のチャンスはまだあるわ。それよりも、あの二人と不意に出会ってしまったら……反射的にリオンをどうにかしてしまいそうだし」

その発言を聞いて、買い物に行きたそうだったジャンヌとアウラはクリスさんを恐れたのか、気配を消しながら俺の後ろに隠れた。

「ギルドに戻るのはいいが、何をするんだ?」

「そろそろ、本格的にリハビリを開始しようと思ってね。いい機会だし、今日から始めようかな……と」

体調もある程度戻ってきたのでそろそろ体を動かし始めないと、このままでは筋力が落ちていく一方なのだ。

「皆それでいいみたいだし、それじゃあさっそく行こうか」

カインはそう言うと、早足で車椅子を押して進み始めた。リオンたちは反対方向へと向かっていったので、別に急がなくてもいいだろうと言ったのだが、リオンの野性の勘が働いて戻ってこないとも限らないとの答えが返ってきたせいで、それを聞いた皆も自然と早足になっていた。

「それで、リハビリということだが、どういったことをするつもりなんだ?」

「組手なら任せて!」

「いや、リハビリの第一段階で、いきなり組手はないよ」

「まあ、当たり前よね。最初は柔軟からかしら?」

アムールがやる気を見せたのだが、カインによってすぐにたしなめられた。クリスさんも、アムールと同じ考えなのかと思ったら、さすがに近衛隊に所属しているだけあって、リハビリの意味を理解していた。

「何か、失礼なことでも考えてる？」

クリスさんの野性の勘が働いたのか、俺を見る目が鋭くなったが、すぐに否定して事なきを得た。そんな俺と同じく、アルバートとカインとアムールも首を横に振っていたが、運のいいことにクリスさんの視界には入らなかったようで、三人が追及されることはなかった。

「まあ、今日は柔軟を中心にやって、どのくらい歩けるか少し試してみるくらいだね。アルバート、カイン、悪いけど手伝ってくれ」

クリスさんに予定を話すと、クリスさんとアムールが手を挙げる前に同性の二人を相手に指名した。さすがに柔軟では体を密着させることもあるので、女性が相手だと思いっきり体をほぐすことは不可能だと考えたからだ。

俺の意図に気づいたアルバートとカインは、すぐに動きやすいように上着を脱いで裾まくりをし、クリスさんは仕方がないといった感じでアムールの首根っこを押さえていた。

「アムールには申し訳ないが、こういうのは同性の方が気兼ねなくできるからな」

「でも、本格的な柔軟を知っているわけではないから、指示は出してね」

二人にやってほしいことを簡単に説明してから柔軟を始めたのだが、思った以上に体が固くなっていて驚いた。安静にしてはいたが、それなりに動いていたと思っていたので、ここまで苦労するのは予想外だったのだ。

「テンマ、一度休憩にしようか？」

「そうだな。いつの間にかギャラリーも増えているし」

苦戦しながら柔軟を続けていると、いつの間にかラッセル市で活動している冒険者たちが見学に来ていた。まあ、今利用しているところはギルドの訓練施設なので、俺たちに見学を咎める権利はないのだが、さすがに苦労している所が見世物になるのは嫌なので、切りのいいところで休憩となったのだ。

俺が柔軟をやめたことで、見学していた冒険者のほとんどは施設から出ていったが、自分の訓練をしているふりや、数人で固まって話しながら俺たちの様子を窺っている奴が何人か残っていた。

「あの、固まって話している奴らは、何か嫌な感じだね」

「そうだな。ああいった、いかにもな奴らは久々に見るな。おそらく、今のテンマなら何とかなるとでも思っているのだろう」

「まあ、実際に今の俺は、普段の一〇分の一も動けてないわけだけどね」

固まって話している奴らの雰囲気からして、俺を倒して名を上げようとでも考えているのだろう。

「というか、テンマが受けないとは考えないのかねぇ？」

「その前に、この状態のテンマに負けるとは考えないのかが不思議だな。私ならリオンとカインが一緒に戦う条件だとしても、絶対にやらないけどな」

「それは、あなたがテンマのことをよく知っているからでしょう。まあ、私もやらないけどね。だって、満足に動けない状態だとしても、テンマくんにはまだ魔法があるし……」

「スラリンたちもいる！」

「ゴーレムもあるんですよね？」

「テンマ、サソリを使う？　脅しにはちょうどいいと思うけど？」

「二号も必要ですか？」

ジャンヌとアウラはこういった対応に慣れてきたのか、サソリ型ゴーレムをいつでも出せるようにしていた。サソリ一体でもかなりの過剰戦力ではあるが、人が弱っているところを狙って複数で来るような奴らなら、ゴーレムで叩き潰しても別にいいかもしれないけれど、魔法で瞬殺した方が色々と楽でいいかな？　とか考えていると、

「グルルルゥ……」

バッグから飛び出してきたシロウマルが、本来の大きな姿で唸り声を上げた。シロウマルの視線は、固まって話していた奴らに向いている。

「あっ！　逃げた」

「テンマ、怒られないかな？　一応、あいつらはまだ何もやっていないんだし」

「シロウマルは、ただ唸っただけだ。それ以上でも、それ以下でもない。あいつらは、勝手に驚いて出ていっただけだ！　……ということにしておこう」

かなり強引ではあるが、実際にシロウマルは飛びかかったりしたわけではないので、何とかギルド職員にはわかってもらえるはずだ……もし難色を示すようならば、もう一度ふれあい会を開催する必要があるかもしれない。

「それにしても、シロウマルはいいタイミングで飛び出してきたな……って、スラリンの指示か」

いい仕事をしたシロウマルを褒めようとしたところ、シロウマルは俺たちに背を向けて尻尾を振り、スラリンからご褒美のおやつをもらっていた。

「たぶん、あいつらがテンマ君に叩き潰されて、再起不能になる未来を回避する為だったんでしょ

うね」

「スラリン、偉い！　お手柄！」

「テンマは、敵には容赦しないしね」

「まあ、その分味方には甘いところがあるが……時折、リオンの付き添いで後をつけていた時に、問答無用で攻撃されなくて良かったと思ってしまうな」

　スラリンを褒めていたと思ったら、自然な流れで俺の話に変わっていった。終いには、何故かクリスさんが俺と出会った頃の話を始め、かなり事実とかけ離れた話をしていた。

「お〜い！　こんな所にいたのか！　何か受付の所で、シロウマルをけしかけられたとかいう奴らが騒いでいたぞ！」

「ちっ！　戻ってきやがったか！」

　クリスさんを無視して、アルバートとカインに手伝ってもらって歩行訓練をやっていると、入口の方から馬鹿でかい声でリオンがやってきた。その隣には、どこか嫌そうなカノンがいる。そして、そんな二人を見た瞬間、クリスさんが暗黒面に片足を突っ込んだ。

「もう少し、二人で買い物でもしてくればよかったのに」

「そうだぞ。せっかくの機会だし、ゆっくりと街を視察してこい。私たちとでは、見ることのできない面が見えるだろう」

「しっかしな……お前らがいないと、何か物足りないんだよな」

　リオンの危険な発言に、アルバートとカインはゆっくりと後ずさりで距離をとった。

「おい、カイン。俺を盾にするな」

「ごめん。テンマはターゲットになってないと思うから、少し我慢して。僕の為に！」

俺を盾にして後ずさるカインは、普段見ることがないくらい真剣な顔をしていた。

アルバートは、「その手があったか！」とかいう表情をしていたが、俺の後ろはいっぱいだったのでクリスさんの後ろに隠れようとしたら、「私はあんたが隠れるほど太くはない！」と蹴り飛ばされていた。二人共、程よく混乱しているようだ。

リオンの隣にいるカノンは、そんな混乱している二人を睨(にら)みながら、リオンの袖を摑んでいる。

しかしリオンは、女性(カノン)に袖を摑まれ、密着しそうなくらいの距離にいるのに、全く気にしたような様子を見せない。

「死ねばいいのに……」

そんな二人を見てクリスさんは、先ほどよりも深く暗黒面に落ちていった。


クリスさんが暗黒面に落ちてから数日後。俺のリハビリは順調に進み、普段の生活ではほぼ支障のないくらいまで体力は回復していた。ただ、俺の回復に比例するように、クリスさんの情緒は不安定になっていた。その原因はカノンだ。カノンがリオンを狙うのは構わないのだが、二人の気安いやりとりを見たカノンが、「クリスはリオンに気があるのでは？」もしくは、「その逆もあり得るのでは？」という考えに行き着いたようで、事あるごとにクリスさんに張り合うのだ。時にはリオンとの仲（カノンがリオンに触れたり、世話を焼いたり）を見せつけるのだが、そのたびにクリスさんの暗黒面が強くなってしまうのだ。

一応、クリスさん以外の女性陣が、カノンにクリスさんとリオンの関係を説明してはいるものの、今のところ効果は薄いようだ。

「じいちゃん、クリスさんが色々とヤバイ。あとついでに、リオンとカノンも」

「あの二人はついでか……まあ、仕方がないのう」

「うちのカノンが申し訳ありません……」

俺の感覚からすればクリスさんは被害者で、カノンは加害者、そしてリオンは元凶の悪人だ。ただ、普段のクリスさんの行動を見ていれば、カノンの勘違いも理解できるところがあるので、カノンだけを責めることはできないと思ってもいる。つまり、リオンが一番の悪だ。

なのでユーリさんは、そこまで気にしなくていいと思う。全てはリオンが悪いのだ。

「それでは、どうするかのう……」

「いっそのこと、リオンを置いていこうか？　ユーリさん、辺境伯の返事が来た時にリオンさえいれば、特に困ることはないですよね？」

「ええ、テンマ君の話も聞けましたし、あとは辺境伯様の指示に従うだけですので……正直言って、せっかく修復できたテンマ君との関係が、カノンのせいでまた悪くなってしまうと、立場上カノンに厳しい罰を与えなくてはなりません。それに、私の体が持ちませんし……」

ユーリさんはそう言いながら、胃の辺りを押さえていた。

もし仮に俺との関係悪化が原因でユーリさんが倒れたとなると、カノンに対する世間の風当たりはかなり厳しいものになるだろう。もしかすると、辺境伯領からの追放もあるかもしれない。

追放は少し大げさかもしれないが、ハウスト辺境伯領は俺との関係悪化が原因で経済が傾き苦しい日々が続いた過去があるのだ。辺境伯自身ではなく、その周りが過剰反応してもおかしくはない。

「つまり、俺たち……正確には、クリスさんがラッセル市からいなくなるのが、一番手っ取り早いというわけか……じゃあ、リオンだけを残して、俺たちは次に進もうか？　予定表だけ渡しておけば、リオンも後から追いかけてくるだろうし」

皆の幸せを考えたら、リオンが割を食うのは仕方がないだろう。そもそも、リオンがしっかりとしていれば、こんな心配をすることはなかったのだ。

「リオンの幸せはよいのか？」

「リオン一人の幸せと、リオン以外の幸せ＋クリスさんの機嫌＋ユーリさんの胃の具合なら、俺はリオンを犠牲にする」

「カッコ良さそうなことを言ってはいるが、要はリオンに丸投げというわけじゃな」

「だって、リオンの責任だし……それでとばっちりを受けたら、たまったもんじゃないからね」

「まあ、人様の恋愛に関わるのは色々と面倒じゃしな……そうするのが一番じゃな」

という結論が出たので、さっそくリオン以外のメンバーに知らせることにした。ちなみに、俺とじいちゃんとユーリさん以外は、現在リオンとカノンのそばにアルバートとカインがつき、クリスさんに女性陣がついている。

カノンには、アルバートかカインがリオンの隙を見てクリスさんとの関係を説明し、女性陣はクリスさんの精神を安定させる為に、気晴らしを兼ねて街を観光しているのだ。なお、クリスさんの気晴らしにかかる代金は、男性陣の折半となっている。何でも、女性陣がクリスさんの手当てで苦労する代わりに、男性陣はその代金を負担しろということらしい。まあ、クリスさんの手当てと言いながら、自分たちも思いっきり楽しむつもりだろう。もっとも、リオン以外が負担する代金は後でこっそりと辺境伯家に請求するつもりなので、最終的にはリオン一人の負担になるのだ。元はといえば、リオンがしっかりとしていればこんなことは起こらなかった（と思う）ので、これくらいの罰は受けてもらおうという男性陣（リオン除く）の満場一致で決まった。

「そうね！　それが一番だわ！」

アルバートとカインはじいちゃんに任せて、俺は女性陣を『探索』を使って探して説明したところ、クリスさんがかぶせ気味に賛成した。やはりというか、カノンのせいでストレスがたまっていたクリスさんは、リオンを犠牲にすることに戸惑いはないようだ。その顔は、リオンに恋人ができるかもしれないのを邪魔しようとしていた時のことを、全く覚えていないようだった。

「ほぼ確実にリオンがどうのこうの言うだろうけど、次の目的地の『グンジョー市』にいるプリメラから緊急の連絡があったとか言えば、説得するのは簡単だと思う。問題は、辺境伯からの返事が俺たちの出発前に届いてしまった場合、この作戦は失敗するということだ」

「なら、今日の夜にでも出発するわよ！」

「クリス、さすがに今日は無理」

「そうだよ。それに、カノンにはリオンとクリスさんのことをちゃんと説明しないといけないから、早くても明日の早朝になるね」

俺の言葉を聞いたクリスさんは、「リオンとカノンのことは放っておけばいい！」と言っていた。だが、今後のことを考えれば、説明だけはきちんとしておいた方がいいと思うのだ。この考えは、じいちゃんとユーリさんとの話し合いの中で決めたことだった。

「その説明は、リオンを除いた男性陣で行い、カノンには無理やりにでも納得してもらうつもり。もしそれでも効果が見られないようなら……俺たちがカノンと会うことは二度とないと思った方がいい。その方が双方にとっていいはずだ」

俺の言葉を聞いて、女性陣は驚いた、もしくは怯えたような顔をしていた。何か誤解があるようなので、詳しく説明したところ、皆納得してくれた。

会うことが二度とないというのは、要はカノンをどんな手を使ってでも俺たちやリオンに関わらせないようにするということであり、殺すということではない。これは場合によっては、王様の力も借りることも考えている。

個人的なことを言えば、リオンが誰と付き合っても構わないとは思ってはいるが、その相手が今のカノンだった場合、問題が出てこないとは言えないからだ。今は、『リオンに気があるかもしれない』というクリスさんに嫉妬を向けているだけだが、もしカノンがリオンと結婚して辺境伯夫人となり、その嫉妬心が強くなっていた場合、リオンと友好関係にある女性に猜疑心を向ける可能性もあるからだ。

猜疑心を向けられた相手が無力な一般人であれば、言い方は悪いがどうとでもなる。だが、もしその相手がリオンの力でもなかったことにできない相手……例えば同クラスの貴族だった場合、自分の派閥を巻き込んだ争いや、国を揺るがすような争いにならないとも限らないのだ。

考えすぎだと言われればそれまでだが、ハウスト辺境伯家は地理的に隣国の侵攻を防ぐような役割も持っている為、家中や貴族間のトラブルが起きては困るのだ。なので、最悪の場合は王様に進言して、対策を取ってもらうことになるかもしれない。

「パーティーなんかでは貴族に限らず、知り合いのパートナーと踊ったり、談笑したりすることぐらい普通でしょ？　それを見て相手に危害を加えかねないと思えるほどの嫉妬をするようじゃ、貴族の奥さんは務まらないと思うしね」

俺の考えを聞いたクリスさんは、少し考えてから頷いた。クリスさんは近衛兵であり貴族でもあるので、国が混乱するかもしれないという可能性と、早くカノンから離れたいという自分の気持ちを天秤にかけて結論を出したのだろう。

「テンマ君の言うことは理解できたわ。ただ、私はこの件には関わらないし関わる義務もないから、明日の朝までに、私の知らない所で教育してね」

クリスさんは、カノンには完全に関わらないと言った上に、さりげなく期限を明日の朝までと決めた。つまり、明日にはラッセル市を出発するということだ。

この態度を見る限りでは、このままカノンを説得できなければ、クリスさんとリオンの関係も壊れてしまうかもしれない。そうなると、二人の共通の知り合いである俺やアルバートにカインも何かと困ることになる。ここはひとつ、リオンの教育もしなければならないが……俺やアルバートたちだと効果が薄いかもしれないので、じいちゃんに丸投げしよう。リオンも、じいちゃんの話なら素直に聞くことができると思う。

「え～っと……レニさん、お金を渡しときますので、皆でおいしいものでも食べてきてください」

俺が目の前にいる女性陣を見て考えた結果、クリスさんのフォローはレニさんに頼むことにした。このことに、クリスさんとアムールが抗議の声を上げたが、「クリスさんの慰安の為の資金だから、クリスさん以外で金銭に強いレニさんに任せることにした」とクリスさんに言い、「アムールは、レニさん以上にお金を上手く管理できるのか？」とアムールに訊いたところ、二人はちゃんと納得してくれた。まあ、片方は俺のよいしょで気分をよくしたのかにこやかな顔で、もう片方は完全に論破されて少し不機嫌そうだったが……レニさんが、「おいしいって評判のお店は……」とか言いかけたら、すぐに自分の意見を言い出していたので、特に気にしなくていいだろう。

「それじゃあ、俺は向こうに合流するから……あまり遅くならないようにね」

クリスさんの一言で、明日の朝に出発が決まったことと、カノンの教育の話し合いをする為に、俺は女性陣と分かれてじいちゃんから話を聞いているであろうアルバートたちの所へと向かった。

「まあ、それが一番いいかな？」

「プリメラを利用するのは少し気が引けるが、ラッセル市だけに時間をかけるわけにもいかないからな……あと、クリス先輩の機嫌が悪くなると、色々と面倒だしな」

「それじゃあ、今日の夜にでもカノンの教育をするとして、出発は明日の昼前くらいでいいな。ところで、二人の説明でカノンに何か変化はあったか？」

俺の質問に、二人は首を横に振った。カノンは、一応話を聞いて納得したような返事はするそうだが、あまり信じてはいないみたいらしい。

「だとすると時間もないし、少々手荒なことをしないと、カノンの矯正はできないね」

じいちゃんがいるにもかかわらずいちゃつこうとするカノン（リオンにはあまり効果がないようだ）を遠目に覗き見ると、アルバートとカインも同感だと頷いた。

「大筋の流れとしては、ユーリさんにカノンをギルド長室に呼び出してもらって、俺とアルバートとカインとユーリさんで説得……というか、説教をする。その間じいちゃんにはリオンを注意してもらって、女性陣にはクリスさんの機嫌を取ってもらう……って感じでいいと思う」

「それでいいと思うけど、マーリン様がリオンを担当するのは、僕たちよりマーリン様の言うことの方が素直に聞くと思ったからだよね？　だとしたら、テンマもそっちに行った方がいいと思う」

「というよりは、カノンのことは私とカインに任せてほしい」

二人に、「言いだしっぺだから、俺も最後まで付き合うぞ」と言ったのだが、

「これは、貴族の仕事だしね」

「そうだ。カノンは少々、貴族というものを舐めているように見えるからな。その場にテンマがいると、ややこしくなりそうだから、今回はリオンの方に回ってほしい」

とのことだった。二人は、自分たちの忠告に耳を貸さないカノンに、かなり腹を立てているようだ。しかし、

「舐めているといえば、俺もかなり二人のことを舐めているように見えると思うんだが……そこのところはどうなんだ？」

そう言うと二人は、少し困ったような呆れたような顔をして、

「「テンマとカノンじゃ、信頼度も重要度も違うから」」

と言われた。

「テンマの場合、王国への貢献度や知名度の高さもあるし、下手な貴族を軽く上回るほどの軍事力も持っているから、カノンと同じ平民というくくりではあるけど、実際には天と地ほど価値に差が

あるからね」

「誤解しないでほしいが、そもそも私たち三人は、どんな身分であろうと友人とはバカ騒ぎをするし、度を越さなければ無礼な態度だとしても何も言わない。だがそれは、相手が友人であることが条件であり、カノンはそれに含まれない」

ちなみに、ジャンヌやアウラ、アムールは二人にとって『友人』の範囲に入るそうで（アムールはともかく、ジャンヌとアウラがどう思っているかは別だが）、レニさんが友人かどうかは微妙なところだそうだが、基本的にレニさんは礼儀正しく、自分たちを立てるように接してくるので、そういった人には少々のことで頭に来たりはしないそうだ。

「そういうことなら任せるけど……やりすぎるなよ」

「大丈夫、大丈夫。こういったことはたまにあるから慣れてるし」

「私たちは、テンマほどやりすぎたりはしないさ」

「どういう意味だよ！」と、アルバートに問うと、「グンジョー市でのレギルと、王都でのポドロの例を見るだけでも、やりすぎという言葉はテンマにぴったりだと思うがな?」とのことだった。

心当たりがある懐かしい名前を聞かされ、少し怯(ひる)んでしまったが、「敵対してきた奴を撃退しただけだ！」と反論すると、「普通、平民が貴族を撃退して、その一家の取り潰しに直接関わったりはしないって。やっても、敵対している貴族に情報を流すくらいだよ」と、カインから返された。しかもカインの後ろでは、アルバートが真剣な表情で何度も頷いている。

「そこまで言うなら、二人に任せるぞ。俺はじいちゃんとリオンの足止めと注意を頑張るとするか」

「テンマ……頑張りすぎないでね？」

「リオンのことだから、少々のことではダメにならないと思うが……あれでも辺境伯家の跡取りなのだから、五体無事に帰してやってくれ」

反応してはダメだと思い、黙ってじいちゃんと合流しようとしたが……気がついたら、アルバートの頭を脇に抱え込み、カインの後ろ襟を反対の手で掴まえているところだった。

「そ、そこまで素早く動けるなら、この先の旅に何の心配もないね……ごめん、謝るから許して」

「ギ、ギブ……アップ……ち、力の方も、戻ったみたいだな……ゴホッ」

後ろ襟を掴まれただけのカインは大した痛みはなかったようだが、ヘッドロックもどきを食らったアルバートは、かなり辛そうにしていた。

「無意識の行動というのは恐ろしいな……」

「無意識で二人の男の行動を封じるなんて、本当に恐ろしいね」

「本当に無意識だったらの話だがな」

アルバートの言う通り、本当は無意識などではないが……特に訂正しなくてもいいかと思い、二人に対してはニコリと笑いかけるだけで何も言わなかった。二人共、少し表情が強ばっていたが、すぐにユーリさんと話し合う為にギルド長室に向かっていった。

「リオン、ここにいたのか。今日の夜は俺とじいちゃんとリオン以外は用事があるとかで、三人で晩飯にすることになったから、そのつもりでな。あと、その時に大切な話があるから、申し訳ないけどカノンは遠慮してくれ」

『探索』でリオンを探し出し、すぐに要件を話した。そして、相変わらずリオンのそばにいたカノンには、強い口調で同席はさせないと告げた。

少々厳しい口調で言ったせいか、カノンは何か言いたそうにしてはいたが、結局何も言わずに頷いていた。その夜、

「リオン、カノンのことはどうするのじゃ？」

「はぁ、カノンですか？」

リオンを軽く酔わせてから、じいちゃんがカノンとのことを切り出した。

「カノンがお主に気があるのは、さすがに気づいておろう。それを放ったらかしにしたせいで、クリスやアルバート、カインに迷惑がかかっておるのをわかっているのか？」

「一応わかってはいるんですけど……どうしたらいいのかがわからないんです」

リオンの言い分は、三人に迷惑がかかっているのは理解しているが、どうやって解決すればいいのか、方法がわからないそうだ。

「手っ取り早いのは、カノンとの縁を切ることじゃ。お主が強く拒絶すれば、カノンも諦めるじゃろう。それをせずに中途半端な態度を取っておるせいで、カノンはまだ望みがあると思っているのじゃ」

至極真面目に説教するじいちゃんに、素直な態度で聞いているリオン。俺は二人の隣に座っているのだが、話に入り込む隙がないので、静かに話を聞きながら、時折空になった二人のコップに酒を注いでいる。しばらくすると、

「そもそも、胸が小さいから付き合えないとは何じゃ！　男なら、自分が大きくしてやるくらいの

ことを言わんか！　人間誰しも欠点の一つや二つは持っているものじゃ！　クリスを見てみろ！　胸は小さく気は荒い！　なのに男の理想が高くて選り好みをする！　それに比べれば、カノンは優良物件じゃろうが！」

「確かに！　姐さんは理想が高すぎる上にカッコつけたがりだから、年下の同性にはモテますけど、男性から声をかけられているところは見たことがありませんね！」

じいちゃんが、かなりやばいことを口にし始めた。少々、調子に乗ってお酒を飲ませすぎたかもしれない。俺自身があまり酔わないものだから、二人の代わりに注文した時に強めのお酒を頼んだのが失敗だったようだ。幸い、前にアルバートとカインに案内してもらった店の個室なので防音がしっかりしており、他の客に聞かれるといったことは起きてはいないが……もしもこの場が一般的な飲み屋だった場合、俺はこの二人を引きずって逃走しているだろう。それくらい、今の状況は他人に見せられないものだった。

「話がそれているみたいだが、結局のところリオンは、カノンのことを真剣に考えるということでいいんだな？」

「おう！　これ以上、皆に迷惑はかけられないからな！」

「そうか、男に二言はないな？　それと、皆……特にクリスさんとアルバートとカインには念入りに謝っておけよ」

「おう！　わかってるって！」

「よしわかった！　じゃあ、飲め！　じいちゃんも、どんどん飲んで！」

面倒になった俺は、言質だけ取って酔い潰すことにした。ついでにじいちゃんも。これ以上、この二人の話を聞き続けたら、俺の精神がどうにかなってしまいそうだったからだ。

そして一時間後、

「ようやく潰れた……」

やっと二人が静かになった。なので、

「料理の追加お願いします」

店員を呼んで、ゆっくりと食事にすることにした。ちなみにここの代金は、リオン（泥酔状態）が奢ると言っていたので、潰れる前に財布を預かっておいた……まあ、リオンの財布だけでは足りないと思うので、ちゃんとじいちゃん（泥酔状態）からも財布を預かっている。さらに、

「スラリン、シロウマル、ソロモン、ゴル、ジル、店から許可が出たから出てきていいぞ。ただし、暴れたりするなよ」

こうして、俺と眷属たちによる宴会は、夜遅くまで続いたのだった……それにしても、ゴルとジルはディメンションバッグから出てこないくせに、メニューの中でも高いものから順に頼んでいくという、一番容赦のない方法でリオンとじいちゃんの財布を攻めていた。

そして次の日……

「テンマ、わしの財布が空っぽなのじゃが……」

「じいちゃん……リオンと一緒になって、あれだけ調子に乗って高価な酒を頼み続けたら、そうなるに決まってるじゃん。それに、注意しても自分たちが払うからって言って、聞く耳を持たなかったんじゃないか。スラリンたちがいたけど、酔っぱらい二人を連れて帰るの大変だったんだからね！　これに懲りたら、正気を失くすほど酒を飲むのはやめなよ。体に悪いから」

財布の異変に気が付いたじいちゃんだったが、俺がそう言うと少し考え込んだ……が、二日酔いで考えがまとまらなかったみたいで、すぐにベッドに横たわった。

「ねえ、ジャンヌ……テンマ様の言っていること、本当だと思う？」

「しっ！　それ以上は駄目よ」

「アウラ。賄賂を受け取った以上、私たちはテンマの共犯」

「ですね。思っても口に出してはいけません」

「そうよ。マーリン様には申し訳ないけど、リオンは私にさんざん迷惑をかけたんだから、これくらいじゃ足りないくらいよ」

女性陣は、昨日店を出る前に頼んだ持ち帰り用の料理を賄賂として渡してあるので、俺の共犯（なかま）である。なので、おかしな点があっても、それを指摘するようなことはしない。なお、アルバートとカインには酒を買ってきて渡している。

二人は昨日俺がリオンを酔い潰している間、カノンを説教（というよりも、内容的には脅しに近かったらしい）したせいでストレスをためてしまったので、昨日は賄賂の酒を朝方まで飲んでいたそうで、未だに眠っていた。

「それにしても、アルバートとカインはまだ寝ているの？　さっさと出発したいから、リオン……は死んでいるわね。テンマ君、ちょっと起こしてきてちょうだい」

さすがにジャンヌたちを、貴族であるアルバートとカインが寝ている部屋に入れるのはまずいとのことで、俺がパシらされることになった。まあ、パシリに使われる俺よりも、精神的に疲れて寝ているのに叩き起こされる二人の方がかわいそうだとは思ったが、俺は何も言わずにクリスさんの

命令を聞いた。ようやくクリスさんの機嫌が直ったのに、二人をかばって元に戻してしまっては意味がないからだ。それに、寝るだけなら馬車の中でもできるので、二人には少し我慢してもらいたい。

「それじゃあ、リオンには置き手紙をしたし、ギルド長に頼んでいるから心配する必要はないわね……じゃあ、出発よ！」

クリスさんの号令で、俺たちはラッセル市を出発することになった。

見送りには疲れた様子のユーリさん、怯えた様子のカノン、シロウマルとソロモンとの別れを惜しむギルド職員たちが来てくれた。

カノンは、クリスさんを見るなり深々と頭を下げて謝罪し、クリスさんもそれを受け入れたので表面上は和解した形だが……傍(はた)から見ると、クリスさんが脅して謝らせているようにも見えるのは、少し問題があるかもしれない。

「それじゃあ、ユーリさん。リオンを頼みます。あいつはまだ宿で寝ているので、起きて誰もいないと気がついたら、真っ先にギルドに突撃すると思いますので」

「任せてください……一応、リオン様には、先に行くことは伝えているのですよね？」

伝えていると答えると、ユーリさんは安心していた。事前に知らされていることならば、リオンの混乱は一時的なものだと思ったのだろう。まあ、伝えたのは昨日泥酔している時なので、本人は覚えていないと思うが……伝えたことは確かなので、覚えていないのは本人の責任だ。

「テンマ君！　さっさと出発するわよ！　いつまでもここにいたら、リオンが気づいちゃうかもしれないじゃない！」

クリスさんの言葉を聞いて、ユーリさんが「えっ？」と声を漏らしていたので、バレる前に馬車に乗り込んで出発するように御者席のジャンヌに命令した。

次の目的地であるグンジョー市までは、寄り道をしても一〇日かからずに到着できるだろう。この調子なら、雪が降る前に王都に帰ることができるかもしれない。

そんなことを思いながら、何か叫んでいるユーリさんを無視して、俺たちはラッセル市を後にした。

第五幕

「よっと……これで、一〇勝二敗三分けですね」

「……もっと負けてくれてもいいんじゃない？　万全の状態じゃないとか言ってるくせに、可愛げがなさすぎよ」

グンジョー市までゆっくり進んであと半日くらいという所で、俺たちは野営をしていた。

ここまで予定よりも三日早い移動だったので、グンジョー市に入る時に疲れを残さないようにと、早めの休息をとったのだ。まあ、これだけ早く移動できたのは、リオンに追いつかれないようにと張り切ったクリスさんとアルバートとカインが、御者を頑張ったからである。何故三人が頑張ったかというと、ラッセル市で迷惑をかけられたことへの仕返しと、『もしリオンがグンジョー市に到着した時に、自分たちの用事が終わって次の旅に入っていたら、リオンはさぞかし面白い反応を見せることだろう』という理由からだった。

先ほどの模擬戦は、実戦形式の試合で体の調子を確かめようとクリスさんに提案され、ラッセル市を出てから野営をするたびに数回行っていたものだ。

模擬戦の結果は、初めの野営で俺の二連敗からの一分け、次の野営で二分けからの一勝。そして、勝ちがついてからは連勝中だ。これは、体調が完全に戻ったわけではなく、今の体の動かし方に慣れたのと、色々な戦い方を試した結果、一番クリスさんに有効的な戦い方を見つけたからだ。

最初の連敗の時は普通の感覚で戦い、引き分けの時は防御主体で戦い、現在はカウンター狙いで戦っている。今の状態だと持久戦では不利だが、瞬間的な力と速度はクリスさんを上回っていることに気がついたので試したところ、それがはまった形だ。それと連勝中は、相手をクリスさんではなくディンさんと想定することで、体を動かすと同時に頭をフル回転させたのもよかったみたいだ。ただそのおかげで、成績の割に精神的にはあまり余裕がない状態だった。

「対策を取ろうにも、試合を重ねるごとに調子を取り戻すもんだから、一歩及ばない状態が続くのよね……テンマ君、とってもイヤらしいわね」

「誤解されるような発言はやめてくださいね。あまりにもひどいと、ついポロっと愚痴をこぼしてしまいそうですから……マリア様の目の前で」

「……言うじゃないの」

「テンマ、次は私と！」

クリスさんと睨み合っていると、アムールが次の相手に立候補してきたが、さすがにアムールの力任せの戦い方とでは、現状でまともな戦いができそうにないので、何度目かのお断りをすることになった。

「それじゃあ、僕と……って言いたいところだけど、僕じゃあクリス先輩の代わりはできそうにないね」

カインがアムールの流れに乗って立候補したが、クリスさんほど与えられるものがないと自分で判断し、自虐気味なことを言いながら苦笑していた。

「そんなことよりも、もうすぐご飯ができるみたいだから、汗を流してきたら？」

カインの言葉でそろそろ夕食の時間だと気がつき、クリスさんに先を譲った。クリスさんは軽い感じで礼を言った後で、風呂場に向かっていった。今ではこんな感じだが、最初の模擬戦を終えた時は、レディーファーストのつもりでクリスさんに先を譲ったら、

「えっ！　私の後がいいの？　そんな趣味があるのね」

とかふざけたので、初日に限りクリスさんを無視して俺が先に入り、夕食ができるギリギリまで風呂を占領してからは、クリスさんはそんなことを言わなくなった。さすがに汗臭いままで夕食を食べるのが嫌で、夕食を後回しにして風呂に入ったのに、上がった頃には夕食のほとんどを食べ尽くされていて、一人寂しく黒パンと干し肉をかじるのはもう嫌だということらしい。

ただ、クリスさんが入った後で風呂に入ろうとすると、アムール、アウラ、ジャンヌの三人がすぐに風呂掃除をするので、俺が入るまでに少し時間がかかってしまう。まあ、新しい湯に入れるのは気持ちがいいので好きにさせているが、どうしても夕食の時間ギリギリになってしまうので、調理の時間とクリスさん次第では、席に着くのが遅れてしまうこともある。

「それで、グンジョー市にはどれくらい滞在する予定？」

「五日くらいかな……あそこには知り合いも多いし、行こうと思ったらいつでも行ける所だから、もっと短くてもいいとは思うけど、プリメラとアルバートはそうでもないだろ？」

プリメラはグンジョー市騎士団の所属だから、そう簡単に離れることはできないだろうし、アルバートも基本的に王都にいなければならないので、二人が会う機会はあまりないはずだ。

「うん、まあ……そうだね」

期待したような答えではなかったらしく、カインは気の抜けたような言葉を返してきた。まあ、カインとしては、俺がプリメラと会いたいからとか言うのを期待したのだろうが、ようやく女性と

の接し方に慣れてきたところなので、そんな軽口を叩く余裕はないし、俺はそんなことをすらっと言えるようなキャラではない。

「それはそうと、リオンは今頃どうしているかな？」

「ああ、うん……たぶん、辺境伯様の手紙が届いた頃じゃない？　手紙が届いたと仮定して、ラッセル市を出発するのは、明日か明後日くらいかな？　そう考えると、僕たちとリオンがグンジョー市で合流するのは難しいかもね」

明らかに話題を変えた俺に不満げな顔を見せたがその表情はすぐに戻り、リオンの行動の予測を始めた。そして、最後の方ではリオンが慌てる様子を思い浮かべたのか、とても楽しそうに話していた。

「テンマ様、もう少ししたら、クリスさんがお風呂から上がるようです。アムールがブラシを持って待機しているので、間違いありません……ところで、教えていただきたいことがありまして……ラッセル市やグンジョー市の、市って何ですか？」

しばらくカインと話していると、アウラがクリスさんの風呂上がりのタイミングを知らせに来ると同時に、市の意味を訊いてきた。どうやら、ジャンヌたちとの会話の中で出てきたみたいだが、アウラはその意味がわからなかったようだ。なので、俺に報告すると同時にこっそりと訊きに来たようで、しきりにジャンヌとレニさんの方を気にしている。

「今は『市(し)』という呼び方をしているけど、昔は『市(いち)』と言っていたそうだ。今のラッセル市やグンジョー市は、元々町や村が発展してできたものではなくて、周辺の町や村の農作物や手芸品、狩人の狩った獲物なんかを売る市場があったらしく、市場の規模が大きくなるにつれて商人や冒険者が参加し、それらを目当てにした宿屋や食堂ができて、一つの街に発展した。それに伴い、呼び方も売り買いをする為の場所の『市（いち）』から、賑（にぎ）やかな所を意味する『市（し）』に変わったと言われているな」

「ほえ～……そんな意味があったんですね」

グンジョー市に住んでいた頃に調べたことを思い出しながら話すと、アウラは間の抜けたような声を出しながら感心していた。

「さすがにテンマは住んでいただけあって、よく知っているね。市場から変化したくらいのことを知っている人は結構いるけど、そこまで詳しく説明できる人はあまりいないね」

「はっ！　もしかして、アムールが早々と掃除の準備に行ったのは、市の意味をわかっていなかったからじゃ？」

馬車の中でクリスさんの風呂上がりを待っているアムールの様子を見るわけにはいかないが、たぶんアウラの言う通りだろう。

しばらくしてクリスさんが髪の毛を拭きながら馬車から出てくると、その後に続いてアムールも出てきた。クリスさんが着替えている間に掃除を終えたのだろうが、ここ数日で確実に時間が短縮されており、馬車の風呂掃除に限って言えば、アムールの実力はアイナに次ぐところまで来ているだろう。

「それじゃあ、風呂に入ってくるか」

レニさんが合流してからアムールの突撃がないので、安心して風呂に入ることができるのが嬉しいところだ。むしろ心配なのは、アムールよりもアウラだったりする。別にアウラがスケベ心で突撃してくるのではなく、いつも通りのうっかりで風呂場や着替え中の馬車に入ってきたりするので、そのたびにクリスさんとアムールに怒られている。ジャンヌに至っては、アウラが風呂場にうっかりした回数をメモっているらしく、この旅から戻ったらメモをアイナに提出するつもりなのだろう。

風呂から上がると食事の用意ができていた。時間ギリギリだったが、何とか食事に間に合ったようだ。今日のメインは焼肉だったので、もし間に合わなかったらかなり寂しい食事になっていたかもしれない。

食事が終わると早めの就寝だが、今回はなるべく早めにグンジョー市に入りたいとのことで、見張りをスラリン、シロウマル、ソロモンに任せ、さらにスラリンには一〇体のゴーレムを指揮させることにした。それに加え、男性陣は馬車の外にテントを張って寝ることで、何かあればすぐに対応できるようにしたのだ。

「それじゃあ、明日は日が昇ると同時に出発して、昼前にはグンジョー市に入るようにしよう。じゃあ、解散！」

俺の合図で、それぞれが自分たちの寝床に向かっていった。まあ、馬車で寝る女性陣はともかく、男性陣は自分たちの寝床になるテントを張らないといけないので、これからその作業が待っているのだ。

テントを張り終えると汗をかいてしまうが、馬車の中は女性陣のエリアなので風呂に入れるわけもなく、水で濡らした布で体を拭いて、朝女性陣が起きるまで我慢しなければならない。一応、俺かじいちゃんの魔法でお湯を用意し、この場で湯浴みするという方法もあるが……以前それをやっている最中に、タイミングを見計らったかのように馬車から出てきたアウラに悲鳴を上げられるという事故が起こってからは、よっぽどのことがない限りは自粛している。ちなみに、その時裸を見られたのはじいちゃんとリオンで、しかも調子に乗って真っ裸でポージングをしているところを正面から見られるという事故であった。さすがにこの時ばかりは、うっかりのアウラは皆から同情され、逆に見られた二人は非難された。まあ、二人のフル◯ンポージングは同性からしても見苦しかったので、いい気味だと笑ってやった。

そういった理由から汗を拭くだけで我慢しているが、朝は朝で女性陣が先に風呂場を使うので、どうしても男性陣の風呂は遅くなってしまう。しかも、明日は昼前にはグンジョー市に到着する予定なので、ゆっくりと汗を流す時間はないかもしれない。

「時間との勝負だな……」

そんなことを呟きながら、眠りについたのだが……

「何でこんなことになるのかなぁ……」

夜中にスラリンに起こされてしまった。起こしたスラリンは、申し訳なさそうにしている。

俺が起こされた理由は、シロウマルとソロモンにある。こいつら、俺たちが寝静まった後に周辺の見張りを開始したらしいが、その途中で猪の群れを発見して壊滅させたのだそうだ。壊滅はどうかと思うが、この辺りでは猪は害獣として駆除が推奨されているし、実際に猪の農作物への被害は洒落にならないので、そこはあまり問題ではない。問題なのは壊滅させた猪の群れが複数だったことと、壊滅させた際に出た血の匂いに釣られ、多くの狼が近づいてきてしまったことだった。

こちらにはシロウマルがいるので、今狼たちは遠巻きにこちらを窺っているだけだが、襲いかかろうとするのは時間の問題だろう。

「とりあえず、ゴーレムの数を増やして周囲の警戒を強めて、猪はマジックバッグに回収っと。ソロモン、スラリン、猪が何頭か入ったバッグを預けるから、遠く離れた所に置いてきてくれ。置いてくる時に、猪の腹を割いて匂いを拡散させるんだ。わざわざ危険を冒してまで俺たちを襲わなくても、安全に餌にありつけるなら、そっちに向かうのがいるはずだ。それでだいぶ数は減るはずだけど、向かってくる奴は遠慮せずに叩きのめせ！」

俺が指示を出すと、スラリンはバッグを受け取ってソロモンに乗った。そして宙に舞い上がったソロモンは狼たちの上空を旋回した後、誘導するように猪をぶら下げてどこかへ飛び去っていった。

「やっぱり、何頭か釣られて離れていったな……シロウマル、先手必勝だ！　残った奴らの中に飛び込んで、思う存分蹴散らしてこい！」

「ウォン！」

先ほどまで、反省するかのように腹を見せて寝っ転がっていたシロウマルは俺の命令を聞き、汚名返上とばかりに張り切って狼たちへと突進していった。

「猪もだけど、狼も数が多すぎないか？」

蹴散らされる狼を見ながらそんなことを考えていると、じいちゃんがテントから出てきた。

「もう戦闘は終わりそうかのう？」

じいちゃんは最初の方で狼たちに気がついていたそうだが、俺が対応していたのでゆっくりと準備をして出てきたらしい。

「起きていたなら、早く出てくれればよかったのに」

「わしが急いで出ていっても、やることはなかったじゃろうが。ぼーっと見ているくらいなら、ゆっくりしてからでも問題はなかろうが」

「まあ、その通りなんだけどね。それに、働いたのはスラリンたちとゴーレムだから、俺もぼーっと見ていたみたいなもんだけど……そうだ！」

狼のほとんどが逃げ始めていたので、俺はじいちゃんにシロウマルを頼み、今のうちに風呂場を建設することにした。

「最初からこうすればよかったんだ」

土魔法で壁を三つ作り、最後の一面は暖簾をかけて壁の代わりにした。そして中の空間には、以前浴槽代わりに使っていた酒樽を置いて、お湯を満たして風呂場を作った。そして、すぐに服を脱いで風呂に入った。

「ぬおっ！　わしに雑用をさせている間に自分だけ風呂に入るとは、ずるいぞい！」

「さすがに二人同時に入れないから、じいちゃんは俺が上がるまで我慢してね」

「ぬぅ……ならば、わしが入る前に、お湯を温め直しておくのじゃぞ！」

「了解！　あっ！　それと、スラリンが戻ってきたら、倒した猪の残りと狼を一か所に集めるように言っておいてね」

「人使いが荒いのう……まあ、風呂代と考えればいいか。それと、アルバートとカインにも声をかけておくからのう。あやつらだけ風呂なしはかわいそうじゃからの」

そう言ってじいちゃんは、二人を起こしにテントへと向かっていった。たぶん、あの二人がかわいそうというのは半分以上嘘で、本当は猪や狼を集める手伝いをさせる為だろう。もしかしたら、簡単な仕分けもさせるつもりかもしれない。

「アルバート、上がったよ！」

「ようやくか……ちょっと時間を過ぎてるぞ」

じいちゃんに起こされた二人は、風呂に入れると聞いて最初は喜んだが、入る為の条件が猪と狼の回収作業と聞かされて、すごく嫌な顔をしていた。まあ、いきなり起こされて、生臭い仕事をさせられたのだ。寝起きには辛いだろう。

「まあ、ゴーレムの持ってくるものを、サイズごとにマジックバッグに分けるだけだから楽なんだが、さすがに血の匂いはきついな。服にも匂いがついてる」

アルバートは、自分の服についた匂いに顔をしかめながら、風呂場に向かっていった。

「とりあえず、これで仕事は終わりだよね？」

カインが心配そうに尋ねてくるが、実のところまだ猪は残っていたりする。しかし、

「残りはスラリンたちとやっておくから、テントに戻ってもいいぞ」

さすがに、風呂上がりにもう一度回収作業に戻れというのは酷だし、猪の残りもあと数頭というところだ。風呂上りの後で匂いがつくのは俺も嫌だが、残っている猪は選別せずに一緒くたに入れておいても問題はない。何せ残りの猪は、俺たちの食事に使うつもりなのだ。

「それにしても、猪が七〇行かないくらいか。しかも、普通の猪とダッシュボアの混合の群れか……初めて聞くけど、同じような生き物だからそんなこともあるのかもな。それで、狼の方が三〇くらいだな。大半が逃げるか離れるかしたから、全部合わせたら一〇〇くらいいたかもな」

『探索』を広げて狼の行方を探ったが、すでにかなり遠くまで逃げているようで、『探索』に引っかかったのは数頭の群れが一つだけだった。

「もしかしたら、『大老の森』の異変がここまで影響しているのかな?」

『大老の森』からはかなり離れているので考えすぎかもしれないが、思い当たる原因がそれしかなかったので、グンジョー市では念の為ギルドに報告しておこうと決めた。

「ふぅ……いい湯だった」

そんなことを考えながら、猪や狼の処理の為に出したゴーレムを回収していると、アルバートが満足そうな顔をしながら風呂から上がってきた。

「アルバートが上がったなら、最後の仕事をしないとな」

「ん? まだ何かやることがあるのか?」

最後の仕事に巻き込まれると思ったのか、アルバートがゆっくりと後ずさりをして、俺との距離を取りながら訊いてきたが……

「別に手伝ってもらわなくても大丈夫だぞ。最後の仕事っていうのは、シロウマルとソロモンの体を拭くだけだから」

「それじゃあ、私はいなくても大丈夫だな」

自分にできることはなさそうだと、安堵の表情を浮かべたアルバートは、俺の気が変わらないうちにといった感じで、そそくさと自分のテントへと戻っていった。

なお、俺の次に風呂に入ったじいちゃんは、風呂から上がるなりコップになみなみと注いだ酒を一気飲みし、いち早くテントでいびきをかいている。

狩りの後で、そのまま見張りに戻ったシロウマルとソロモンを呼び寄せると、ソロモンは素直にやってきたが、洗われると感じたらしいシロウマルは、一目散に反対方向へ逃げ出そうとして……スラリンに収納された。もっとも、俺の目の前で吐き出されたシロウマルは、体を濡れタオルで拭かれているだけのソロモンを見て、大人しくしていた。俺としても、シロウマルを丸洗いしてやりたいが、夜中にそれをやると朝までかかってしまうので、グンジョー市まで我慢することにしているのだ。その妥協点として、今回はシロウマルを濡れタオルで拭くだけにした。

案の定、シロウマルは普段の汚れに加え、猪や狼の血や狩りで暴れた際に着いた泥や草で汚れており、一度では汚れは落ちず、一〇回近くタオルを洗って拭いて、ようやく表面の汚れが目立たなくなったほどだ。なので、匂いまでは落ちなかった。

「スラリン、グンジョー市で時間ができたら、ジャンヌとアウラにも手伝わせて、シロウマルを綺麗にするぞ」

拭かれ終わったシロウマルが俺から離れるのを見ながら、小さな声でスラリンに決意を語るのだった。そしてその日の早朝、

「おは……ねぇ、テンマ君。あれ、何？」

挨拶を途中でやめたクリスさんの指差す方を見てみると、そこには夜中に壊し忘れた風呂場があった。

「ふ～ん……朝早くから出発するって言ってたくせに、夜中に、男たちだけで、露天風呂を、楽しんでたんだ」

簡易的な風呂場なので、露天風呂というほどいいものではないが、クリスさんにとっては夜空を

見ながら風呂に入れればそれは露天風呂で、入る価値のあるものなのだろう。だが……

「クリス……せめて、街中で露出癖を出すのはやめてね」

アムールに呆れられていた。しかし、その考えはアムールだけでなく、クリスさん以外の女性陣の総意でもあるらしく、懇願するように全員でクリスさんを見ていた。

「そんな性癖あるわけないじゃない！」

「でもクリス、ちょっと風が吹いただけで中が丸見えになりそうなお風呂場を、しかも男性陣が近くにいる状況で使いたかったみたいなことを言ったら、変な趣味でもあるのかと疑われても仕方がないですよ」

レニさんの指摘でクリスさんは考え込み、もう一度アムールたちの顔を見て、

「私は、単純に開放感のある所でお風呂に入りたかっただけなんだから！」

と叫んだ。そしてそのすぐ後、アムールに「やっぱり、露出癖がある！」と言われ、ふてくされて馬車の風呂場に引きこもった。

「まあ、クリスさんの性癖は置いといて……さっさと出発しようか？　食事は作り置きのものになるけど、その分グンジョー市に着いたら、おいしいものを食べるということで」

という感じで、俺たちは野営地を出発した。もちろん、風呂場は暖簾と風呂桶代わりの酒樽を回収して、土壁は破壊してある。そうでもしないと、変な輩に悪用されるかもしれないし、魔物の寝床になってしまうかもしれないからだ。

予定より少しだけ遅くなったが許容範囲だろうと皆と話し、御者のアルバート以外で朝食を食べたのだが、その間もクリスさんは引きこもりを続け、最終的にはレニさんに説得されて出てきた。

　引きこもりをやめたクリスさんは、出てくる時に先ほどの発言について色々と弁明していたが、俺たちは何も言わずにただ聞いていた。何か変なことを言って、また風呂場とトイレを占領されたらたまらないし。


「テンマ、グンジョー市が見えてきたよ」

　御者をしているカインが、グンジョー市を目視できる所まで来たことを知らせた。

「カイン。正門の横にある、衛兵の詰所に向かってくれ。近くまで行くと衛兵が出てくるはずだから、サンガ公爵家の家紋を見せて彼らの誘導に従ってくれ」

　カインの報告を聞いたアルバートが、サンガ公爵家の家紋を渡しながら指示を出した。一応、グンジョー市でも中に入る際に入場審査のようなものがあるが、今回はアルバートが一緒なので一般の審査ではなく、ほぼフリーで入れる入口が使えるそうだ。

　カインがアルバートの言う通りに馬車を進めると入口に立っていた衛兵が近づいてきて、カインの出したサンガ公爵家の家紋を確認して馬車の誘導を始めた。

「騎士団の方へ連絡いたしますので、しばらくお待ちください」

　衛兵の先導で街の中へと入ったのでそのまま自由に動けるのかと思っていたら、衛兵の一人がそんな言葉を残して走り去っていった。

「アルバート、何かあるのか？」

「ああ、今回は私を含めて有名人の集まりだから、見つかると大騒ぎになると思って、騎士団に私たちが到着したら護衛に来るように言っておいたのだ。群がってこられても戦力的には問題ないが、力で排除するわけにはいかないからな。特にテンマはここでの活動が長かったから、色々な者が近づいてきそうだしな」

アルバートの配慮は、ありがたかった。確かにククリ村を出てからじいちゃんと合流するまでの間、一番長く住んでいたのはグンジョー市だし、冒険者としての活動を正式に開始したのもこの街だ。そういった意味では、関わりのある者は王都に次いで多いだろう。それが、友好的な者であるかどうかは別として。

「来たみたいだね」

カインが顔を向けた方から、馬に乗った騎士が一人と早足の騎士が数人向かってきていた。

「あれって、プリメラじゃないか?」

「そうだ。私が来るということで、プリメラが指揮する第四部隊が護衛につく手はずになっている」

アルバートが自分（プリメラ）の妹のいる部隊を指名するのは自然な流れだとは思うが、前日のカインとの会話のせいで、何か企んでいるのかと勘ぐってしまう自分がいる。まあ、他の隊長たちが来るよりは、プリメラが来る方が気は楽なので、俺としてもありがたかったりするけどな。

「グンジョー市騎士団第四部隊、これより護衛任務に着任します!」

誰よりも緊張でガチガチなプリメラが、馬上から敬礼をした。

「……プリメラ、君は護衛対象に対して失礼だとは思わないのかい?」

今回の護衛対象には、プリメラより身分が高い者が三人いる。そのうちの一人で実の兄であるアルバートは、妹のやらかしに呆れた様子で指摘していた。

「申し訳ございません！　きゃっ！」

慌てたプリメラは、慌てすぎて鐙（あぶみ）を完全に外していない状態で馬から下りようとして足を引っかけ、地面に激突する寸前でアルバートに抱えられて難を逃れた。

そして、恥ずかしそうにしながらも服装を軽く整えて、

「で、では、改めまして。グンジョー市騎士団第四部隊隊長のプリメラ・フォン・サンガです。今回、皆様の護衛を務めさせていただきます！」

再度、俺たちの前で敬礼した。そこまで気にするような面子ではないが、プリメラの部下もいるのでケジメだけはつけておかないといけないということだろう。ちなみにその部下たちは、俺も会ったことのある副官に昔掃除や仕分けの仕方を教えたことのある騎士たちだったので、プリメラの失敗には慣れているのだろう。誰一人として、驚いた様子を見せていなかった。まあ、それはそれで問題があるかもしれないが、プリメラよりも身分の高い三人……アルバート、カイン、クリスさんが特に気にした様子を見せていないので、プリメラが後々個人的なお叱りを受けて終わるくらいの問題なのだろう。

「それでは、護衛を開始します！」

プリメラが部下たちに指示を出して、俺たちの誘導を始めようとした時、

「プリメラ、君は馬車に乗りなさい。今後の予定について話し合わないといけないからな。テンマ、そういうわけだから、プリメラも同乗させてもいいだろうか？」

「構わないぞ」

というわけで、プリメラのお叱りの時間が早くなったようだ。アルバートの言葉を聞いて、遠慮したそうな顔をしていたプリメラだったが、すぐにアルバートが副官に命令して退路を断った為、大人しくアルバートの指示に従い、馬車へと乗り込んだ。

「あっと、そうだ。副官さん、先に『満腹亭』に寄ってください。グンジョー市に来たら、真っ先に挨拶をしないといけない人たちがいますから」

三年前までいたグンジョー市で、一番長い時間顔を合わせていたのは、間違いなくおやじさんとおかみさんだろう。そして、一番俺が世話になり、迷惑をかけたのもあの二人だと思う。ちなみに、二番目に世話になって迷惑をかけたのは、間違いなくフルートさんだと思う。何せ、正規のギルド会員ではないのにもかかわらず、ものすごい量の獲物を持ち込み、それらの処理のほとんどを任せてしまっていたのだから。

さすがに満腹亭に寄って、その次にギルドへというのは時間がかかるので、満腹亭から『騎士団本部』に行って諸々の手続きを取った後、三番目に顔を出すことで許してもらいたい。

「テンマじゃないか！　来るなら来ると、事前に連絡くらい寄越したらどうだ！」

満腹亭に入るなり、おやじさんが駆け寄ってきた。店の前には、お菓子目当ての客が大勢並んでいたが、そこはアルバートがサンガ公爵家の家紋を出すことで、モーセの如く客が道を作っていた。

「本当にテンマだね！」

「あっ！　おかみさんも、お久しぶり……です？」

おやじさんに遅れてやってきたおかみさんの腕の中には、すやすやと眠る赤ん坊がいた。

「ああ、この子かい？　この子は私たちの娘で、この夏に生まれたばかりなんだよ」

　確かおやじさんはマークおじさんと年齢が近かったはずだから、おかみさんも二人に近い年齢のはずだ。それで子供ができたということは、この世界で言えばかなりの高齢出産だよな……まあ、前世ではたまに聞く話なので、他の面々よりは驚きは少なかった。

　ちなみに、娘の名前は『ソレイユ』というそうだ。それを聞いた瞬間、『ミネバじゃないのか』などと、不意に思ってしまった。まあ、口には出さなかったし、何故か思ってしまっただけなので、傍目からは驚いていたようにしか見えなかったはず……たぶん。

　その後、おやじさんたちは仕事があるということで、二人が知らないジャンヌたちの紹介をして、軽くこれまでのことを話し、夜にまた顔を出すと約束して騎士団本部へと向かうことになった。

　そして外へと出て馬車へ乗り込もうとしたところ、

「本当にテンマがいる！」

「本当だ！」

「噂は本当だった！」

　と、リリー、ネリー、ミリーが走って近づいてきた。しかし、

「踊り子さんには、手を触れない！」

「そこで止まってくださ～い！」

「ストップですよ！　ストップ！」

　アムール、ジャンヌ、アウラの三人が、『山猫姫』の行く手を阻んだ。

「何で邪魔するの！」

「どいて！」

「テンマに会うんだから！」

リリーたちは、邪魔をしている三人に向かって文句を言っているが、アムールたちは退く気はないようだ。とりあえず、三人を止める為に声をかけようとしたが、それよりも先にアムールは、プリメラを睨みながら、

「プリメラ、ちゃんと仕事する。私たちは、プリメラたちの護衛対象。知り合いでも、駆け寄ってくる相手を近づけさせない！」

と、他の部下たちにも聞こえる声で叱った。プリメラはそれでも迷っていたが、

「プリメラ、アムールの言う通りだ。君の仕事は私たちの護衛であって、私たちの安全を優先するのが仕事のはずだ。たとえそれが、テンマの知り合いであり、私も知っている者であったとしても、まずは止めるべきだ」

アルバートの言葉を聞いてすぐにリリーたちとアムールたちの間に入り、説得する為なのか、リリーたちを少し離れた場所へと連れていった。

「アルバート……グッ！」

「ふっ」

アムールはアルバートに向かって親指を立て、アルバートはアムールに軽く微笑(ほほえ)んで返した。二人の魂胆は、俺に余計な女性を近づけさせないということだろうが……今回に限って言えば、二人の言っていることは正しいので、余計にタチが悪い気がする。何せ今は俺だけでなく、アルバートにカインといった大貴族の嫡男に、クリスさんという貴族がいるのだから。念を入れるのならば、

誰であろうとも近づけてはいけないのだ。少なくとも、護衛がついている最中は。

「じゃあ、夜に満腹亭に来る時は、私たちも参加するからね！」

「首を洗って待っていろ、アムール！」

「アウラも、その胸のぜい肉もいでやる！」

三人は、三下のような台詞を残し……満腹亭に入っていった。プリメラが言うには、三人は俺が前に使っていた部屋を借りて、活動の拠点にしているそうだ。

「いつでもかかってくるといい！」

「返り討ちにしてやります！　あと、嫉妬は見苦しいですよ！」

「……私の名前が出ないのは何でなの？」

アムールとアウラは『山猫姫』に向かって吠えていたが、ジャンヌは「影が薄いの？　特徴がないの？」とか悩んでいた。ジャンヌの場合は単にアムールとアウラに巻き込まれた、もしくはそそのかされただけだと思われているのだと思う。

『山猫姫』との邂逅の後、プリメラは騎士団本部に向かう馬車の中で、再度アルバートから注意を受けた。俺としては、あの時のプリメラの対応については仕方がないところがあるとは思うが、護衛任務中の対応としてはアルバートとアムールの言うことに理があるので、プリメラをかばうことができなかった。

しばらくすると騎士団本部に到着し、グンジョー市に滞在する間の諸々の手続きや警護の話が行われ、総隊長のアランから最近のグンジョー市の話を聞いた。その中で、ギルドで驚くべきことが起こっていると聞かされたが内容までは話してくれず、実際に見てのお楽しみだと言われた。他には、第二部隊隊長のサイモンと第三部隊隊長のアイーダが結婚し、子供ができた為アイーダが退職したことなどを知った。そして最後に、プリメラの失態（馬上での挨拶と、『山猫姫』を止めなかったこと）がアムールにばらされた為、プリメラはアランにも叱られる羽目になった。そしてそれらの罰として、騎士団を一時的に離れて俺たちが滞在している間同行し、案内兼騎士団との繋ぎの役目をさせられることとなった。

　プリメラが離れている間は副官が第四部隊の指揮を執るそうだが、アイーダの後釜にとの話があったくらいなので、能力的に問題はないとのことだった。ちなみに、副官が第三部隊の隊長を辞退した理由は、よその隊の者が急に上に立つのは問題があるし、何よりもプリメラが心配だからとのことだったそうだ。


「それで、次はギルドだな。アルバートはどうするんだ？」

「私も、一度ギルドには顔を出そうと思っている。だが、先にグンジョー市の議会に行かないといけないな」

　とのことで、アルバート以外のメンバーで、ギルドに向かうことになった。急に一人で行動することになったアルバートは、若干寂しそうな表情をしていたが、議会での報告は機密などもあるだろうから、ついていっても暇するだけなので、誰一人として同行する者はいなかった。まあ、その代わり第四部隊から数人が護衛として同行するので、完全なぼっちというわけではない。

「それでプリメラ、ギルドで何が起こっているんだ？」

「えっと、それは……口で言っても信じられないと思うので、実際に見てもらった方がいいと思います」

訊いても何も教えてくれないので、ギルドで直接確認することに決めたが、プリメラの口調からして悪いことではなさそうなので、トラブルはないだろう……と、ギルドのドアを開けるまでは思っていた。

懐かしいグンジョー市の冒険者ギルドのドアを開け、真っ先に目に飛び込んできたものは、とてもじゃないが信じられない光景だった。

「テンマ、どうしたのじゃ?」

「いや……とてもじゃないけど、信じられない光景すぎて、頭が拒絶反応を起こしたみたい……とりあえずもう一度……」

目に映ったのは、俺の頭では理解しきれない光景であり、反射的にドアを閉めてしまったのだが……覚悟を決めてもう一度ドアを開いた……が、またも同じ反応をしてしまった。

「一体何があるんだろう?」

「さすがに気になるわね」

二度目の拒絶反応を見たカインとクリスさんが、興味津々といった感じで俺を押しのけて、ドアを開けて二人揃って中を見たが……

「僕、目がおかしくなったみたい。もしかしたら、頭も……」

「私も、そうかもしれないわ……テンマ君、お薬ちょうだい」

カインとクリスさんにも、俺と同じ症状が出てしまった。じいちゃんたちは俺たちを見て、ひどく困惑しているようだ。そんな中、

「さっきから、ドアをバッタンバッタンと……うるさくて仕事に集中できないだろうが！　……って、テンマじゃないか。来たのならさっさと中に入ればいいのに、何をやっているんだ？」

ドアを中から開けて俺たちに怒鳴ったのは、グンジョー市冒険者ギルドのギルド長、マックス・ベルキャップだった。

怒り顔が一変し、にこやかな表情になったギルド長……いや、奴は、俺たちを中へと誘ったが……

「皆、離れろ！　奴は偽者だ！」

「だよね！」

「ジャンヌとアウラは、すぐに騎士団本部まで逃げなさい！」

俺とカインとクリスさんは、武器を取り出して臨戦態勢を取った。

「お、おい……」

「動くな！　本物のギルド長をどこへやった！」

「だよね。本物はそんな爽やかな笑みとは全く無縁の、くたびれたおっさんだし」

「こんなのが堂々と居座っているということは、もしかすると建物の中にいる人たちはすでにやられているか、洗脳されているのかも……テンマ君、最悪の場合は、リッチを仕留めたという魔法をお願いね」

目の前の偽者は驚いた顔をしているが、それも俺たちを油断させる為の演技なのだろう。じいちゃんたちは、イマイチ何が起こっているのかわかっていないみたいだったが。とりあえず、いつでも動けるように構えを取っていた。そんな中で、プリメラだけは俺たちを止めようとしていたが、丸腰で近づくのは危険なので、クリスさんに剣を握らされた上で、後方に引っ張っていかれた。

そして、俺が先手必勝とばかりに、偽者に切りかかろうとしたところ……

「何を騒いでいるのですか？」

ギルドの中から聞き覚えのある声と共に、目的の人が現れた……が、一部だけ俺の記憶と違いすぎるところがあった。しかし、よく聞いていたフルートさんのものだ……

（あっ！『鑑定』があった！）

あまりの衝撃に、いつもの確認方法が頭から抜け落ちていたことに気づき、急いで『鑑定』を二人に使ったところ……

（本物……なのか……）

両者とも、本物のギルド長とフルートさんだった。

「カイン、クリスさん……これ、どうも本物みたい。シロウマル、確認を頼む！」

「わふっ！　……くちゅん」

『鑑定』のことを知らない二人の為に、シロウマルの嗅覚という方法で本物だと教えようとしたところ……ギルド長の匂いを嗅いだ瞬間に、タイミングよくシロウマルがくしゃみをしてしまった。

その結果……

「やっぱり、偽者！」

「シロウマル、離れなさい！」

そして、さらに悪い流れは続き、シロウマルはクリスさんの言葉に従って、すぐにギルド長から離れてしまった。

「いやいやいや！　本物だから！」

ギルド長は、必死になって本物だと主張するが、カインとクリスさんは信じなかった。

「お二人共、その人は本物のギルド長です！」

最終的には、プリメラが間に入って説得したことで、何とか本物のギルド長だと信じようとする二人だった。

「お久しぶりです、フルートさん」

「ええ、本当にお久しぶりです」

未だに疑いの目を向けられているギルド長を放っておいて、フルートさんに挨拶をすると、昔と変わらない笑顔で答えてくれた……が、やはりどうしても、記憶にないフルートさんの変化したある部分に目が行ってしまうのだった。

「ところで、フルートさん……そのお腹は？」

フルートさんのお腹は、大きく膨らんでいたのだ。

「実は……ギルド長に襲われまして……」

フルートさんの言葉に、名前の出たギルド長が固まった。そのせいで真実味が増し、女性陣の視線が鋭くなる。この中で一番理由を知っていそうなプリメラですら、ギルド長を見る目が若干鋭い。

「珍しくギルド長が、私をねぎらう為に夕食を奢ってくれたのですが……その時に出されたお酒が、かなり強いものだったらしく、朝目覚めたら、裸のギルド長が横で寝ていました……」

犯罪スレスレ……というか、高確率でアウトと判定される行為だった。

「ちょ、ちょっと待て！　何度も言っているが、俺はあの時、その酒はかなり強い酒だから、そんなペースで飲むなと忠告したぞ！」

「でも、自分は度数の弱いものばかり飲んでいたんですよね？　しかも、最後の方はお茶しか頼まなかったとか？」

「あんな酒を、あんなペースで飲めるか！　それに俺が飲んでいたのも、それなりに強いやつだからな！」

その後も、二人の痴話喧嘩……というか、フルートさんによるギルド長いじりは続いていく。それでわかったことは、

「結局、ラブラブということですね」

俺が呆れたように言うと、フルートさんは赤く頬を染め、ギルド長は照れていた……フルートさんは可愛らしいが、ギルド長（おっさん）の照れる姿はちょっと気持ち悪かった。

「おやじさんとおかみさんに続いて、フルートさんにも子供か……慶事が続いたんですね」

「テンマ……年寄りみたい」

俺の呟きを拾ったアムールが、おっさんのようだと指摘してきた……言うほどおっさん臭いか？と思って、何となくカインの方を見ると、

「言葉遣いじゃなくて、今の雰囲気がね……ちょっと、父さんと重なって見えた」

さらに皆の顔を見回すと、皆カインの言葉に頷いていた。

「まあ、そこは大人っぽくなったということで……でもテンマさん、慶事はまだ続くんですよ。しかも、テンマさんと関係のある人のことで」

フルートさんが、『俺と関係のある』と言ったことで、うちの女性陣の視線が鋭くなった気がし

た。なお、プリメラはその人物が誰なのか知っているようで、『そういえばそうだった。伝えるのを忘れていた』みたいな表情をしていた。

「まずは、ギルドの中へどうぞ。ここで騒いでいては、他の人たちの迷惑になりますから。それに、その『関係のある人』も、ギルドで働いていますから」

ということで、フルートさんの案内でグンジョー市冒険者ギルドに久々に足を踏み入れることになった。

フルートさんに続いてギルドに足を踏み入れると、そこは俺が昔活動していた時よりも人が多くて賑やかだった。そして一つ気がついた点が、

「フルートさん、若い冒険者が多くないですか？」

俺よりも若い冒険者、おそらくは冒険者になりたての新人が、かなりの数を占めていた。そのせいか掲示板の前では、新人でも受けることができるような簡単な依頼の取り合いが起こっているようだった。

「いいんですか、あれ？」

「大丈夫ですよ。行きすぎたら、職員か指導員として雇っているベテラン冒険者が止めますし、そういった普段の態度も、ランクアップの時の参考になるようにしましたから」

フルートさんはそう言うと、依頼の取り合いをしている新人をじっと見ている職員の方に目を向けた。

「前より厳しくなったんですね」

「まあ、テンマさんの時は特例でもありましたが、確かにあの頃よりは厳しくなっています。ちな

みに、その理由はテンマさんにも関係していますよ」

フルートさんが言うには、グンジョー市の冒険者ギルドはこの国で今一番若い英雄……つまり、俺が冒険者活動を正式に始めた、いわば『聖地』のような場所と呼ばれており、冒険者を目指している若者たちが、ここを冒険者デビューの地に選ぶというのが最近多いのだそうだ。人が多くなったせいで、ランクアップの水準が少し上がったとのことだが、それでも験を担ぎたがる新人は後を絶たないらしい。

「それにしても、誰も近寄ってきませんね？　ベテランの冒険者の中には、俺に気がついて嫌そうな顔をしたり、軽く手を振ったりしている人もいるのに」

「新人ですから、周囲に気を配れないのでしょう。そういった意味では、今ここにいる新人の中には、現時点でめぼしい人はいないということでもありますが」

やはり数が多くなるにつれて、ピンも増えるがキリはもっと増えるということなのだろう。もしくは実力のある新人は、仕事が少ないこの場所をデビューの地に選ばなかったということも考えられる。

「それはそうと、テンマと関係のある女はどこ？」

フルートさんと話していると、アムールが俺たちの間に割り込むようにしてフルートさんに尋ねた。『関係のある人』としかフルートさんは言っていないのに、アムール……どころかうちの女性陣は、その人が女性だと確信しているようだ。

「あそこにいますよ」

フルートさんが苦笑しながら指差した先には、受付に座って一人の冒険者と話している女性……

セルナさんがいた。セルナさんは、話している冒険者と仲がいいのか、見たことのないくらいのにこやかな顔をしていた。

「あれがテンマと……」

「先に言っておきますと、今話している男性は、彼女の恋人です」

「あの人がテンマと……仲良くなれそう！」

アムールはセルナさんに恋人がいると知った瞬間、態度を一八〇度変化させた。

「セルナさんにも挨拶したいところだけど……恋人の後ろにも、かなりの数の冒険者が並んでいるな」

「彼女、人気がありますから」

「あっ！　彼氏、後ろから殴られた！」

「よくあることです。まあ、やりすぎたら職員が注意に向かいますけど、今のは彼も長い間カウンターを占領していましたからね。ギリギリ許容範囲でしょう」

アムールの言い方は少し大げさで、実際にはセルナさんの恋人は、その後ろに並んでいた冒険者に脇腹を軽く叩かれた程度だった。まあ、ちょっとばかり『軽く』の範疇を超えていたようにも見えたが、順番を待っているというのに目の前でいちゃつかれたら、注意の仕方も少々乱暴になるのだろう。

後ろの冒険者に注意された恋人は、すぐに謝罪して場所を譲った。そして、恥ずかしそうに少し離れた席へと移動し、移動先でも他の冒険者に『軽く』叩かれていた。セルナさんも、恋人を注意した冒険者にからかわれて顔を真っ赤にしていたが、すぐに仕事を再開していた。

そんな二人の様子を見て、挨拶は後回しにしてギルド長室へと向かい、フルートさんたちと話をすることにした。

「つまり、フルートさんに子供ができたことで、ギルド長が真面目になった……と」

「ええ、最初はこのギルドでもテンマさんたちのように、『偽者だ！』っていう騒ぎになりましたね」

「本当に失礼な奴らだよな。俺はただ、真面目に仕事をやっていただけなのに……まあ、あいつらの場合はテンマと違って、殴って静めることができたがな」

引退してかなり経つとはいえ、そこは元Aランクの冒険者ということらしく、C・Dランクの冒険者では相手にならないと胸を張っていた。

「まあ、たまたま来ていたBランクの冒険者が出てきた時には、私に説明させていましたけどね」

「最低ね」

「最低だね」

「最低じゃな」

「サイテー」

順に、クリスさん、カイン、じいちゃん、アムールだ。ジャンヌやプリメラたちは、口には出していないが、同じようなことを思っているようだ。そして、

「ギルド長……めちゃくちゃ最低ですね。さすがです！」

最後にもう一度、俺が皆の思いを総括するかのように親指を立ててギルド長を褒めると、ギルド

長はよほど嬉しかったのか、涙目になりながらソファーに深く腰を下ろしていた。

「一応俺、ギルドのお偉いさんなんだがな……」

「いや、ここにはギルド長より偉い人がいますし、グンジョー市で活動していた二年の間に、ギルド長が働いているのを見たことないですから。最初の頃は、フルートさんがギルド長だと思っていたくらいですもん。そして、フルートさんの半分も仕事ができない人がトップだと知って、めちゃくちゃ驚きましたもん」

俺の言葉を聞いて、フルートさんは満足そうに、プリメラは自分も同じだとでもいうように頷いた。

「そもそも何でギルド長は、グンジョー市のギルド長になれたんだろうか？　何か知っているか、プリメラ？」

「いえ、私は何も……」

「あっ！　僕が知っているよ！　また聞きだけど、前にサンガ公爵様から聞いたという話を、父さんから聞いたことがあるから！」

プリメラは知らなかったが、カインがまた聞きで聞いたという話だったので説明してもらうと、

「要は、上が駄目でも下がしっかりしていれば、組織は回るというわけか。しかもギルド長は、権力を得たからといってそれを誇示する性格でもないから、神輿にはちょうどいいのか」

「それと、何かあった時に首を切りやすいから……とも言ってたよ」

カインの衝撃の言葉に、一人を除いた皆が驚いた顔をしていた。ちなみに、驚いていなかったのはフルートさんだ。おそらく、サンガ公爵からそういった話を聞いていたのだろう。

「俺、もっと真面目に仕事しよう……」

「最悪、面倒見ますけど？」

「さすがに子供が生まれるのに、父親がヒモじゃカッコがつかん」

「まあ、そういった気持ちはわかるが、これまでがこれまでなのじゃから、いきなり張り切りすぎると下が混乱するし、逆に上手く回らなくなることも考えられるから、ほどほどにの」

「はい……」

ギルド長がこれからも真面目に過ごすと決心したそのすぐ後に、じいちゃんからやんわりと止められるという、かわいそうな出来事が起こった。そしてフルートさんからも、「その方がギルドの為になる」と言われ、最終的にギルド長は涙を流していた。

「テンマさん、セルナさんは仕事が立て込んでいて手が離せないそうなので、仕事が終わった後で挨拶に行くそうです」

「それだったら、夕食の時間帯くらいに『満腹亭』に来てほしいと伝えてください。たぶん、夜は遅くまでそこにいると思うので。それと、フルートさんとギルド長も、時間があったら来てください」

カウンターの様子を見に行ったフルートさんがそう言うので、セルナさんに伝言してもらうことにした。そして、二人にも参加を頼んだところ、ギルド長は未だにうなだれたままではあったが、二人で来てくれるとフルートさんが約束してくれた。

「思ったより早く終わったな……時間ができたし、議会本部の方に行ってみようか？　もしかしたらアルバートがまだいるかもしれないし、議会にも挨拶しておきたい人がいるから」

という感じで議会本部の方までやってきたのだが、アルバートはすれ違いでギルドに向かったとのことだった。アルバートはいなかったが、議会での目的の人はセルナさんの叔父のマルクスさんなので、受付で用件を言って呼んでもらおうと頼んだのだが……

「マルクスさんもいないのか……仕方がない」

マルクスさんはここのところ忙しそうに走り回っているとのことだったので、「夜に時間があるのなら満腹亭に来てほしい」という伝言を頼んだ。

「とりあえず、ギルドに一度戻るか。アルバートも、動くとしたら俺たちと合流しようとするだろうしな。それで駄目だったら、アルバートが言っていた館に行こう」

最初、グンジョー市で泊まるなら、満腹亭にしようかという意見も出たのだが、満腹亭は人気の宿で人数分の部屋が取れるかわからなかったのと、グンジョー市にはサンガ公爵家が視察の時に使う館があるとのことだったので、そちらの世話になることにしたのだ。ちなみに、プリメラはグンジョー市に住んでいるのに、サンガ公爵家の館には住んでおらず、騎士団の寮を利用している。その理由として、プリメラは将来的に独立して名誉爵を得ようと思っているからだそうで、早くから一人暮らしに（寮なので、一人暮らしとは少し違うが）慣れたいのだそうだ。あと、館は広すぎて、家族がいないと落ち着かないからとのことだった。

そんな話をしながらギルドに戻ってくると、何だか騒がしかった。最初は俺やじいちゃんが来ていたことに、新人たちが気づいたからかと思ったのだが、どうもそういった雰囲気ではない。

「中でフルートさんに訊けばいいか……」

そう思ってフルートさんを探そうとしたが、その前にアルバートの護衛についていったはずの騎士がやってきて、ギルド長室へと連れていかれた。ギルド長室の中では、

「まだギルド長は、うなだれているんですか？　それと、アルバートは何で顔を赤くしているんだ？」

ギルド長室では、先ほどよりも深くうなだれるギルド長と、恥ずかしそうにしているアルバート、苦笑いのフルートさんに、どうしていいのかわからないといった感じの護衛の騎士たちがいた。

「フルートさん、何があったんですか？」

「まあ、簡単に言うと、アルバート様もテンマさんたちと同じことをしました。しかもアルバート様の場合、ギルドの中で騒いでしまった為、それを見ていた冒険者たちが悪乗りしてしまい、異様な雰囲気に……というか、お祭り騒ぎになりまして」

その中心にいたアルバートは、冒険者たちが面白がりながら騒ぎ始めたのを見て、自分の思い違いに気がついたらしく、フルートさんにギルド長室に案内される少し前からこの調子なのだそうだ。

「アルバート……あれは仕方のないことだったんだ。俺やクリスさんにカインも同じようなことしてしまったし、気にするな……は無理でも、不幸な事故として切り替える努力をしよう。まずは、館に向かおうか？」

俺の提案に、素直に頷くアルバート。これまでにもこんな恥ずかしい思いはしただろうが、もしかすると一人だけでという経験はないのかもしれない。そう考えると、鈍感なところがあり、立ち直りも早いリオンは、三人の中で一番精神力が強いのかもしれないな。それが普段の生活に生かされているのかどうかは別として。

「シロウマル、先導を頼む。騎士たちはさりげなくでいいから、アルバートを囲むように移動。あとは適当に……って、そうだった！　フルートさん、シロウマルたちの鑑札は……」

「用意しています」

「ありがとうございます。では、また夜に」

シロウマルの首に鑑札のついた紐をかけ、先頭にしてギルド長室を出ると、それまで騒がしかったギルドが、ピタリと静まった。特に俺のことを知っている冒険者たちは、わかりやすく顔まで背けており、中には面倒を見ているのであろう新人冒険者の顔を、力ずくで背けさせている者もいた。

「この反応を見るだけで、テンマがどれだけ暴れ回っていたのかがわかるのう……」

じいちゃんが、周囲の冒険者を見ながらそんなことを言っているが、別に俺から突っかかっていったわけではなく、全て返り討ちにした結果なので俺は悪くない……はずだ。

「ほら皆、早く行くぞ！」

冒険者たちを見ていた皆を急かして、少しでも早くギルドから出ようとしたのだが、ついてきたのはアルバートと、その護衛についている騎士たちだけだった。

「本当に置いていくからな！」

ギルドのドアまで行って叫ぶと、ようやく皆の足が動き始めた。

「話には聞いていたけど……テンマ君、相当な問題児だったのね」

追いついてきたクリスさんが茶化してくるので、ついポロっと、

「そんなんだから、クリスさんはモテないんですよ」

漏らしてはいけない本音を口にしてしまった。言ってから「しまった！」と気づいたが時すでに

遅く、クリスさんの手が俺の肩を握り潰そうとしていた。

「どういう意味かしら、それ？」

クリスさんは笑顔で問い質してきたが、その目は笑っていなかった。

「クリスさんは学生時代に問題があったから、男性が寄ってこないんでしょ？　グンジョー市で色々とやらかした俺に人が寄ってこないのと、どんな違いがあるんですか？」

ここで謝ってはいけないと思い、ちょっと強気になって質問に対して質問を返すと、クリスさんはそんな質問が返ってくるとは思っていなかったらしく、肩に置かれた手から力が抜けた。

その瞬間を見逃さずにクリスさんから距離を取ると、クリスさんは「しまった！」と言いながらもう一度俺に手を伸ばしていたが、俺たちの間にアムールが割り込み、

「テンマ。テンマは間違っている。やらかしは一緒でも、テンマには私がいる！　あと、ジャンヌとプリメラと……ルナも？　だけど、クリスには誰もいない。唯一可能性のあったリオンも、今はストーカーにまとわりつかれて、どうなるかわからない。かわいそうだけど、本当に誰も……」

自分を売り込みながら、クリスさんをディスった。アムールに名前を挙げられたジャンヌとプリメラは、驚いた顔でアムールを見ていて、ジャンヌの横にいたアウラは、『私は？』みたいな顔でアムールとジャンヌの顔を交互に見ていた。

「アムール……待ちなさい！」

そして始まるお約束……クリスさんとアムールは、人ごみの中へと消えていった。

「……よしっ！　館に行こうか！」

アムールはどう反応していいのかわからない雰囲気を作るだけ作って、無責任にもクリスさんと

共に消えてしまったので、一度全てをリセットするつもりで大きな声を出した。だが、

「テンマ……妹を頼ん、ごふっ！」

アルバートはアムールの作った雰囲気に乗った。そして、襲撃を受けた……自分の妹から。

「プリメラ、お前……がはっ！」

「ぬぅ……見事じゃな」

アルバートは、次の言葉を発する前に顔を真っ赤にしたプリメラから、二発目の渾身（こんしん）のボディーブローを食らわされて静かになった。さすがに普段から鍛えているだけあって、人体への効率的な攻撃が身についているようだ。しかも、一発目で苦しませ、二発目で的確に意識を刈り取る一連の動きは、じいちゃんも唸るほど見事なものだった。

「テンマさん……何か聞こえましたか？」

「いえ、何も聞こえませんでした！　プリメラさん！」

思わず、『プリメラさん』と言ってしまった俺だったが、それは仕方のないことだろう。何せ、アルバートに続こうと口を開きかけていたカインも、プリメラの迫力に驚き、素早い動きで口を押さえて反対方向を向いていた……焦った顔をして。

「そうですか、それは良かったです。それと、どうやら兄様は旅の疲れが出たらしいので、ここからは私が案内します。あなたたち、これを運びなさい！」

いつもとは違う雰囲気のプリメラに驚いていたのは俺たちだけではなく、部下の騎士たちも同じだったようで、プリメラの命令に一瞬驚いた顔をした後、すぐにアルバートを担いでプリメラの後ろに整列した……サンガ公爵家の次期当主に対し、酔っぱらいを支えるかのように左右から肩を貸

して運ぶのはどうかと思うが、それだけプリメラの迫力がすごかったということで、この件にはこれ以上触れないでおこうと決めた。

第六幕

「ここがサンガ公爵家の所有する屋敷です。一年で一回使うかどうかといったところですが、掃除などの管理はしっかりさせていますので、問題はないはずです。それと、私は一度騎士団本部に戻って、諸々の手続きと私物を取ってきますので、少しの間失礼します」

屋敷について早々、プリメラは一度騎士団本部に戻ることになった。口調や雰囲気こそ、いつものプリメラに戻りつつあるが、実の兄に対してはまだ怒っているようで、アルバートを連れてきた騎士に対し、「それは、物置にでも置いておきなさい！」と言っていた。まあ、プリメラが見えなくなってから、アルバートをどうしたらいいのか迷っていた騎士からじいちゃんが預かり、適当な部屋に連れていくことになった。さすがに怒っている状態のプリメラでも、じいちゃんが間に入れば文句は言わないだろうという判断だ。

「シロウマル、ソロモン、庭で遊ぶのは構わないけど、塀に近寄ったり外に行ったりするなよ。スラリン、二匹の監督を頼む」

シロウマルやソロモン目当てと思われる人が何人か外から見ていたが、さすがにサンガ公爵家所有の屋敷に侵入することはないだろうと思い、二匹を遊ばせることにした。もしも二匹目当ての侵入者がいたとしても、Aランク以上の魔物にかなう奴はそうそういないだろうし、仮にいたとしても逆に殺してしまっても、殺したことよりも先に公爵家の敷地内への不法侵入が重要視されるので、罪にはならない。たとえ問題視されても、公爵家の嫡男を守る為だったということになると思うので、かなり罪は軽くなるはずだ。それでもスラリンを監督につけたのは、二匹が誤って外へと出ないようにするのと、もし無謀な挑戦者がいた場合、スラリンなら殺すことなく捕獲が可能だからだ。別に殺しても問題がない相手だったとしても、二匹の評判が不当に下がるのは避けたいからな。

一応、ゴルとジルも外に出るか訊いてみたが、二匹とも知らない所を探検するよりも、我が家同然のディメンションバッグでくつろぐ方がいいらしく、餌の催促だけして、出入口に近寄ろうとはしなかった。

「まあ、いつも通りか……ほら、餌はここに置いておくぞ……って、また糸が集まったのか。ありがと」

餌を回収に来たゴルが、引き換えに糸玉を渡してきた。糸の質自体は二匹の基準で高級品（上から二番目くらい）だが、一般的に流通している最高級品の糸を上回る品質なので、かなりの値段がつくと思われる。

「とはいっても、だいぶ在庫が増えてきたな……どこかで放出するか」

基本的にゴルとジルの糸は知り合いにしか売らないので、順番待ちをしている人たちは高級品ではなく、最高級品を待っている状態だ。しかも、順番の管理はマリア様がしているので、最高級品を待っている間に高級品を求めたりしたら、順番を後回しにされるかもしれない。なので、販路のない高級品はマジックバッグに保存され、余り気味になっていたりする。

「糸に関してはおいおい考えるとして、シロウマルたちはスラリンに任せておけば大丈夫だし、あとはライデンを馬小屋に……って、わかったから、そんなに怒るな」

ライデンを馬小屋に連れていったところ、馬小屋のような狭い所（公爵家の馬小屋が狭いのではなく、ライデンがでかいだけ）にいるのを嫌がったライデンが、前足で地面を蹴って抗議した。なので、暴れない、全力で走らない、物を壊さないを条件に、シロウマルたちと同じように庭に放すことにした。

その条件を飲んだライデンは、とりあえず敷地内を一周するつもりなのか、門の所からゆっくりと歩き出した。ちなみに、ライデンに出した条件をスラリンたちに伝えに行こうと三匹を探したところ、さっそくシロウマルが木を倒したらしく、スラリンに説教されていた。

「……いつも通りの光景か。あのままスラリンに任せておけば、問題はないだろうな」

いつものようにスラリンに主としての仕事を取られた俺だったが、いつも通りすぎて、『手間が省けた。楽できる』という感想しか出てこなかった。普通のテイマーなら問題かもしれないが、これでうまく回っているのだから、俺たちはこれが一番いい形なのだろう……ということにして、屋敷で使う部屋の確保に向かった。

「確保に行くのはいいんだけど……アルバートもプリメラもいないから、どの部屋を使っていいのかわからないな」

とりあえず適当に選んで、プリメラが来てから再度部屋を選ぶかと思い屋敷の中をうろついていたところ、ある一室で数人の気配が固まっているのに気がついたのだった。

「この部屋か……中にいるのは、ジャンヌにアウラ、レニさんに……アムール？　いつの間に来たんだ？　というか、よく場所がわかったな」

気配を感じた部屋の前まで行くと、話し声で中にいるのが誰かわかった。まあ、本人たちはなるべく小さな声で話しているようだが、部屋の中にいることで油断し、さらには俺の身体能力を計算に入れていなかったみたいで、少し集中すれば聞き取れるレベルの声で話していたのだ。

それに、アムールがここにいるということは、クリスさんはいないアムールを捜して街の中を駆け回っている可能性が高いということだ。クリスさんがまだ来ないのは俺との口喧嘩が原因の一つでもあるので、一応捜しに行った方がいいのかも、それに女性の話を盗み聞きするのは良くないとも思い、とりあえずこの場を離れようとしたところ、

「やっぱり、プリメラは強力なライバルの可能性が、非常に高い」

という、アムールの声が聞こえた。さらに、

「家柄、性格、スタイル……どれをとっても最上位ですね。ジャンヌが勝てるのは、過ごした時間と若さくらいですか……」

「アウラ、プリメラさんに怒られても知らないわよ」

「そうですよ。それに、プリメラさんはテンマ様より年上と言っても二三ですから、離れすぎというほどでもありません」

「その通り。それに五歳差なんて、クリスに比べれば現実的。むしろ、子供のことを考えたらちょうどいいくらい。クリスなんて若く見えていても、もう二七歳……崖っぷちで、後がない状態」

「確かに、クリスさんと比べると……プリメラさんの五歳差は、あってないようなものですね……でもだからこそ、クリスさんがなりふり構わずに、どんな手でも使いそうで怖いですが……」

「お姉さんぶって余裕を見せていたのはいいけれど、テンマさんの周りには若い子ばかりで、自分に興味を見せる素振りがない。さらにはここに来て、いろんな意味で自分の上位互換がライバルとして参戦する構えを見せている……クリスがどういった行動に出るのか、予想ができないですね。

まあ、さすがに非合法な手段に出るとは思えませんが……そもそもテンマさんに、睡眠薬や催淫薬が効くとは思えませんし」

これ以上ここにいるのは危険だと、頭の中で警報がうるさいくらいに鳴っていた。ジャンヌとアウラだけならともかく、諜報員であるレニさんと、野性の勘を持つアムールが相手では、ちょっとのミスで聞き耳を立てているのがバレてしまうだろう。

そう考えた俺はいつも以上に気配を消して、抜き足差し足忍び足を心がけてこの場を去ることにした……その時、

「あっ！　うぐっ！」

進行方向の曲がり角から、邪魔者が姿を現した。こともあろうにその邪魔者は、大声で俺の名前を叫ぼうとしたのだ。逃げる為に神経を集中させていた俺は、指先が曲がり角から見えた瞬間に邪魔者の行動を予測して理解し、体が動いていた。その結果、口が『テ』の形になるよりも早く、俺の手が邪魔者の口を押さえ、そのまま曲がり角の先まで連れ去ることに成功した。

後になって思うと、それは俺がこれまで生きてきた中でも、五本の指に入るくらいの反応速度だっただろう。まさに奇跡としか言いようのない動きで、あれが『ゾーンに入る』ということなのかと、自分の動きに感心するほどだった。

「むっ！」

「お嬢様、どうかしましたか？」

「テンマがいたような気がしたけど……勘違いだった」

俺が曲がり角に身を隠してから数秒後、先ほどまで聞き耳を立てていた部屋のドアが開け放たれ、

アムールが廊下を確認していた。ただ、その時すでに俺は、少し離れた曲がり角に息を殺して潜んでいた為、アムールは俺に気がつくことができず、勘違いで済ませたようだ。

唯一の心配事だったカインも、俺の必死の気配を感じて静かに……って、

「すまん、カイン。気がつかなかった」

「ぶほっ！　ゴホッゴホッ、ヒューヒュー……ゴホッ、死ぬかと思った……」

静かにしてくれていると思っていたカインは、ただ単に俺に口と鼻の穴を押さえられ、さらには壁に押しつけられて身動きがとれないだけだった。

「なんて残酷な方法で殺しに来るんだろうと思ったよ……僕、そこまでのことを何かした？」

かなり頭に来ているらしいカインに対し、俺は心を込めて謝罪をしたのだが、カインは何故そこまでのことをしたのか、その理由を知りたがった。そこで正直に話すと……

「ぶっ！　くくくくく……地龍もワイバーンもバイコーンも恐れなかったテンマが、女性の話を盗み聞きしていたことが発覚するのを恐れるなんて……」

大笑いされた。しかも、大きな声にならないように気を使っているせいか、壁に額を擦りつけ、何度も何度も壁を叩いていた。それじゃあ声を殺している意味がないだろうと思ったが、女性陣がいる部屋とはトイレと部屋を一つ挟んでいる為、衝撃と音は聞こえないようだ。とはいえ、このままだと何かの弾みにバレてしまうだろう。

「とりあえず、場所を移動するぞ」

「そ、そうだね……僕が使う、予定の部屋、に、移動、しようか……ぶふっ！」

まだ笑い足りないカインは、必死に笑いをこらえながら自分の部屋へと案内を始めた。

「ここなら普通に喋っても大丈夫だよ。この部屋は来賓用の部屋で、全ての壁に防音が施されているから」

何度か利用したことのあるカインは、ちゃっかりいい部屋を確保したようだ……俺も、他にいい部屋があったら教えてもらおうかと思ったけど、下手に頼んでプリメラの隣を用意されたりしたら色々と大変なので、プリメラが来てから選ぼうと思う。

「それにしても、あの三人もプリメラの登場で焦り始めたみたいだね。まあ、赤ちゃんを見て、妊婦を見て、恋人がいる女性を見たからというのも関係しているんだろうけど」

確かにあの三人に関しては、俺としても驚きだった。まあ、知り合いだからこそ、ジャンヌたち以上に衝撃が大きかったというのもあるけど……まあセルナさんはともかくとして、おかみさんとフルートさんに関しては、予想の斜め上を行きすぎたということもあるけど。

「意識するのは仕方がないにしても、それを俺に向けられてもなぁ……というのがあるけどな」

「テンマ、それだけは思っても言わない方がいいよ」

今のは失言だったと認めると、カインは笑っていた。さすがに女性に好意を寄せられて、それを迷惑だというのは礼儀に欠けると思ったからなのだが、

「リオンなんて女性に縁がなさすぎて泣いていたのに、ようやく脈のありそうな人はリオンの好みから微妙に外れている上に、ストーカーに変化しちゃったんだから……テンマがリオンの前でそんなことを言ったら、血の涙を流して発狂しちゃうかもよ」

ただ単に、その台詞を言いたいだけの為だったみたいだ。確かに、リオンならありそうなことではあるが……

「それは気をつけないといけないな。それはそうと、クリスさんはどうしようか？」

話が切りのいいところまでいったので、この話はここで終えることにした。これ以上この話を続けて、カインに女性関係でいじられるのが嫌だったからだ。

「先輩のことなら心配ないんじゃない？　放っておいても、いずれここに来ると思うよ。それに、ここで捜しに行ったら、私が迷子みたいじゃない！　……とか言って怒り出すよ、きっと」

「……確かにそうだな」

カインが少しでも同意すれば、クリスさんを捜すという名目ですぐにこの場を離脱しようと思っていたのに、予想に反してカインはクリスさんを放っておくという選択をした。まあ、確かにカインの言う通り、クリスさんなら「迷子扱いされた！」とか言って、へそを曲げそうではあるが……カインは明らかにクリスさんを捜すよりも、俺をいじることを選択した顔をしている。その顔はいつもリオンにいたずらする時と同じものだ。

（ここから逃げた方がよさそうだ）

そう思ったが、カインもその考えを読んでいたようで、静かに立ち上がった。カインに回り込まれる前に、多少強引でもこの場を離脱することを選び、カインの声を無視してドアの目の前まで来た時、

「うぅ……ひどい目に遭った」

運の悪いことに後門の狼の如く、ダメージが抜けていないアルバートが現れた……って、

「すまん、アルバート。どいてくれ！」

よく見ると狼にしてはとても弱そうだったので、構わずに押しのけることにした。

「ごふっ！ そ、そこは……」

俺が押しのける為に手を置いた場所は、運悪くプリメラに殴られた場所だったらしく、アルバートは簡単に膝から崩れ落ちた。しかも、気絶するほどの威力がなかったせいで、気を失って痛みから逃げることができず、アルバートは涙声で悶絶していた。

「くそっ、逃げた！ アルバート、ちゃんと押さえておいてよね！ 全くもう！」

「カ、カイン……助け」

「ごめん、今は無理！」

後方からそんな会話が聞こえてくるが、構わずに廊下を駆け抜けた。そして駆け抜けたその先で、

「テンマ……逃がさない！」

「お二人は、私とお嬢様が牽制しているうちに応援を呼んでください！」

「応援って、誰を？」

「アウラは騎士たちを呼んで、私はスラリンを呼んでくるから！」

俺は女性陣に追い詰められていた。それもこれも、俺を止められないと判断したカインが、「テンマが女性の内緒話を盗み聞きしてた～～～！」と、屋敷中に響けと言わんばかりの声で叫んだからだ。

その声に真っ先に反応したアムールが俺を追い回し、その進行方向を先回りしたレニさんが投げ縄を使ったり、ジャンヌがその隙に一番頼りになりそうなスラリンを呼んだりしていた。なお、カインは遠巻きに指示を出していたが、未だにダウンしているアルバートと、ノリについていけていないアウラは役に立っていなかった。

「むぅ……テンマ、しぶとい！」

「お嬢様、どいてください！　って、これもかわしますか！」

「ぎゃぁあああ！　レニさん、私を捕まえないで――――！」

「スラリン、お願い！　って、さすがに参加しないのね」

「おお、スラリン。お主もこっちで観戦するといい」

「うっ……まだ、腹がズキズキする」

俺を標的とした捕物は、参加者以外の全員が見守る前で続けられていた。なお、騎士たちはアウラの要請に対し、「隊長（プリメラ）が怖いので、申し訳ない」と断っていた。その後、その場を見ていたじいちゃんによって、お茶汲（く）み係に任命されている。

スラリンが敵に回らなかったのは助かったが、その代わりにアムールの動きがだんだんと良くなってきている上に、レニさんの行動に容赦がなくなってきた。先ほどのアウラの悲鳴は、レニさんが投げた投網を俺が避（よ）けた際、俺に迫ってきていたアウラを身代わりにしたのだ。そのおかげで、投網は使えなくなり、戦力のひとりであるアウラも使えなくなってしまった……が、元々アウラは役に立っていなかったので、邪魔者がいなくなってしまったともとれ、あちらは動きやすくなったのかもしれない。それに、投網のストックはまだ残っているみたいだし……

「逃がさない！　ふんふんふんふん、ふんっ！」

三角飛びでアムールの上から逃げようとしたところ、アムールはバスケ漫画の主人公が使っていたディフェンスと同じ技を使ってきた……が、

「少し、身長が足りなかったみたいだな！」

小柄なアムールがその技を使っても、俺を防ぐことはできなかった。そして、アムールをかわした先に見える出口。この瞬間、俺は勝利を確信した……ところ、

「ふぇっ？　何でですか――――！」

アウラが飛んできた。文字通りの意味で。

アムールは俺にかわされた瞬間に作戦を切り替え、投網に絡まって床に転がっていたアウラを掴み、振り向きざまに投げ飛ばそうとしたようだ。ただ、アウラを投げることに少しだけ躊躇したのか、アウラは俺のかなり手前に落ちて、ゴロゴロと転がってきた。

「よっと！　おわっ！　ちょっ！　あぶっ！　……あら？」

転がってきたアウラは軽く飛んでかわしたのだが、アウラについていた付属品（投網）を踏んでしまった俺は、バランスを崩しながら玄関の扉へと倒れ込みそうになりながら近づき、扉のノブを掴んで体勢を立て直そうとしたところで……その直前でノブが下がって、扉が開いた。その先には、

「きゃあっ！」

「ふぎゅ！」

柔らかいものがあった。それと、潰されたカエルのような音もした。

「「あ――――！」」

「プリメラ様！　そのまま捕まえてください！」

柔らかいものの正体はプリメラで、潰されたカエルはクリスさんだった。

押し倒された形のプリメラはかなり混乱していたみたいだが、俺が抜け出すよりも先にレニさん

の指示が飛び、プリメラはそれに従う形で俺を抱きしめた……押し潰されているクリスさんの上で。

「ぐぬぬぬぬ……この際、それは目を瞑る。それよりも、テンマの確保が先！」

「レニさん、縄！　縄をください！」

「これを使ってください」

「ほいほ～い！　縛るのは任せて！」

素早い連携で、あっという間に俺の身柄は確保されてしまったのだが……

「カイン兄様？　何故か、私も一緒に縛られているのですが……」

「ごめんね、気がつかなかった。まあ、プリメラが手を離すとテンマが逃げちゃうから、我慢してね」

絶対、わざとだと思った。諸事情によりカインの顔を見ることができないが、この声は絶対に楽しんでいる声だとわかった。プリメラはまだ気がついていないみたいだが、今の俺の状態は非常にまずい。何がまずいかというと、

「あんたたち！　いつまで私の上で抱き合ってるのよ！」

今の俺とプリメラは、正面から抱き合っている状態なのだ。まあ、俺の顔の位置が通常よりかなり下……ぶっちゃけて言うと、プリメラの胸に顔を埋めている状態なのだ。柔らかくて気持ちいいが、これ以上このままなのは色々とまずい。なので、

「あっ！　テンマ、逃げた！」

プリメラの意識がカインに向いている間に、魔法で縄を切って逃げ出した。だが、精神的な疲労が濃かったせいで、プリメラから少し離れるだけで精いっぱいだった。なので、

「スラリン！　来てくれ！　シロウマルとソロモンは、皆の足止めを頼む！　報酬に肉を腹いっぱい食わせてやる！」

スラリンを呼んで、体内にあるディメンションバッグに避難することにした。スラリンが到着するまでの足止めは、食いしん坊二匹に頼んだ。食いしん坊たちは俺の提示した報酬を聞き、すぐに俺を守るようにアムールたちの前に立ちはだかった。その口から、大量のヨダレを垂らしながら。

「スラリン、ほとぼりが冷めるまで匿ってくれ」

俺のそばまでやってきたスラリンにそう頼むと、スラリンは一度だけ頷いて口を大きく広げた。スラリンのディメンションバッグに入る途中、ちらりとプリメラの方を見ると一瞬だけ目が合い、すぐにそらされた。まあ、俺もすぐにそらしたのでお相子ではあるが、かなり照れくさかった。

「落ち着いて外に出たら、とりあえずカインを殴ろう」

そう心に決めて、俺はスラリンの中で現実逃避することにした。もっとも、布団に潜り込んでもなかなか眠ることはできず。ようやく眠りにつけたと思ったら、すぐにシロウマルに起こされた。

「わかった、肉だな。今食べると夜が入らないから、少しだけだぞ」

晩飯はシロウマルにとっても久々の満腹亭なので、おやつの範疇で肉を食べさせることにした。

「だけど、その前に顔を洗わないとな。シロウマルのせいで、顔がベタベタだ」

ヨダレを垂らしたシロウマルに舐められたせいで、俺の顔はベタベタで、少し……いや、かなり臭かった。シロウマルは俺の言葉を聞いて、表面上は申し訳なさそうな顔をしていたが、尻尾は大きく揺れていたので、反省はしていないのだろう。まあ、いつものことだ。

「ここは……食堂か。準備のいいことだ。スラリン、ありがとな」

スラリンの中から出ると、そこは食堂だった。おそらく、シロウマルとソロモンがすぐに肉を食べることができるように、この場所で俺を起こしたのだと思う。

「それじゃあ、台所を借りて肉を焼くか」

俺の言葉に反応したシロウマルとソロモンの口から、ヨダレが垂れていた。かなりの量が垂れていたのでスラリンに綺麗に拭かれていたが、それでも止まりそうになかった。

「とりあえず、これでも食ってろ」

保存用に作っていたジャーキーを投げると、二匹は空中でくわえ、着地した時にはもう飲み込んでいた。ちゃんと噛んだか心配ではあるがあの二匹のことなので、後で反芻する気なのかもしれない。ねだってくる二匹の為、調理中に食べさせる分のジャーキーをスラリンに渡し、俺は急いで肉を焼くことにした。

「ほら、焼けたぞ。まだ熱いから、ゆっくり食えよ」

大皿に山盛りにした焼肉を床に置くと、二匹は歓喜の声を上げながら焼肉の山に顔を突っ込んだ。

「それで、皆は何してるんだ？」

優先させるべきことを終えた俺は、この場にいるメンバーに声をかけた。

食堂の隅では、アムール、ジャンヌ、アウラ、レニさん、カインの五人が正座させられている。

そしてその目の前には、腕を組んで険しい顔をしているクリスさんに、ちょっと怒った顔をしているプリメラ、そして死にかけのアルバートがいた。アルバートに関しては正座ではなく、クリスさんとプリメラの近くの椅子に座って腹を押さえながら苦しんでいるのだが……俺が押したせいで、あそこまで苦しんでいるのではないよな？

「テンマ君にも、訊きたいことがあるのだけど……ちょっとここに座ってくれない？」

クリスさんは頼んでいるように言っているが、俺に拒否権はないみたいだった。まあ、座れと言われた場所がジャンヌたちの横ではなくクリスさんの向かいの椅子だったので、素直に従うことにした。

「訊きたいのは、あの時の騒ぎの原因がテンマ君の盗み聞きにあるということなのだけど……どういうことなのかしら？」

これは、答え方を間違えると俺もあそこに並ぶことになると思い、少し頭の中で整理してから答えた。

「まず、盗み聞きが原因と言われれば、そうだと言えるでしょう。ただ、俺はしようと思って盗み聞きしたわけではなく、ドアの前で声をかけようと思ったら聞こえてしまっただけです。その時に、プライベートな話をしているみたいだったので、黙ってその場を離れようとしたんです」

「それで、カインを押さえつけた理由は？」

「あそこでカインが入ってきたら、絶対にややこしいことになると思ったからです。実際、カインを連れて姿を隠したすぐ後に、アムールが俺を探そうと部屋の外に出ていましたから」

「アムールが部屋から出てきた時に、すでにテンマ君は部屋の前から離れていたのね？　そしてその後は、すぐにカインの部屋に移動した……と」

クリスさんはポケットから取り出した紙を見ながら、俺に言ったことに間違いがないか確認してきたので頷くと、クリスさんはため息をついていた。そして、正座させられているアムールたちは、俺の説明が進むにつれて、徐々に顔色を悪くしていった。

「テンマ君はシロね。まあ、原因を作ったのはテンマ君だけど、それは特に問題のない範囲だったのに、カインとアムールたちが騒ぐからあんなことになった……というか、カインがほぼ元凶と言っていいくらいね」

「あと、カインは俺がクリスさんを捜しに行こうかと提案したら、そんなことはどうでもいいって言ってました」

「カイン、それはどういうことなのかしら？」

俺の発言を聞いたクリスさんが、カインを睨みつけた。カインは必死になって否定していたが、俺がバラした言葉はあの時と少し違うかもしれないが、ニュアンスは同じようなことを言ったので、カインの言い訳にいつものキレはなかった。

「それで、アルバートはどうしたんだ？」

ぐったりとしているアルバートに話しかけると、アルバートは近くに座っているプリメラを指差して、

「また、やられた……」

と言っていた。指差されたプリメラは慌てながら、

「し、仕方がなかったんです。てっきり、今回のことを主導したのは兄様だと思いまして……つい」

「なら仕方がないか」

アルバートの普段の行いが悪いからという理由で、この話は終わらせることにした。プリメラと

はまだ目を合わせることができていないが、時間を置いたので話ができる状態まで回復していた。

しばらくの間、無言でカインがクリスさんに尋問されている様子を見ていると、館の使用人が来客を知らせに来た。しかも、客の目当てはアルバートやプリメラではなく、俺とのことだった。

一瞬、俺の客だと聞かされて怪しんだが、名前を聞いて急いで応接間に向かうことにした。普段は客の客を屋敷の中に通すようなことはしないのだそうだが、使用人はプリメラからその客の名前を事前に聞いていたらしく、外ではなく屋敷の中に通したとのことだった。

「お久しぶりです、マルクスさん。ちょうど出かけている時に伺ったみたいなので伝言を頼んだんですけど、何かありましたか？」

もしかすると、今日の夜は参加できないというのをわざわざ言いに来たのかと思ったのだが、俺の予想は外れていた。

「テンマさん、本日は頼みがあって参りました！」

マルクスさんは俺が応接間に入り声をかけるなり、いきなり土下座した。普段は知らない奴がこんなことをして頼み込んできても完全に無視するが、知り合いの上、普段こんなことをする人ではないので、よほどのことがあったのかと思いまずは話を聞いてみることにした。どのみちここで土下座をずっとさせるわけにはいけないし、かといって話も聞かずに知り合いを追い出すような真似はしたくなかったからだ。

「マルクスさん、まずは話をしてくれないと、その頼みとやらを引き受けるかどうか判断することもできません」

「も、申し訳ありません。アルバート様、プリメラ様も失礼しました」

この二人は、マルクスさんは俺の客ではあるが、同時にこの屋敷の客でもあるので同席する……という名目で、食堂（クリスさん）から逃げてきたのだ。ちなみにじいちゃんは風呂に入っているらしく、かなりの長風呂になっているとのことだったので、応接間に来る途中ですれ違った使用人に様子を見てくるように頼んだ。じいちゃんのことだから、長風呂くらいでどうなるとは思えないが、風呂場に酒を持ち込んでいたそうなので念の為だ。

「それで、頼みとは何ですか？」

俺にもできることとできないことがあるし、やりたくないこともある。できれば力になれる範囲の頼みごとであればいいけれど、と思っていると、

「実は、セルナのことです。セルナに恋人がいるのですが、少し問題がありまして」

「ギルドで二人を見かけましたけど、とても仲が良さそうに見えましたし、男性の方も見た限りでは変な感じはしませんでしたけど？」

「いえ、彼に問題があるわけではないのです。ただ、その実家の方が問題でして……テンマさんは、『グロリオサ商会』をご存じですか？」

マルクスさんが言った商会の名前に聞き覚えがないと言うと、アルバートとプリメラが少し驚いたような顔をしていた。

「テンマ、グロリオサ商会というのは、グンジョー市で一番大きな商会だ。主に、武具を扱っている」

「グンジョー市の冒険者なら、何度も利用すると思うのですが……本当に知らないのですか？」

二人が驚いた理由がわかった。そして同時に、何故俺の記憶にないのかも理解した。

「俺、グンジョー市で活動している時に、大きな商会で武器を買うことがなかったから。武器屋に行くことはあっても、手入れの道具とか投擲用の使い捨てのものを買うだけだったから、大きな所に行くよりも、個人でやっているような所に行った方が安く手に入るし、掘り出し物も見つかることがあるし」

俺の答えを聞いて、アルバートとプリメラは合点がいったというような顔をした。下手な武器を使うよりも、魔法で戦った方が安心・安全だし、そもそも俺には『小烏丸』があるのだ。つまり、『小烏丸よりはるかに劣る、そこそこの武器』に興味が向くことがなかったのである。

「もしかしたら数回程度は行ったかもしれないけど、記憶にないということは俺には合わなかったんだと思う。それでマルクスさん、その商会がどう関係あるんですか？」

「セルナの恋人……アンリというのですが、彼はグロリオサ家の三男でして、本人はセルナと結婚したいと言っているのですが、その父親がセルナとの結婚を反対しておりまして……」

マルクスさんは結婚の反対理由のところで言い淀んだが、しばらくすると意を決したように、

「セルナが過去に盗賊に囚（とら）われた際に乱暴されたことを知り、汚れている女と身内になるのは我慢がならないと言っているのです」

と言った。

「随分と胸糞（むなくそ）の悪い話ですね……アンリでしたか、彼は実家暮らしなのですか？」

「いえ、彼は画家になりたいと言って、実家を勘当されています。今は冒険者としても活動し、それで得た収入を生活費や画材代などに当てています」

グロリオサ商会は他の街を本拠地にしている為、アンリは色々な街や村を転々としていたそうだ

が、一年ほど前にグンジョー市に来た際にセルナさんと出会い、互いに恋に落ちたそうだ。そして最近になって、父親に見つかったということらしい。

そんな中ではあるが、セルナさんとアンリは結婚式を挙げようと計画しているそうだが、結婚式が近づくにつれてその父親の妨害が入りつつあるということだった。

「勘当して縁を切っている状態なのだから、無視しておけばいいものを……ところで、その結婚式はいつなんですか?」

「二週間後です。テンマさんにお願いしたいのは、その結婚式に参加してほしいのです」

マルクスさんがここのところ走り回っていた理由は、その父親の情報を集める為だったそうで、その集めた情報の中に、結婚式当日に父親が貴族を連れて乗り込んでくるというものがあったそうだ。

「新郎の父親が結婚式に参加するのはおかしいことではないのですが、その時に新郎側の客として貴族を連れてくることで、新婦側との釣り合いを取れないようにする為のようです。おそらくは、貴族を連れてきたというのにそれに釣り合いの取れる結婚式ではなかったと、難癖をつけるつもりだと思われます」

「その貴族というのは?」

「アビス子爵です」

「アビス子爵だと?」

俺が反応するより早く、アルバートが驚いた。そしてプリメラも驚いている。二人が揃って驚くということは、アビス子爵という名前がここで出てくるのは予想外だったということだろう。

「アルバート。そのアビス子爵というのは、どんな人物なんだ？」

「ああ、アビス子爵というのは、古くからサンガ公爵家に仕えている貴族だ。誇り高くて気難しいが不正を嫌うところもあって、テンマが昔絡まれたレギルをとても嫌っていたな。だがその反面、レギルに利用価値があることも理解していた。まあ、レギルが失脚して、一番喜んでいたのもアビス子爵だが」

「兄様には厳しかったみたいですけど、私には優しかったですね。それと、姉様たちにも」

プリメラに優しかったのは、男女の差なのか跡取りかそうでないかの差なのかはわからないが、聞いた限りではまともな貴族のようにも思える。

「そうだとするならば、そんな貴族が結婚式を邪魔することに手を貸すか？」

「いえ、どうもアビス子爵は、その父親の企みを知らないみたいです。アビス子爵は純粋にアンリの結婚式を祝うつもりなのだと思います」

「つまり、その父親の独断ということですか。子爵にバレた時のことを考えていないんでしょうね」

ある意味、レギルと同類だな。

「それで、俺が結婚式に参加して、招待客の差をなくそうというわけですか。いいですよ。名目上は、『元オオトリ家のメイド』の結婚式に呼ばれたとしておけば、その父親も文句をつけることはできないでしょう。たとえ、俺がセルナさんの仮の主だった時間が短かったとしても、俺とセルナさんかマルクスさんが認めれば、それは事実として通用しますから」

「ありがとうございます！」

俺が参加を決めるとマルクスさんはホッとした表情になり、深々と頭を下げた。

「そういうわけで、今日の宴会には絶対にセルナさんとアンリを誘って参加してください。その時に俺も参加させてほしいと、直接二人に頼みますから」

一応、マルクスさんが俺に頼みに来たことは秘密にしているということだったので、俺がどこかで結婚式の話を聞いて、二人に確かめてから参加したいという流れにすることにした。この方が、流れ的には自然だろうし、頼まれたから仕方なく結婚式に参加したと思われることはないだろうとの判断だ。

マルクスさんが屋敷を去った後で、皆に滞在期間が延びたことを報告しようと食堂に向かう途中で、空の酒瓶を持ったじいちゃんと合流した。まあ、空にしたといっても、酒瓶自体は小さなものだったので、軽く飲んだだけのようではあったが、じいちゃんの顔は赤くなっていた。

「あんまり一人で風呂に入っている時に、酒は飲まないでよ。年も年なんだし、ポックリ逝ってもおかしくないんだから」

「ひどいことを言うのう……そうは思わんか、プリメラ？」

「え？　ええ、マーリン様はお年とはいっても、鍛えておられるからなのか、お元気で見た目も若々しいですし、節度を守れば構わないのではないかと……」

急に話を振られたプリメラは、少し詰まってはいたがすぐにじいちゃんの味方をした。それがじいちゃんには嬉しかったのか、食堂に行くまでの間は、ずっとニコニコ顔だった。

「ふむ……これは一体どういう状況じゃ？」

食堂に入ると、すぐにじいちゃんの顔は困惑顔に変わり俺に説明を求めてきたが、俺も説明はできなかった。

「と、いうわけで……クリスさん、説明お願いします」

なので、食堂にいる人物の中で、唯一まともに動くことができていたクリスさんに説明をお願いした。ちなみに、食堂内でまともに動いているのは、クリスさん以外ではスラリンしかいない。

「ええっとね……ちょっとだけ、お説教が長かったみたい」

現在の状況……それは、俺が食堂を出る時に正座させられていた面々が、床に倒れ込んで苦しんでいるのだ。そしてその反対では、おやつを食べ終えたシロウマルとソロモンが、仲良くへそ天しながら寝ている。そして無事なクリスさんとスラリンは、苦しんでいる面々を介抱していた……カインを除いて。

「説教に夢中になっていて、ふと気づいたらカインが気絶寸前でね。慌てて他の皆を見たら、皆も同じようになってて……不思議よね～？」

「嘘です……クリスは、私たちが少しでも動こうとするたびに殺人鬼のような視線を向けて、『そこ、動くな！』って怒鳴ってました」

レニさんの暴露で、クリスさんのやりすぎが発覚した。まあ、そんなことだろうとは思ってはいたけれど……そこまで厳しくしなくてもいいのではないかと思う。

「まあ、カインは仕方がないにせよ、他の皆は先に解放すればよかったのに」

ここでカインのことまでクリスさんを責めてしまうと、クリスさんは逆ギレして面倒臭い存在に変わってしまうだろうから、カインには犠牲になったままでいてもらうことにした。これは、決して俺の復讐が入っているからではない！　……と思いたいところだが、その自信は全くない。

「まあ、そんなことはいいとして、グンジョー市での滞在期間が延びたから。それにより、残念ながらリオンと合流することになってしまうと思う。うるさいのが増えて、残念だとは思うけど……理由が理由だけに、皆には了承してもらいたい」

『そんなこと扱いなのか！』といった視線が、アムールとアウラから向けられたが、レニさんとジャンヌは、その理由の方を知りたがっていた。ここで一番騒ぎそうなカインが、ダウンしたままなのは幸いだったと思う。もし無事な状態ならば、リオンと合流することになると言うと、絶対に面白半分に騒ぐからだ。そしてそれを鎮めるのに手間がかかり、最後には力ずくになってしまうかも……そう考えると、少し残念だったかもしれない。

「そ、それでテンマ君、その理由って何なの？」

クリスさんが真っ先に理由を尋ねてきたが、明らかに話題をそらせる為だと思われる。まあ、それをわざわざ指摘する必要もないし、指摘しそうなアムールも今は大人しいので、余計な茶々が入る前にセルナさんの結婚式に参加することになったと言ったところ、

「結婚ねぇ……」

滞在期間が延びた理由が結婚式だと知って、少し機嫌が悪くなってしまった。アムールが話していた通り、三〇が近づいて焦っているせいで、他人が結婚するというのは面白い話題ではないのだろう。

「クリス、心が狭い」

「うっ！」

アムールがポツリと呟いた言葉が心にクリティカルヒットしたようで、クリスさんは気まずそうにしていた。

「理由はわかりました。では、私たちはどうしましょうか？」

レニさんは、部外者である自分たちはどうしたらいいのかと訊いてきたので、なるべくなら参加する方向で考えていてほしいと答えた。

イマイチはっきりとしない俺の答えに、皆疑問を感じたみたいだが、先ほどマルクスさんと話し合いをして、本人たちにも了承を取らないといけないので本決まりではないと言うと納得していた。

「それにしても、テンマは貴族をやり込めるのが好き」

「人聞きの悪いことを言うな、アムール。俺は危害を加えようとしてくる貴族しか相手にしていない。それとそのアビス子爵は、今回の企てに関わっていない可能性が高いそうだ」

俺が一部訂正すると、アルバートとプリメラが頷いていた。

「詳しいことはセルナさんたちと話してからにするとして……何でアムールたちは、長々と正座させられていたんだ？」

結婚式の話が一段落着いたところで、話を戻して正座の理由を聞いてみることにした。暴れていたことが理由なのであれば、俺もあそこに連座させられていただろうが、クリスさんが俺は『シロ』だと判断した理由が気になったのだ。あと、あれくらいの盗み聞きで、あそこまで真剣になっていたのも不思議だった。

「その理由はね！　アムールたちの話の内容が二つに分かれていたからなのよ！」

アムールにクリティカルヒットを食らって静かになっていたクリスさんが、反撃のチャンスとばかりにいきなり元気になった。そして対照的に、アムールたちはバツの悪そうな顔をしている。

「テンマ君が盗み聞きしてしまったというのは、アムールたちにとっては聞かれても大したことのない話だったの。けれど、テンマ君がいなくなった後に話していたのは、ちょっと男子には聞かせることのできないような内容の話でね。アムールたちはカインが、『テンマが盗み聞きしていた』っていう言葉を聞いて、聞かれてはいけない方を聞かれたと勘違いしていたわけ。追いかける前に、テンマ君が聞いた話とその状況を聞いていれば、アムールたちの誤解でカインの虚報だったとわかったのに、勘違いしたまま暴れたから私が怒っていたのよ！」

クリスさんは、先ほどの鬱憤を晴らすかのように上機嫌でまくし立てた。

「ええ、わかりましたから、そんなに近づいてこなくても大丈夫です。それと、理由もわかりましたし、誤解されるようなことをした俺も悪かったので、カイン以外は許してやってください」

「え？　う～ん……そうね、カインはともかく、アムールたちはちょっと怒りすぎたかもしれないわね」

というわけで、カイン以外の解放が決まった。カインは自分だけ助からないということを聞かされ、俺やアルバートに目で助けを訴えていたが、俺たちは無視した。だって俺にしてもアルバートにしても、カインのせいでそれなりにひどい目に遭っているのだ。なので、助ける理由がなかった。それはプリメラも同じだったらしく、続けて向けられた視線に対し、プリメラは目をそらした。

「こういうのはリオンの担当なのに！」

そう叫んだカインは、クリスさんにさらなる説教をされていた。

「テンマ、ごめんなさい」

「ごめんなさい」

「申し訳ありませんでした」

怒られているカインを眺めていると、ジャンヌ、アムール、アウラが、揃って謝りに来た。

「テンマさん、本当に申し訳ありません」

最後にレニさんが謝ったが、レニさんに関して言えば、カインの虚報だったとわかった上で動いた可能性がある。まあ、あくまで俺の予想だが。

「それに関しては、俺も盗み聞きして誤解させたというのも関係しているから、もう気にしてないぞ。悪いのは全部カインだ。だから、皆も気にする必要はない」

今回の件は、全てカインの責任にしようと決めているので、皆の謝罪を受け入れて、それ以上気にしないように言った。

第七幕

「あれはリオンの役目なのに……」

満腹亭に向かう時間が近づいてきているというところで、ようやく解放されたカインがまたそんなことを言っていた。確かにああいったことで怒られるのはリオンというイメージがあるが、俺の中ではその次にカインとアルバートが並んでいるので、トップがおらず同率が関わっていない時点で、全ての責任がカインに行くのは別におかしなことではなかった。

「はいはい、時間も迫っているんだから、さっさと支度してきなさい！」

カインの愚痴は、その愚痴の原因となったクリスさんによりスルーされた。カインは理不尽だとでも言いたそうな顔をしていたが、クリスさんの言う通り時間が迫ってきているので、黙って身支度を整えに行った。

「全く、一番の問題児(リオン)がいないから、多少は楽になると思ったのに……一番がいないと、二番が繰り上がるのね」

クリスさんも、俺と同じようなことを考えていたみたいだが、俺の中ではクリスさんはアルバートたちに次いで、アムールと並ぶ四位にランクインしている。まあ、クリスさんにしてみても、俺も同じような位置にいることだろう。あと、俺のランキングには王族の中から四人がランクインしているが、あの四人はある意味殿堂入りしているので、やはり一位はリオンだろう。

「準備できたよ～」

カインが戻ってきたことで、全員の準備が終わった。

「それじゃあ、行こうか」

「うむ！　ジャンヌ、アウラ、ここからは戦場。気を抜かないように！」

「ええ！」

「はい！」

アムールとジャンヌとアウラの三人が張り切って、俺の周囲を囲んだ。前方をアムール、左右をジャンヌとアウラという形で、さりげなくレニさんが後ろに陣取っている。

「これで猫を寄せつけない！」

アムールの『山猫姫』に対する警戒心が強いのはいつものことなので、好きにさせることにした。まあ、『仲良く喧嘩しな』のような感じなので、殴り合いにならない限りは放っておいても大丈夫だろう。だが、

「陣形を組んだところで申し訳ないが、移動は馬車だぞ」

そう言って俺は、ライデンに繋いでいる馬車を指差した。さすがに貴族がいるのに、歩いて満腹亭まで行くようなことはしない。

俺の馬車で満腹亭まで行けば、馬車はマジックバッグに入れておき、ライデンをディメンションバッグで長時間待機させておくこともできる。まあ、ライデンは嫌がるだろうけど。

「仕方がない……降りてからまた陣形を組む」

アムールは、少し不機嫌そうな声を出しながら馬車に一番に乗り込んで入口付近に陣取った。その近くには、ジャンヌとアウラも待機している。満腹亭に着いたら、すぐに先ほどの陣形を組むつ

もりなのだろう。本当に、『仲良く喧嘩しな』の範囲で収まってほしいと思う。

「でも、本当に私たちも一緒でいいんでしょうか？」

プリメラがそんな心配をしているが、おやじさんたちに限ってプリメラたちを嫌がることはないだろう。むしろ、腕の振るいがいがあると張り切りそうだ。

「大丈夫だって。むしろ連れていかなかったら、俺が怒られると思うから。それに、皆を連れてくるというのを前提で食事を作っているはずだから、来てくれないと困る」

「と、いうことだそうだ。良かったなプリメラ、テンマはプリメラが必要なのだぞ、だっ！　ごふっ……」

横からしゃしゃり出てきたアルバートがふざけたその瞬間、間髪入れずにプリメラがアルバートの脇腹に一撃を入れた。そして俺もプリメラに倣うように、反対の脇腹を殴った。

「容赦がないのう」

「今のは、いつもリオンがやられていることだから大丈夫だよ。まあ、リオンとアルバートじゃあ、耐久力に違いがあるけどね」

「そうです。兄様が将来サンガ公爵家の当主になれば、こうして注意してくれる人はいなくなるのです。なので、今のうちにちょっと痛い目に遭ってもらい、代償という言葉の意味をしっかりと知ってもらわないといけません！」

そう言って、床に倒れるアルバートを見捨てた。

怒ったプリメラは、俺の知っている普段のイメージからだいぶ離れているが、他人と実の兄に対する態度に違いがあるのだと考えればそんなにおかしなことではないのだろう……と結論づけて、これ以上は深く考えないことにした。また、ちょっとだけ怒った時のマリア様に似た雰囲気をまとっていて怖いので、アルバートを見捨てることでプリメラが元に戻るのならば、俺はプリメラの味方になるに決まっている。

ちなみに、プリメラが怖かったのは皆一緒だったようで、「それもそうじゃな。悪いのはアルバートじゃ！」とじいちゃんは即座に言い、クリスさんは明らかにアルバートやプリメラから視線をそらして見ていないふりをし、カインとジャンヌとアウラは怯えて震えていた。

そしてアムールに至っては、「全てこれが悪い！」とプリメラの味方だと宣言するようなことを言った後で、「これは邪魔だから、隅にでも置いとこう」と言って、レニさんと一緒にアルバートをどかしていた。そしてそのまま、トイレにこもった。レニさんもトイレに逃げるつもりみたいだったが、アムールに先に取られたので、一瞬迷ってからクリスさんの隣に座った。

「着いたみたいですね。テンマさん、行きましょう」

しばらくの間馬車の中は沈黙の時間が続いたが、馬車が停止すると同時にプリメラが口を開き、重苦しい雰囲気が少しだけ軽くなった気がした。そのまま俺は、プリメラに手を引かれて満腹亭に入ろうとしたが、入る直前になってアムールがジャンヌとアウラを引き連れて俺とプリメラの周りに陣取った。そしてアムールが満腹亭のドアを開けると、

「「「やっと来た！　テン……」」」

「させない！　ジャンヌ、アウラ！」

「「はい！」」

リリーたち三姉妹が俺めがけて走ってきて、アムールたちがそれぞれガードした。

「また邪魔する！」

「何で！」

「今は自由な時間なのに！」

「えっと……」

「あれはあれ、これはこれ」

「何があっても、テンマ様には近づけさせませんよ！　この、泥棒猫たちめっ！」

「お嬢様、ファイト～！」

勢いだけで前に出たジャンヌは三姉妹の抗議に負けそうになっていたが、アムールとアウラはブレなかった。その三人の後ろでは、レニさんがアムールの応援をしている。

「テンマさん、ここで立ち止まると邪魔になるので、早く中に入りましょう。カイン兄様、あれは置いていっても大丈夫です」

「了解しました、隊長！」

そして、プリメラもブレなかった。アルバートの心配をしていたカインに対し、プリメラは実の兄を『あれ』扱いした上で放っておけと、半ば命令するようにカインに告げた。カインもカインでプリメラに言われた瞬間に、アルバートのことなど忘れたかのように馬車から視線を外し、敬礼をしてプリメラの後に続いた。その間、じいちゃんとクリスさんは静かに移動し、極力気配を消そうとしていた。

「おお！　来たな、テン……マ？」

「おやじさん、貸し切りにしてくれたんですね。ありがとうございます」

「テンマさん、先にセルナさんに挨拶した方がいいかもしれません。アンリさんの方が、緊張でガチガチになっています」

おやじさんの様子が少しおかしかったのも気になるが、それ以上にプリメラの言う通り、セルナさんの隣でカチカチに固まっているアンリが気になった。

「すみませんけど、先にあの二人に挨拶してきますね。ギルドに行った時にタイミングが悪くて、何も話せなかったものですから」

「あ、ああ、わかった。そうだな、先にアンリと話をして緊張をほぐさせた方がいいかもな。あの様子だと、全然楽しめないだろうし、俺の方も少し気持ちを整理させたいから……」

「？　まあ、そういうことで、ちょっと行ってきます」

少し様子のおかしいおやじさんに断りを入れ、ある意味今回の主役である二人がいるテーブルへと向かった。

「あ！　お久しぶりです、テンマさん。ギルドに来た時に挨拶できなくて、申し訳ありませんでした。こちらはお付き合いしている……」

「ア、アンリです！　よろしくお願いします！」

セルナさんは、アンリを紹介する時だけ照れて緊張していたが、アンリは終始緊張しっぱなしだった。その理由を聞くと、片手間で冒険者をしている身としては、「今日トップクラスの冒険者と会うから」と言われても、どういった話をしていいのかわからないからとのことだった。

「それで、会って早々で申し訳ないのですが、少しお訊きしたいことができまして……お二人は、お付き合いされているのですか？」

唐突なセルナさんの発言に、困惑して固まる俺とプリメラだった。

「何でそう思うんですか？」

何故いきなりそういう話になるのかと思っていると、セルナさんは不思議そうな顔をしながら、

「いえ、お二人が腕を組んでいらっしゃったので、てっきりそうなのだと思っただけなのですけど……」

そう言われて、初めて俺とプリメラの視線が斜め下に向かった。そこにあったのは、俺の腕に絡むプリメラの腕。

「いえっ！　これは、あの、その！」

「落ち着け、プリメラ！　これは事故だ。全てアルバートが悪い！」

「そ、そうですね！」

とりあえずプリメラを落ち着かせる為、魔法の言葉『アルバートが悪い』を唱えた。普通ならこんなことで落ち着くはずはないのだが、今のプリメラには効果が抜群だったらしく、『全て兄様が悪い』と呟きながら深呼吸をすることで、徐々に気持ちを落ち着けていた。その時にセルナさんが、

「お付き合いされていないのはわかりましたが、事故というのはひどいと思いますよ？」と言ったが、今の俺には聞く余裕がなかったので申し訳ないが無視させてもらった。

「それで、お二人は近々結婚式を挙げると聞いたのですが、本当ですか？」

アルバートを悪者にして気持ちを整えた俺の質問に、セルナさんとアンリは驚いた様子だったが、ギルドでちらりとそのような話を聞いたと言うとセルナさんが小さく頷いた。

「それはおめでとうございます！　それで、詳しい日時は決まっているのですか？」

少しテンションを上げて祝福すると、二人は照れながら二週間後だと言った。

「二週間後ですか……」

俺のがっかりした感じの呟きに、二人は困惑していた。そこに、

「すみません、テンマさん。せっかく招待してくださったのに遅れてしまって」

タイミングを見計らっていたマルクスさんが、あたかも仕事で遅れてきたという感じで満腹亭に入ってきた。

「えっと……何かありましたか？」

「いえ、今お二人から結婚式の日取りを聞いたのですが、ちょっと自分たちの出発日と被ってまして……」

マルクスさんが俺の異変に気がついたところで、打ち合わせ通り演技を始めた。マルクスさんもセルナさんが違和感を覚える前に、「そうですか……できれば一緒に祝ってほしいのですが……」と困った顔をした。

「セルナさん、日程を早めることはできませんか？」

「満腹亭で行うので、できないこともないと思いますけど……」

俺たちの演技を真に受けたらしいセルナさんが、日程を変更することが可能だろうと口にした。なので、

「おやじさん！　俺たちもセルナさんの結婚式に参加したいので、日程を早めてください。結婚式の費用は俺が全て負担しますので、思いっきり豪華にしてください！」

「えっ！　ちょっと、テンマさん！」

セルナさんが驚いた声を出した。セルナさんだけでなくアンリも同様で、ついでにマルクスさんも驚いていた。まあ、費用云々の話は今ここで思いついたので、マルクスさんも初耳だったからだろう。

さすがにそれは悪いと、セルナさんをはじめ、アンリとマルクスさんも自分たちが負担すると言っていたが、そこに思わぬ味方が現れた。

「私としては、テンマが負担してくれるのはありがたいことなのだがな」

それは、ダメージから少しだけ回復して、ようやく動けるようになったアルバートだった。ただ、かなり無理しているのがわかるのでマルクスさんから心配されていたが、アルバートは旅の疲れが出ただけだと言って納得させた。

事前にアルバートに会っていたマルクスさんはともかくとして、セルナさんとアンリは突然現れたアルバートに驚きその場に跪こうとしたが、プリメラにやんわりと止められていた。

「三人は、テンマがハウスト辺境伯領で活躍した話を知っているか？」

アルバートの質問に、マルクスさんだけが頷いた。俺が活躍した話というのは、ワイバーンの群れを退治したことと国境線上に砦を築いたことだが、そのうちアルバートが重要視しているのは砦の件だった。

「本来、砦を作るには莫大な費用と日数が必要となるが、テンマは塀や堀を一瞬で作り上げてしまった。そのおかげで辺境伯様は、砦を作る費用の大半を経済に回すことができた。さらには砦ができたことで人が集まり、その者たちを目当てとした商人や様々な職人が商売を始めたおかげで税収が上がり、停滞していた経済が右肩上がりだ。ここで同じ規模の成果は出ないだろうが、今注目のテンマが行動を起こしたというだけで、人の目を集めるには十分すぎることなのだ」

アルバートの話にセルナさんたちだけでなく、俺やじいちゃんたちも静かに耳を傾けていた。

「それとな、テンマは金をため込みすぎている。もちろん、テンマが正当な方法で儲けたものなのだから、どう使おうとテンマの勝手ではあるが、それを嫌う者もいるのだ。おそらくはそのほとんどが貴族であり、大半が嫉妬ではあるだろうがな。だがその中には、テンマの所で金が止まることで、その分だけ経済の回りが悪くなることを心配している者もいるはずだ。なので、テンマが二人の結婚式の費用を惜しげもなく出すことで、経済的な心配をしている者を敵に回さずに済む可能性があるのだ。まあ、その金を落とす先がサンガ公爵領であると喜ばしいというのが、私の本音の一部でもあるのだがな」

三人に俺が結婚式の金を出すということは、二人の為だけでなく俺の為でもあり、巡り巡って国の為でもあると言った。さらには、さりげなくアルバートは自分にも利益のある話なのだと教えることで、俺の行動を後押しすることの不自然さを薄めようとしていた。その姿はまさに、『大物詐欺師』といった感じだ。

「セルナさん、難しく考えなくていいんです。ただ俺は、セルナさんの結婚式を利用して、俺の敵を減らそうとしているだけなのですから。もし仮にセルナさんが拒んだとしても、俺は無理やりにでも豪華にしますよ。何せ俺は一時的にとはいえ、セルナさんのご主人様だったんですから。ご主人様に、恥をかかせないでください」

後半、かなりふざけた感じで言うと、ようやくセルナさんが笑ってくれた。まだ完全に納得できていないようではあるが、「知らないところで豪華になっていてびっくりするよりも、事前に知っていた方がいいでしょ？」と言って、強引に俺が結婚式の費用を出すことを認めさせた。

「だが、困ったな。これだけでは、私が参加する理由がない。どうしたものか……そういえば、二人の結婚式の仲人は誰になっているのかな？」

これでアンリの父親の企みを潰す作戦の最大の難関をクリアしたと思っていたら、不意にアルバートがそんなことを言い出した。

「ギルド長とフルートさんに頼んでいますけど……」

「それはいけない！　ギルド長は頼りないし、その奥方は身重なので万が一のことがあってはいけない。そこでだ。ここは一つ、テンマにやらせてみてはどうだろうか？　結婚式の費用を出すのだから、ついでに仲人もやらせればいい。そしてテンマの手伝いをプリメラにやらせれば、私が出席してもおかしくはないだろう」

いい案だとばかりに自画自賛するアルバートだが、正直それでもアルバートが出席する理由には弱い気がする。だがアルバートは、そんな俺の心配に対し、

「父上のことだから、プリメラがどのように仲人を務めたのか知りたがるだろう。何せ父上は、プリメラを可愛がっているからな。親馬鹿と言っていいくらいだ。私はそんな父上の為に、仕方なく出席しなければならないのだ！　……ということにしておけばいいだろう」

全てはサンガ公爵の為ということにするらしい。まあ、自分の身内が重要な役についていれば、それを理由に強引に参加できるだけの力を、アルバートは持っているのも確かだった。

「それだと、僕が参加できないね……どうしようか？」

そこに今度は、カインが話に加わってきた。

「それなら、今回の旅でサモンス侯爵家だけ利益に繋がるようなことがないから、これ以上離されない為に強引に参加したと言えばいいのではないか？」

「それがいいね！　そうするとリオンだけど……リオンなら、『何も考えずに参加した』で皆納得するだろうね！」

「いや、そんなことしなくても、俺が主催者として三人を招待したで済むと思うぞ？　いいですよね、セルナさん」

「え、ええ……ここまで来たら、テンマさんの好きになさってください。私たちは、どれだけ豪華な式になるのかだけを楽しみにします」

　色々と諦めた様子のセルナさんだったが、「結婚式の計画にはマルクスさんにも参加してもらいます」と言うと、少しは安心したようだった。

　結局、アルバートはプリメラの、カインとリオンは俺の招待客として、じいちゃんたちは俺の身内枠（アムールはオオトリ家預かりなのでここに入っており、レニさんはアムールの従者という形）ということに決まった。

「それでおやじさん。結婚式で出す料理なんですけど、肉はワイバーンとバイコーンと白毛野牛がありまして……」

「ちょっと待て！　俺はバイコーンと白毛野牛は扱ったことがないぞ！　というか、本当にそんな超高級品を出す気か！」

　俺が持っている食材の中で、特にメインになりそうなものの名前を挙げると、おやじさんは大声を出して驚いていた。その声の大きさに、食堂の隅でおかみさんに抱かれておとなしく寝ていたソレイユちゃんが、おやじさんの声に負けないくらいの大きさで泣き出してしまったので、おかみさんにめちゃくちゃ怒られていた。

「おやじさん。こぶができてますけど、薬いります？」

「……ありがとよ」

頭にたんこぶを作ったおやじさんに塗り薬を渡すと、静かに受け取って患部に塗り始めた。

おやじさんは俺がいきなり高級食材を出そうとしたので驚いたのもあるが、そういうものは自分の時の為に取っておけと言うつもりだったそうだ。一応、それなりに量があるとは言ったのだが、バイコーンや白毛野牛は祝われる二人が恐縮しすぎて楽しめないかもしれないと言われたので、その二つよりランクが落ちて、なおかつ大量にあるワイバーンを使うことになった。ついでに今回の結婚式について、アンリの父親が企んでいることをぶっ潰そうと思っていると言うと、無言でげんこつされて、「そういったことは先に言え！」と怒られた。

「そうなると、料理でも度肝を抜くようなインパクトが欲しいな」

「これが普通の宴会だったら、ワイバーンの頭を飾ったりするのが簡単なんだけど……さすがに結婚式でそれはできないし」

俺は何かヒントになるようなものがないかと思い、思い思いに騒いでいる皆を見回して……

「そういえば、あれは聞いたことがないな……おやじさん。面白そうなのを思いついた」

「ん？　……おおっ！　それは面白いかもしれないな。ちょっと苦労しそうだが、テンマが手伝ってくれるなら問題はないだろうな」

思いつきをおやじさんに話すと、おやじさんもいい考えだと太鼓判を押してくれた。材料も今あるものでできそうなので、結婚式に間に合わせることだけを注意すればいいだろう。

「料理は少量のものを何種類も出す感じで、盛りつけなんかはアルバートたちに監修してもらってお墨付きをもらえば、あちらさんはクレームをつけることはできないでしょ」

「何種類も作るのは面倒臭そうだが、明日からでも作り始めて、出来上がったものはテンマのマジックバッグで保存すれば、何とかなりそうだな」

「ええ、俺も合間合間に手伝いますから、できれば一〇種類くらい用意したいですね」

一〇種類は多いと言われたが、相手を驚かすのだから多い方がいいだろうと押し切った。まあ、その分俺の負担も増えそうだが、ストックしてある料理や下ごしらえ済みの食材を使えば、他の悪巧みをする時間を作ることは可能だろう。

大まかなメニューを決める為に、アルバートとカインを呼び寄せて話し合ったところ、二人も快く協力してくれることになった。まあ、アルバートは「サンガ公爵領の新名物になりそうだ」、カインは「自分の時もよろしく！」、と言っていたので、完全に善意でというわけではなかった。もっとも、二人が協力してくれるのならば、それくらいの代償はあってないようなものだろう。ちなみにクリスさんを相談の場に呼ばなかった理由は、俺の第六感が『絶対に呼んでは駄目だ！』と、痛いくらいに鳴り響いたからである。


「すきあり！」

「そんなものはない！」

「なら、こっちから！」

「行かせませんよ！」

「今がチャン、にゃ――――！」

「一丁上がり！　です」

アルバートたちを交えての話し合いが一段落ついたところで、何か腹にたまるものでも食べようかと思って食堂内を見回したところ、山猫姫の三人対アムール・アウラ・レニさんの戦いが繰り広げられていた。ちなみに、最後の方で悲鳴を上げていたのはミリーで、その理由は相対していたレニさんを出し抜こうとした瞬間、どこからか取り出された縄で縛られたからだった。

そして、いつの間にか仲間外れにされているジャンヌはというと、プリメラやセルナさんと一緒に、おかみさんの所でソレイユちゃんを見ながら楽しそうにお喋りをしていた。なお、アンリはじいちゃんとクリスさん、そしてマルクスさんに囲まれてお酒を飲まされていた。しかも、何か愚痴のようなものにも付き合わされている。

「じいちゃんとマルクスさんはまだ正気みたいだけど、クリスさんはそろそろ絡み酒になりそうだな……シロウマルを派遣して、気をそらせるか」

じいちゃんとマルクスさんは、俺が行ったら解決しそうだけど、クリスさんに関してはさらにうるさくなりそうなので、シロウマルに任せることにした。

そして俺の思った通り、じいちゃんとマルクスさんはアンリをからかっていただけだったようで、俺が少し注意するとおとなしくなった。そしてクリスさんはシロウマルが近くに行くと、アンリのことを忘れたかのようにモフり始め、さらにはシロウマルに与えるお肉を求めてアンリから離れていった。

「クリス先輩はこれで大丈夫そうだな」

「だね」

アルバートとカインは、クリスさんが十分に離れたのを見てから近づいてきた。おやじさんはどうしているのかと思ったら、厨房に引っ込んで料理を始めたらしい。二人と話しているうちに、何か思いついたのかもしれない。

「暴れている女性陣は放っておいて、お喋りしている女性陣の所に行こうか？　主役に、改めて挨拶をしておきたいしな」

「そういうわけで、テンマも行こうか？　さすがに僕たちがいきなり行くと、驚くだろうからね」

満腹亭の中で、一番被害が出ないであろう場所へと避難した俺たちだったが、急にやってきたアルバートとカインにセルナさんとおかみさんがかしこまってしまい、その変化に気がついたソレイユちゃんが泣き出してしまったので、三人揃ってプリメラに追い返されてしまった。なお、正確に言えば俺は追い返されたのではなく、場の空気を乱してしまった二人に引っ張られての退散だったが、女性陣の中に俺一人だけというのもキツそうだったので抵抗しなかっただけだ。

「何じゃ、赤子に泣かれて追い返されて、ここに落ち延びてきたのか？」

俺たち三人の受け入れ先はじいちゃんの所しかなかったので、半ば仕方なくやってきたのだが、じいちゃんとマルクスさんはかなり酔っ払っているみたいだった。そんな二人に対し、いじられていたアンリは思ったほど酔っていないみたいだった。たぶん、二人に気を使ってあまり飲めなかったのと、二人が無理やり飲ませなかった為だと思われる。まあ、年齢の近い三人が加わることになったがそのうち二人は身分がかなり高いので、アンリの気が休まらないかもしれない……が、逃げ場がここしかなかったので、我慢してもらいたい。

「そういえば、結婚式の仲人って、どうやればいいんだ？」

「わしもやったことがないからよくはわからんが、今回は司会進行役とでも思っておけばいいのではないか？」

「そうですね。私も経験はありませんが、先輩がしているところは見たことがあります」

マルクスさんの話によれば、その先輩は結婚式の司会みたいなことや、立会人のようなことをしていたというので、バラエティー番組のＭＣのようなことをすればいいのかなと軽く考えながらジュースを口に含んでいたところ……

「そうなると、やはりプリメラにも手伝わせた方がいいかもしれないな」

アルバートの言葉で吹き出しそうになった。ギリギリのところで吹き出すことはなかったが、ジュースが気管に入ってしまい、『鼻から牛乳』のような状態となってしまった。

「うわっ！　テンマ、汚い！」

カインにそんなことを言われたが、せき込んでいた俺は何も反論することができず、しばらくの間、せきが止まるまで苦しい思いをしてしまった。

「はぁ、はぁ、はぁ……アルバート、いきなり何を言い出すんだ？」

少し睨むような感じでアルバートを見てしまったが、アルバートは平然とした態度で、

「いや、仲人ということは、男女でないといけないだろう？　さすがに男性であるテンマが、女性の世話をするのはまずいだろうし」

「確かにそうじゃの」

アルバートの言うことは確かに正しく、それを聞いたじいちゃんが真っ先に納得し、他の皆も続けて頷いていた。しかし、理由はわかるが何故プリメラなのかと訊こうとしたところ、

「まず、ジャンヌやアウラだと、申し訳ないが身分的にそぐわない。アムールやレニさんだと、南部の子爵家の許可が必要になってくる。山猫姫の三人だと、誰がテンマとやるかで揉める」

さらには、フルートさんやおかみさんだと既婚者である為、配偶者以外と組むのはまずいとのことだった。

「その点、プリメラだと許可なら私が出せるし、社会的な身分も申し分ない。それに、テンマや新婦との面識もあるので、仲人をしても不自然ではない」

確かにそう言われるとプリメラが適任ではあるが、もう一人適任な人物がいるのでは？　と思ったところ、

「クリス先輩は……心から祝えそうにないからな……」

と言われ、知り合いにプリメラ以上の適任者がいないことが理解できた。

「アルバートの言う通り、プリメラに手伝ってもらうのが一番か」

そういうわけで、納得したところでプリメラを呼び、仲人を一緒にやってほしいと頼んだ。プリメラも、最初は俺と同じように疑問に思っていたみたいだったが、アルバートの言葉をそのまま伝えると納得していた。ただ、クリスさんの理由に関しては、苦笑いを浮かべたのみで何も言わなかったが……

その後、アムールたちの騒がしさが増したところでじいちゃんが一喝して静めたり、じいちゃんの声に驚いたソレイユちゃんがまた泣き出したり、おやじさんが胃に優しそうなスープや料理を

持ってきたのをきっかけにまたうるさくなったりと、賑やかな宴会が夜遅くまで続いたのだった。

◆リオンSIDE

「急げ！　まだ、間に合うはずだ！」

「お待ちください！　夜に馬を走らせるのは危険です！」

辺りが暗くなっているというのに、一人の若者が目的の街を目指して、夜間にもかかわらず出発しようとしており、そこを護衛と思われる騎士に止められているところだった。

「少しでも早く着かないと、アルバートとカインは何だかんだと理由をつけて、グンジョー市を出発してしまうぞ！　俺を置いていく為だけに！」

「それでも、です！　もし、このまま夜も駆け抜けたとして、いつどこで休憩をとるのですか？　私たちの馬は、ゴーレムではないのですよ？」

「うっ！　そ、それは……」

「このまま無理して走り続けて、もし馬が怪我したらどうしますか？　代わりの馬を探すのに、それなりの時間を取られますよ？　そうなれば、確実に置いていかれることになります。それに、止まっている時に馬の怪我が発覚するのであればまだしも、走っている途中であれば落馬の可能性が極めて高く、打ちどころが悪ければ、そのままシェルハイドまで引き返すことになります……骸となったリオン様を連れて」

「……」

「さらに言えば、リオン様の葬儀の後は、私たちの死刑が執行されるでしょうね。何せ、私たちの護衛対象である、『次期ハウスト辺境伯』様を殺したも同然の大罪人なのですから」

「いや、そんなことは……」

「皆、それでもリオン様は進むとの仰せだ。今のうちに、家族あての手紙なり遺書なりを書いておくように。皆が書き終わり次第、リオン様の命令に従い、我々はこの暗闇を駆け抜ける！　急げ！」

「すまんかった！　マジで反省している！　そこ！　嘘泣きしながら遺書を書くな！　頼むから、家族の名前を呟きながら手紙を書かないでくれ！　俺が悪かったから！」

「では、この先は私の指示に従って進むということでよろしいですね？」

「全てお任せします……」

　こうしてリオンの無謀とも言える行動は、騎士の諫言によって阻止された。ちなみに、この次の日の早朝。リオンたち一行は出発してから数時間後に狼の群れに襲われることとなるが、体調が万全な護衛の騎士たちの活躍により誰一人として怪我をすることはなかった。ただ、狼の群れを退けた後にリオンを諫めた騎士の、

「もし襲われたのが夜であったなら、死人が出たかもしれませんね。そうならなかったのも、リオン様の英断のおかげです」

　という言葉を聞き、それ以降リオンは、騎士の指示に異を唱えることはなかった。その結果、リオンたちの進行速度は上がり、最初の予想よりも早くテンマたちと合流することとなるのであった。

第八幕

「さて、今日から料理に取りかかるわけだが……テンマ、大丈夫なのか？」

「おやじさん、俺が二日酔いしているところって、見たことある？　それに、昨日はいつもより飲まなかったから、全然平気」

「いや、お前がザルなのはよく知っているから、お前に関してはこれっぽちも心配はしていない。俺が心配しているのは、アルバート様をはじめとする試食係の方々なのだが……」

「………たぶん、大丈夫……だと思う」

　昨日の宴会で酒を飲んだ中で二日酔いになっていないのは、俺とじいちゃんとレニさんだけだ。それ以外は二日酔いに悩まされており、唯一飲まなかったジャンヌが介抱している。ちなみに、アルバート、カイン、アムールの三人は、張り合うかの如く飲み食いした結果で、クリスさんはアンリに絡みながら飲み、シロウマルをモフりながら飲み、幸せそうなセルナさんを見ながら飲んでいたせいで、一番二日酔いがひどい。プリメラは、「最近、騎士団の先輩たちに鍛えられているから」と言って、アルバートたちに交じって飲んでいたら、間違えて度数の高いお酒に手を出してしまったらしく、早々に撃沈していた。そして、メイドなはずのアウラも二日酔いに苦しんでいるが、今回のことに関しては同情するしかないと思っている。何せ、幸せそうなセルナさんを見ながら飲んでいたクリスさんの近くにいたせいで絡まれ、八つ当たり気味のアルハラを受けていたのだ。そんなアウラを、クリスさんが怖かったからという理由で見捨てた俺たちにも責任があると思っているので、今回のアウラの二日酔いはアイナには秘密にすることにし、仮にバレてしまった時には、全力でかばうことを決めたのだった。

「それで、『山猫姫』の三人はどうした?」

「何でも、前から予定に入れていた依頼があるとかで、頭抱えながら朝早くに出ていった」

三人は行きたくなかったみたいだが、そんな理由で依頼をサボると色々とまずいことになりかねないので、渋々ながら依頼をこなしに行った。何で俺がそんな三人の様子を知っているかというと、昨日の宴会が夜中まで続いた為、宴会が終わって酔い潰れた面々を連れて帰るのが面倒だったので、そのまま満腹亭の食堂に居座っていたからだ。普通ならおやじさんに追い出されるところだが、アルバートがいる為追い出すのはためらわれたのと、昨日の宴会は他の宿泊客も知っているからというこことで、大目に見てもらったのだ。まあ、それでも満腹亭や他の宿泊客に迷惑をかけたのは確かなので、何かしらの埋め合わせをする必要があるとは思っている。

「二日酔いが原因で、依頼を失敗しないといいがな……それで結婚式の料理だが、どういったものを出すつもりだ?」

「えっと……大まかに、前菜、魚料理、肉料理、デザート、合間の口直しにスープやサラダ、飲み物なんかが必要だよね? そのうち、デザートは決まっているから、それ以外を考えようと思う」

「飲み物は、食前酒も必要だし、酒に弱かったり駄目だったりする人用に、酒精の弱いものやジュースも用意した方がいいな。あとは、食後の紅茶もいるだろう」

飲み物の種類だけで目標量の半分を超えそうだが、選択肢は少ないより多い方がいいので、おやじさん経由でグンジョー市の酒屋やお茶の専門店に注文することになった。

「サラダは季節の野菜で作って、肉料理はワイバーンの肉でローストビ……ワイバーンがいいかな？　魚料理はタイラントサーモンがあるから、その切り身の包み焼きで」

「肉と魚料理は、もう一品ずつ欲しいな。それも、見て驚くようなやつが」

味だけでなく、見た目でも驚くような料理を出したいとのことで、何かないかとおやじさんに訊かれたが、パッとは思いつかないので後回しにすることにした。

「前菜だが、昨日出した鶏ハムにピクルスでいいと思うんだが？」

「それでいいと思うよ。あれ、おいしかったし。それと、あの時のスープも出していいと思う」

「それなら、作り慣れているから時間の短縮になるな」

そういった感じで結婚式用のメニューは、肉と魚料理を除いてトントン拍子に決まっていった。

「それじゃあ、味を確かめる意味も込めて、鶏ハムとスープを作ってみるか……というより、これくらいしか腹に入りそうにないからな」

試食というよりは二日酔い用の食事みたいだが、前菜は二日酔いの状態でも食べられるくらいの方がいい……のかもしれない。


「テンマ、パンをくれい！」

「私も！」

食事を始めてしばらくするとアムールは調子が戻ってきたようで、じいちゃんと一緒になってパンを要求してきた。二人に続いて、無事なレニさんとジャンヌもパンを食べ始めた。そして、そんな四人とは対照的に、二日酔いの収まらない五人は苦しそうな表情で、スプーンでゆっくりとスープを口に運んでいた。

「お嬢様、少し行儀が悪いですよ。それに、パンくずが散らかっていますし」

「む～……でも、これが一番おいしい食べ方」

「まあ、少し行儀の悪い方がおいしく感じるというのは、よくあるからのう」

レニさんは、アムールがちぎったパンをスープに入れてふやかしたものを、皿の縁に口をつけてかき込むようにして食べているのを注意していた。じいちゃんはその食べ方に肯定的のようで、レニさんに注意されているアムールを軽くかばっていた。

「テンマはどう思う？」

「まあ、パンを浸して食べるのはおいしいけれど……かき込むのはちょっと行儀が悪いかな？」

俺がレニさんに近い意見を言ったせいなのか、アムールは「ご飯に味噌汁をかける時はこうやって食べる」とか、「丼めしの正しい食べ方の応用だ」とか反論していたが、「それは文化の違いもあるし、スープとして出されたものを丼めしのように食べるのは、行儀が悪いと言われるのは当たり前」と言うと、アムールは劣勢に立たされていると理解したのか、味方を増やそうとじいちゃんとジャンヌに視線を送ったが、見事にそっぽを向かれた。

「それじゃあ、お嬢様。結果も出たところで、正しい食べ方のレッスンに入りましょうか？」

反論もできず、味方もできなかったアムールに対し、レニさんはとてもいい笑顔でスープの飲み方を指導し始めた。

「おやじさん、スープにパンをクルトンの代わりに入れて出すのもいいかもしれませんね」

「それもいいかもな。最初からスープの具として入れておけば、ちぎった時にパンくずも出ないしな」

ただ、「パンを具として入れるにしても、形を整える為に削った箇所が無駄になりそうだ」と
おやじさんが心配していたので、その部分は他の料理で使うつもりだと言うと、「なら、今から
ちょっと試してみるか」と言って厨房に引っ込んでいった。そして、しばらくして、

「これが切ったパンをそのまま入れたもの、これがパンをあぶってから入れたもの、油で揚げたや
つを入れたものだ」

と言いながら、皆の前に三種類のスープを置いた。そして、アンケートをとったところ、

「あぶったパンを入れたスープがダントツだね」

「それじゃあ、スープはこれで決まりだな」

あぶったパンを入れたスープが五票、その他ゼロ票の結果をもって、結婚式のメニューが一つ決
まった。何故、全部で五票しか投票がなかったかというと、

「さすがにその状態じゃ、味はわからないか」

アルバートたち二日酔い組が、味の違いをわからなかったからだ。それどころか、柔らかくなっ
たパンすら口にすることができなかったので、投票を棄権した為だった。

「それにしても、一番戦力になるはずだった貴族組が、まさかの戦力外だったとはね……」

「すまん……」

「ごめん……」

「申し訳ありません……」

「うぷっ……」

アルバート、カイン、プリメラの三人は俺の渡した薬が効き始めたのか、返事をするくらいの余裕が戻ってきたみたいだが、クリスさんはまだ危ないらしく、俺の言葉が聞こえていたのかすら怪しい状態だった。ちなみにアウラは、スープが運ばれてきて早々にジャンヌによってトイレへと連れていかれており、未だに帰ってきていない。

「仕方がないですね……ほらクリス、行きますよ。全く、一緒にお嬢様の再教育をしようって言っていたのに、あなたの方がよっぽど手がかかっているじゃないですか……」

クリスさんは、見かねたレニさんによってトイレへと連れていかれることになった。ただ、今のクリスさんはちょっとした衝撃ですら決壊の危険性があるみたいで、十数メートル先のトイレに行くのに、通常の数十倍の時間がかかっていた。

「それじゃあ、おやじさん。俺はちょっと行く所があるから、悪いけど皆の世話をお願いね」

「いや、お願いねと言われても、俺も仕事があるんだがな」

おやじさんの言葉を無視して、俺は次の目的地の冒険者ギルドに向かおうとしたのだが、アムールもついてくる準備をしていたので一言、

「アムール……二日酔いが残っているんだから、連れていかないぞ」

「大丈夫。これくらい平気」

絶対についてくるといった感じだったので言うかどうか迷ったが、ここは正直に言った方がいいと思い、

「アムール……正直言って、かなり酒臭い。それに、立ち上がるだけでふらついているのに、その状態で動き回ったら、地獄を見るのは明らかだぞ」

俺の容赦のない言葉に、アムールはショックを受けたような顔をした後で、ふてくされたように椅子に座ってそっぽを向いた。

「テンマ、さすがにそれはひどいと思う」

「ああ、女の子に言う言葉じゃないな」

ジャンヌとおやじさんが、揃って俺を非難しているが、こうでも言わないとアムールは引き下がらなかっただろうし、無理に連れていって体調を崩されても困る。そのことを二人に言ってから、早足で俺は満腹亭を抜け出し、冒険者ギルドへと向かった。


「あれ？」

ギルドの建物に入って軽く見回すと、いつもの所に目的の人が座っていた。

「フルートさん、仕事しても大丈夫なんですか？」

俺の目的の人はフルートさんで、昨日満腹亭に来ると言っていたのに来なかったので、何かあったのかと心配していたのだ。まあ、ギルドから緊急の知らせはなかったので、体調面によるものではないとは思っていたが、来られなかったということは夜遅くまで仕事が立て込んだのかと思っていたので、平然と仕事している姿に少々驚いてしまったのだ。

「あっ！　昨日は申し訳ありませんでした。せっかく招待していただいたのに……」

申し訳なさそうなフルートさんに何があったのかと訊くと、何でも昨日、仕事が予定していた時間を過ぎてしまったのだが、それでもまだ間に合うとギルド長と一緒に満腹亭に向かおうとしたところ、階段に差しかかったところでお腹の赤ちゃんが動き、それに驚いたフルートさんがバランスを崩し、さらに驚いたギルド長がフルートさんを慌てて支え、仕事で無理をして体調を崩したと勘違いしてそのまま家に連れて帰らされたそうだ。

「フルートさんに何かあったわけではないとわかって一安心なんですけど……ギルド長、相当慌ててたんですね」

「ええ、大丈夫だというのに、無理やりベッドに寝かされた上に、満腹亭に伝言をと頼んだのに、忘れていたみたいです」

伝言を忘れたのには困ったものだが、それくらいフルートさんを大切にしているんだなとわかり、少しほっこりとした。まあ、俺の知っているギルド長のキャラではないなとは思ったが……

「それで、セルナさんの結婚式のことで、少しお話があるんですけど」

今日、セルナさんは遅番で夕方からの出勤だそうで、いないのを事前に聞いていたから今の時間にやってきたのだ。

俺の話を聞いたフルートさんは、仲人を知らないうちに交代させられたことに対しては何も言わなかったがただ一つだけ、俺が仲人をすることに気になるところがあるそうだ。それは、

「未婚の男性が仲人って、やっても問題はないのですか？」

というものだった。まあ、今回は正式な仲人ではなく結婚の立会人の意味合いが強いし、貴族の発案なので大丈夫だろうと話した。

「それと、今回のセルナさんの結婚式でちょっとした悪巧みをするので、事前の打ち合わせにも来たんですけど、時間は大丈夫ですか？」

俺が本題を切り出すと、フルートさんはとても呆れた顔をした。そして、

「とりあえず、ギルド長室へ行きましょうか……何をするつもりなのかは知りませんが、主役のお二人に恨まれるようなことだけはしないでくださいね」

心配そうなフルートさんに連れられてギルド長室へ行くと、そこには真面目に仕事をしているギルド長がいた。この姿がギルド長としてのあるべき姿なのだろうけど……この人に限って言えば、サボってギルド長室を不在にしているか、もしくはギルド長用の机に座って居眠りしている方がらしいと思う。まあ、それでもじいちゃんに言われたのがこたえたのか、仕事を率先してやっているのではなく、持ってこられた書類にハンコを押しているだけなので、前よりは職員の精神的な負担は減っているのかもしれない。仕事をしないことで、職員の精神的な負担が減るというのも変な話だけど。

「つまり、今度のテンマの相手は、アンリの父親というわけか……」

「もっとも、相手はテンマさんを敵に回しているとは、これっぽっちも思っていないでしょうけどね」

ギルド長はアンリの父親に若干同情したような表情をし、アンリの父親が言ったというセルナさんの評価を聞いて怒っていた。

「理由はわかったが、結婚式の前倒しはやりすぎじゃないか？　全てが終わったら、もう一度二人に謝っておけよ」

ギルド長の言うことはもっともなのだが……昔のギルド長を知っている身としては、やはり目の前の男は偽者なのでは？　という思いを消し去ることができなかった。そんな思いがにじみ出てしまったのか、フルートさんは俺を見ながら小さな声で一言、てしまうのだった。

「テンマさん……慣れてください」

フルートさんの言葉に俺は、その短さからは想像できないくらいの苦労があったのだろうと感じてしまうのだった。

「まあ、それはおいおい……それと、フルートさん。セルナさんが結婚式のドレスをどこに発注したのか知りませんか？」

セルナさんは、ウエディングドレスは出来上がって店に預けてあると言っていたので、それがどの店なのかを知りたかった。

「ええ、知っていますよ。私がお世話になったお店を、セルナさんに紹介しましたから」

その店はフルートさんの知り合いがやっているお店であり、元ギルド職員が経営しているので、ギルド職員が結婚する時はその店を利用することが多いそうだ。

ある程度店の情報を聞いてみると、店主の元ギルド職員は職人も兼任していて、気分屋なところはあるが腕は確かだそうだ。職人として活動後わずか数年で、王都に大きな店を構えるオーナーが直々にスカウトに来たこともあるとか。

「それじゃあ、ちょっと行ってきますね」

「ええ、私の紹介だと言えば、忙しくても話くらいは聞いてもらえると思いますので……でも、気が荒いところがある人なので、喧嘩だけはしないでくださいね」

フルートさんの心配そうな声を聞きながら、俺はその職人の店へと向かったのだが……もしかして、フルートさんは俺が誰彼構わず喧嘩を売るような危ない奴だと思っているのかと、少しだけ心配になってしまった。

「らっしゃい」

フルートさんに誤解されているのではないかと心配しながら、教えてもらった店のドアを開けた俺を迎えたのは、野太い声とボディビルダーのような肉体を持つ大男だった。

一瞬、入る店を間違えたかと思ったが、店の看板を見る限りではここが目的の店のようだ。

「フルートさんの紹介で来たのですが……」

「フルートさんの紹介だと？　龍殺しの英雄が、こんな服飾店に何の用だ？」

この大男は俺のことを知っていたみたいだが……服飾店に客が来たのだから、服を見に来たとは思わないのだろうか？　まあ、今回の俺の目的は、ただ単に服を見に来たわけではないから、ある意味ではその質問で正しいのだが……そんな接客で、本当にいいのだろうかと心配してしまうような態度だった。

「セルナさんのウエディングドレスのことで、少し相談がありまして」

「あぁん？」

フルートさんの言った意味が、少し理解できた。あの言葉は俺ではなく、この大男を心配していたのだろう……と、思うことにした。

「セルナさんにプレゼントしたいのですが、それをドレスに合うように作ってほしいんです」

大男は、自分の作品にケチをつけられているとでも思っているのか、先ほどから俺を怖い顔で睨んでいる。だが、

「ちなみに、素材はこれを使ってください」

俺が取り出した糸玉……ゴルとジルの作り出した高品質のものを見て、大男は目をこれでもかと見開いた。

「こ、これは……俺の使ったものとは素材の質が違いすぎる！　……もしかしてこいつは、業界で噂の『蜘蛛の糸』か！」

どうなっているのか気になっていると、俺の考えていることに気づいたらしい大男が、「王妃様がお認めになった者しか手にすることのできない、国宝クラスの糸だと噂されている」と教えてくれた。まあ、その噂はあながち間違ってはいない。ゴルとジル自体すごく珍しい魔物だし、しかも安心できる場所でしか糸を作らないみたいだ。さらには、俺が必要な量以外はマリア様が管理し、俺に友好的な人にしか卸していない。

なので、二匹の糸で作られたものを身につけている人は、そのほとんどが王族派の貴族であり、糸を扱ったことのある職人は、その貴族のお抱えになっている者たちばかりである。そういったこともあり、出処を探ろうと職人に問い質しても糸を持ち込んだ貴族に阻まれ、たとえ貴族をクリアしたとしても、次のマリア様で力尽きてしまうのだ。そこで大人しく引き下がればあまり問題はないのだが、往生際が悪すぎると、王家の不評を買って大変なことになってしまう。

「引き受けてもらえますか？」

「当然だ！」

大男はかぶせ気味に返事をした。

「だが、これで何を作れと言うんだ？」

「ウエディングベールです。期限は一週間。できますか？」

「一週間……やってやろうじゃないか！　だが、このままだとベールだけがすごくなりすぎて、ドレスとのバランスが悪くなるぞ？」

　さすがフルートさんが腕は確かと言うだけあって、俺が気づかなかった問題点をすぐに挙げた。そして解決策も、すぐに提案してきた。

「ぱっと思いつくのは、ブーケの全てにこの糸を使うのではなく、半分ほど普通の糸を混ぜて作り、残ったこの糸でドレスに装飾を施すやり方だ。これなら、バランスの差を最小限にできると思う」

　大男が言うには、ベールのランクを落とし、ドレスのランクを上げるということらしい。

「それで頼みます。糸は余分に置いていきますから、好きに使ってください」

「了解した！　それと、普段ギルドで使っているような口調で構わんぞ。敬語は不要だ。まあ、俺もこのままの口調でいかせてもらうがな」

　どうやらこの大男は、見た目通りの性格らしい。セルナさんの注文から外れない範囲で全て任せると言うと、大男はニヤリと笑って、「なら、問題はないな」と言った。気になったので話を聞くと、どうやらセルナさんは予算の関係上、大まかな形となるべく予算内で収まるようにと指定し、装飾などについてはお任せでと注文したそうだ。

「つまり、最初に指示された予算内であれば、どんな素材を使うかは俺次第というわけだ。まあ、依頼人のイメージから外れないようにしないといけない……という条件はあるがな」

　まあ、もし仮にセルナさんが気に入らなかったとしても、追加した装飾を取り外すのは簡単だというので、よほどのことがない限り大丈夫だろうとのことだった。

「それじゃあ、頼む」

「おう！　任せろ！」

この大男はガンツ親方にタイプが似ているみたいだが、親方ほど癖はないようなので付き合いやすそうだった。

「みたいな感じで、ドレス関連は全てうまくいきそうです」

ギルドに戻りそう報告すると、フルートさんは少し驚いた顔をした後で、呆れたような顔になった。

「フェルトさんにとって、テンマさんは理想的な上客でしたか……」

あの大男……フェルトは冒険者として活動中、Bランクに上がる直前で両足に怪我を負ってしまい、完全回復できずに引退してしまったそうだ。その後は冒険者としての経験を買われてギルドに就職し、俺がグンジョー市に来る前に退職して、服飾の世界に飛び込んだとのことだった。何故、転職先が服飾の世界だったのかというと、彼の趣味が裁縫だったからであり、何故裁縫が趣味になったのかというと、新人冒険者の時に衣類代を浮かせる為に、古着屋で安いボロボロの服を購入し、修復して使ったのがきっかけだったらしく、その後も、野営の時などに時間を潰せるからと続けていたところ、見る見るうちにその腕前は素人の域を超えていったのだそうだ。だが、元冒険者ということで気が荒いところがあり、なおかつ実力もあるので気に入らない客は追い返されるのだとか。ちなみにフェルトは、フルートさん妊娠騒動の時に、ギルド長がフルートさんを盾にして逃げた相手の一人でもある。

「知り合いに、ああいった感じの職人がいますからね。それに、俺の方から頼みに行っているんですから、最初は多少の我慢くらいしますよ」

途中、何度かイラっとしたが、ガンツ親方で多少の耐性ができていたのが幸いしたのだろう。昔の俺であれば途中で店を出ていって、どこか他の店を探したかもしれない。

「時間があれば、グンジョー市でも依頼をこなしてほしいところですけど、無理そうですね」

「それについては、またの機会ということで」

さすがにセルナさんの結婚式の準備の方が大切なので、フルートさんには申し訳ないけれど、今回は断らせてもらうことにした。

「それと、依頼を受けないですけど、依頼を出すことはできます……というか、出したいです」

「依頼……ですか?」

俺が依頼を出したいと言ったことが意外だったみたいで、フルートさんは困惑したような声を出した。

◆フルートSIDE

「疲れた〜」

「実の娘が相手だからって、人使いが荒いんだよ! 全く!」

「角ウサギくらい、村の皆で楽勝なはずなのに……わざわざ私たちを呼ばなくてもいいのにね!」

どうやら、『山猫姫』が帰ってきたようですね。声が聞こえなくても、三人がギルドに来れば新人が色めき立つので、わかりやすくていいですね。

「あっ！　フルートさん。依頼終わったよ〜」

「角ウサギが大量だよ〜」

「久々にキングがいたよ〜」

三人の言葉に、周囲で様子を窺っていた新人たちが焦ってギルドを飛び出していったり、動揺してテーブルや椅子にぶつかったりしています。

「何事！」

「ちょっと！　驚かさないでよ！」

「依頼から帰ってきたばっかりで、私たち疲れてるんだから！」

三人共、依頼で疲れているせいか少し気が立っているようで、急に騒がしくなった新人たちに対し怒りを向けていました。普通ならそれくらいで怒るなと言いたいところですけど、新人たちの中には先ほどから三人に対して邪な視線を向けたり、三人を見ながらこそこそと下世話な話をしていたりする者もいるので、三人の怒りはもっともなものでしょう。そのことを踏まえて、私を含めた職員の誰も、三人を注意しようとはしませんでした。

「三人共、落ち着いてください。実は三人が出ていった後で急な依頼が入りまして、新人たちが焦っているんですよ」

「「「急な依頼？」」」

三人揃って首をかしげ、掲示板の方へと視線を向けた。こういうところが人気の秘密だろうなと思いながら、手元にあった依頼書の写しを渡して説明を始めます。

「その依頼は『角ウサギの肉の納品』でして、依頼主は一定の品質以上のものを必要としています」

「そうなの！　じゃあ、ちょうどいいや！」

「これ、全部収めます！」

「綺麗な状態のウサギ以外は全部お母さんたちに引き取らせたから、いいやつしか残ってないはずだよ！」

これ幸いとばかりに、三人は各々のマジックバッグから角ウサギを取り出していますけど……

「残念ながら、お三方はこの依頼を受けることはできません」

ギルドとしては引き取るわけにはいきませんでした。

「何で？　品質には自信のあるウサギばっかりだよ？」

「もしかして、事前に依頼を受けてからじゃないといけなかった？」

「でも、掲示板に貼りつけたままだし、期間限定だけど常設の依頼と同じ所にあるよね？」

さすがにそれだけでは納得できないようで、三人が食い下がってきます。

「よく依頼書を読んでください。これは新人を対象とした依頼で、数も一人につき二羽までという制限がついています」

疲れているからなのか、三人は依頼に書かれてある説明をよく読まなかったようです。私の言葉に驚いた三人は、依頼書を読み返してため息をついています。

「何だ、残念……」

「しょうがない。半分はいつものお肉屋さんに引き取ってもらおうか……ギルドに卸すよりは、多少色をつけてもらえるし……」

「せっかく、いいお小遣いになると思ったのにね……」

ミリーさんは私に対するあてつけのつもりなのか、ギルドよりも高値で引き取ってくれるというお肉屋さんの存在を、新人たちにわざと聞こえるように言っています。残りの二人も同調し、どこどこのお肉屋さんにも持っていってみようか？　みたいなことを相談していました。

「三人共、そんなことを言ってもいいんですか？」

「だ、だって、どこに持っていくかは、私たちの勝手でしょ！」

「そーだ、そーだ！」

「半分はギルドに卸すんだし、残りくらいはいいじゃない！」

まあ、三人の言う通りなんですけど……

「私はただ、もっといい卸先があると教えたかっただけなのに……そこまで言わなくても……」

少しだけ……ほんの少しだけ、三人の態度にカチンと来てしまったので、ちょっとだけ傷ついた振りをしてみました。片方の手で目元を押さえ、もう片方の手でお腹を抱きかかえるようにして。

「えっ、えっ！」

「フルートさん、泣かないで！」

「私たちが悪かったから！」

三人は嘘泣きに気がつかずに慌てて私をなだめ始めたけれど、同じギルド職員や古参の冒険者は気がついているようで、口元を押さえて笑いをこらえています。

「わかればいいんです。それで、その卸先ですけど……ちょっと静かにしてもらえますか？」

嘘泣きをやめると三人は、「騙された！」とか、「ひどい！」とか、「外道！」とか言い出しました。うるさいので注意しましたが……最後の『外道』という言葉を使ったのはネリーさんですね。しっかりと覚えておきましょう。

「それで卸先ですけど、テンマさんのことです。この依頼の主はテンマさんで、何でも結婚式で作る料理にウサギの肉が必要なんだそうです」

「テンマが！」

「よし行こう！」

「すぐに行こう！　……って、依頼を受けてないのに、直接依頼主の所に持っていくのは、ギルド的にはありなの？」

テンマさんの名前を聞いて揃って飛び出しかけましたが、ネリーさんがいいところに気がつきました。

「本当ならダメ……というか、グレーゾーンです。もしこれでテンマさんが依頼を取り消したりしたら、依頼主と持ち込んだ冒険者に対して、ギルドとしては警告を出さないといけません」

飛び出しかけた三人と、それを見ていた新人冒険者たちは、「なら、何でそんなことを言うんだ？」という顔をしていました。

「ただ、テンマさんの所にウサギを持ち込んだとしても、テンマさんが依頼を取り下げなければギルドとしては警告を出すことはできません。まあ、褒められた行為ではないですし、ギルドの心象は悪くなりますけど。しかし、持ち込むのが『普通の角ウサギ』ではなく『キング角ウサギ』ならば、依頼に指定されている魔物ではないので、三人がギルドを通さずに売りに行ったとしても、ギルドとは何も関係がないので口出しはしません。まあ、相手方との間にどんなトラブルが起ころうとも、ギルドには関係がないということでもありますが」

　つまりこれは、知り合い限定ではあるものの、どこともトラブルが起きない方法なのだ。まあ、それでも三人に文句を言う冒険者が出てくるのならば、ギルドとしては仲裁に入るくらいのことはする。もっとも、「三人のように、気軽に突撃できるくらいの友好的な関係を築けばいい」か、「三人のように、キング角ウサギを持っていけばいい」というだけの話なのだから、大した苦労はない。それでも文句を言うのなら、ブラックリストに載せるだけだ。

（まあ、テンマさんなら三人の持ち込みというだけで、普通の角ウサギも全部買い取ってしまいそうですが……出した依頼に影響がない限りは、それは知り合いの特権ですね）

「何か言った、フルートさん？」

「いえ、何も言ってませんよ。それよりも、早く行かないと、テンマさんが夕食を済ませてしまうかもしれませんよ」

「それは大変！」

「首を洗って待ってろ！　アムール！」

「ついでに、無駄肉のアウラ！」

　本当に騒がしい三人ですね。それも、三人の魅力の一つ……ということにして、慌ただしくギルドを出ていく三人を見送りました。

　本当ならこの方法は自分たちで気がついてほしかったところですが、他の冒険者が先にその抜け道に気がついて実行し、テンマさんとご友人の機嫌を損ねたら大変ですからね。持っていった冒険者が使いものにならなくなるのも避けたいですし。まあ、この警告を無視するか気がつかない程度の冒険者なら、このギルドには必要ありませんけどね。

第九幕

「テンマ、わざわざすまなかったな。ウサギの代金は公爵家で持つから、遠慮せずに請求してくれ」

「いや、それだとバレた時が怖いだろう？　結婚式の代金は全て俺が持つと決めたんだし、うちには食いしん坊が三匹もいるし、肉はどれだけあってもいいからな。それに、俺が金を出すことに意味があると言ったのは、アルバートだろ？」

角ウサギの依頼は、セルナさんの結婚式で使う肉を確保すると同時に、以前頼まれた『公爵領に素材を卸す』ことの代わりに、俺の名前で依頼を出したのだった。なので、新人に経験を積ませる為だとか、新人の救済の為とかいう高尚な理由は存在しない。それこそ最初は、誰でも受けることのできる依頼にしようかと思っていて、フルートさんに頼まれたから変更したくらいなのだ。

「テンマ、これで多少は評判がよくなる！」

「失礼な！　これでも、大人気冒険者の一人なんだぞ！」

「『何も知らない人には』が抜けているよ」

アムールにふざけて抗議をしたら、後ろからカインが余計なことを付け足してきた。

「アルバート……俺の予定表にあった、『サモンス領への訪問と依頼受理』が今キャンセルされたんだが、代わりに何を入れたらいいと思う？」

「ふむ……ではその代わりに、『シルフィルド家の領地』に遊びに行かないか？　エリザの家系は風魔法が得意な者が多いから、何か参考になる話が聞けるかもしれないぞ」

なので、カインとの約束を破棄することにした。ついでに空いた予定（時期は未定）を埋める為、アルバートに相談すると、かなり心惹かれる提案が出されたのだった。

「それはいいな。じゃあサモンス領の代わりに、シルフィルド領にお邪魔しようか？」

「すいません、調子に乗りました。ホントごめんなさい。だから、予定表を元に戻して」

俺がアルバートの提案に乗ったふりをすると、カインは即座に謝罪の言葉を口にして頭を下げた。そんなカインの様子に、クリスさんをはじめとするいつものメンバーは呆れたような顔をするだけだったが、あまり見る機会のないプリメラはかなり引き気味だった。

「そういえば、テンマは角ウサギの肉をどう料理するつもりなんだい？」

プリメラの視線に耐え切れなくなったのか、カインが急に話題を振ってきた。明らかにプリメラの視線をそらせる為の話題変更だと全員が気がついてはいたが、当のプリメラをはじめとした全員が気になっていたようで、そのままカインの話題に乗ることにしたようだ。

「ウサギの肉はいろいろな料理に使えるけど、今回はシチューや揚げ物に使おうかなと思ってる」

「おいしそう……テンマ、作って！」

アムールのその一言で、本日のメニューが満場一致で決まったのだった。シチューも揚げ物もこれまでに何度も作ってきているが、材料と具体的なメニューを腹が減りかけた時に聞いたことで、皆の意識が統一されたというのも理由の一つだと思う。

「それじゃあ、さっそく調理開始と行くか。ジャンヌ、アウラ、手伝ってくれ」

「プリメラ、せっかくだから手伝わせてもらうといい」

「えっ！　ちょっと自信がないのですが……」

アルバートがプリメラに手伝うように言うと、プリメラは困惑していたが、結局は館の使用人と共に調理に参加することになった。ちなみに、残りの三人の女性……クリスさん、アムール、レニさんは不参加だ。クリスさんとアムールは自称『食い専』とのことで、端から調理に参加する気はないそうだ。まあ、調理に参加されても戦力外になりそうなので、こちらとしても端から誘うつもりはなかった。レニさんに関しては、本人は参加する気があったみたいだが、クリスさんが自分の話し相手として捕まえていたので、そのまま相手をしてもらうことにしたのだ。

「味つけはいつも通りでいいから、シチューはアウラを中心にやってくれ。俺とジャンヌは揚げ物の方をやるから」

そう言ってジャンヌに唐揚げの下ごしらえをさせて、俺はウサギ肉のカツを作ることにした。シチューの方はアウラとプリメラと館の使用人に任せたが、シチューは煮込む時間が長いので、自信がないと言っていたプリメラのフォローがしやすいと思ったからだ。

「ジャンヌ、揚げるのは手伝うから、切り分けて下味をつけるまででいい。その分、かなり多めに用意してくれ」

ジャンヌに指示を出して、俺はウサギカツの方の準備を始めた。こちらは下味をつけた肉に衣をつけて普通に揚げたものと、同じ肉を切り開いて中にチーズを詰めたものの二種類を用意することにした。それぞれ二〇枚ずつ用意するつもりなので、手間と時間はかかるがシチューの出来上がる時間を考えたらちょうどよくなる……はずだ。かなりギリギリになりそうだが。

そんな感じで料理をすること、約一時間。揚げ物担当だった俺たちはほぼ下ごしらえを終え、あとは油で揚げるだけというところまできた時だった。

「テンマ様、お客様です」

「俺に客?」

館の使用人の一人が、来客を知らせに来た。俺の知り合いの中の誰がサンガ公爵家の館まで来たのかと思っていたら……

「ああ、リリーたちか……」

顔を見る前どころか、声を聞く前に正体がわかってしまった。何故かというと……

「アムール、俺を反対方向へと押さないでくれ」

廊下へ出た瞬間にアムールが飛んできて、俺を玄関とは反対の方へと誘導しようとし始めたのだ。それで誰が来たのか理解できたのだが……俺の声を聞いたアウラもまた、誰が客として来たのか理解できたようで、ジャンヌの腕を引いて廊下へと飛び出してきた。

「アウラ、ジャンヌ。仕事!」

「行きますよ!」

「え~……」

アムールは俺を動かせないと判断し、廊下へと出てきたアウラとジャンヌを誘って三姉妹の妨害へ行くことにしたようだ。ジャンヌは乗り気ではないみたい(三姉妹の印象に残らなかったのがこたえたらしい)だが、アウラはやる気のようだった。だが……

「さすがにここではやめてください」

プリメラが止めに入った。何故なら、

「リリーさんたちはテンマさんのお客ではありますが、同時にサンガ公爵家の館に来たお客でもありますので」

とのことだった。確かに俺の客であったとしても、サンガ公爵家の館にも訪ねてきている状況なのだから、三人に危害を加えられるわけにはいかないのだろう。

「でも！」

「リリーさんたちは、正式な手順を踏んでから来ています。この間とは、状況が違います」

「む〜……」

プリメラに論破されたアムールは、悔しそうな顔をしながら大人しくなった。その様子を見ていたアウラも悔しそうな顔をしていて、唯一ジャンヌだけが安堵の表情を浮かべていた。

「ということだから、静かにな」

プリメラのおかげでアムールとアウラが大人しくなったので、あとは三姉妹が絡まないかが問題だった……が、

「三人共、今ここで騒ぐようなら追い出しますからね」

「「「はい……」」」

三姉妹の方も、プリメラのおかげで大人しくなった。いつもとは違う雰囲気を持っているプリメラだが、もしかすると貴族でいる為の場所で客を迎えているということが影響しているのかもしれない。

「それで、三人はどうしたんだ？」

静かになったところで三人に話を振ると、三人は目的を思い出したような顔をして、

「今日ね、依頼で私たちの村に行ったらね！」

「お母さんたちにこき使われて！」

「色々あって！」

「「「角ウサギが大量！」」」

「三人共、もっとちゃんとしっかりと話す」

そういうアムールの言い方も怪しいところがあるが、三人よりは言っている意味がわかるので今はセーフでいいだろう。

「三人共、もっとわかりやすく話してくれ。特にネリー、その色々が一番知りたいところなんだけど……まあ、今はいいや。それで、角ウサギが大量でどうしたんだ？」

このまま話を掘り下げても進まないと思うので、三人が来た理由だろうと思われる角ウサギの話を聞くことにした。

「えっとね、今日の依頼で角ウサギの群れを壊滅させたんだけど、その中にキング角ウサギがいたの」

「それをギルドで売ろうとしたら、テンマが角ウサギを買い取ってるって聞いてね」

「角ウサギの買い取りは条件から外れちゃうから駄目だけど、キングの方ならテンマが欲しがるんじゃないかってフルートさんが言ったから持ってきたの！」

「キングは珍しいから、こちらとしてはありがたい。ついでに、他の角ウサギも引き取るぞ」

そう言うと、それはフルートさんからダメだと言われたと三人が声を揃えたが、出した依頼に影響がないなら大丈夫だろうと言って、持っていた角ウサギを全部引き取った。まあ、三人が出した角ウサギが、三桁まではいかないものの軽く五〇を超えていたのには驚いたが、うちには食いしん坊が三匹もいる上に、よそからも何人かの食いしん坊がよくやってくるので、消費するのに大した時間はかからないだろう。

それよりも問題は、

「ついでだし、夕食を食べていくか？」

思わず口にしたこの言葉だった。

三人の答えはもちろんＹＥＳで、その後すぐにこのままでは用意したシチューと揚げ物の量では足りないことに気がつき、急いで量産することになった。

量の調整がしやすいシチューはともかく、一人一人に回せる数が限られている揚げ物はそうはいかず、最後の手段としてシチューをアウラ一人に任せ、プリメラと使用人にも手伝ってもらって何とか数を間に合わせたのだった。

「あれだけ苦労したのに、なくなるのは早かったな……まあ、いつものことだけど……」

早くなくなるというのはそれだけ料理がうまかったということなので、作り手としては喜ばしいところではあるものの、その一方では『もっとゆっくり味わってくれ……』と、心のどこかで思っている俺がいた。

「明後日が結婚式ですけど、心の準備はできていますか？」

会場となる満腹亭で行った打ち合わせで、セルナさんは俺の質問に、ニコリと笑って「はい」と答えたが、アンリはガチガチに緊張していて俺の声が聞こえていないみたいだった。二日前でこの調子だと、明日は全く使いものにならないだろうな。そして当日は……心臓、止まらないよな？

そんな心配をしてしまった俺だったが、視線をずらすとおやじさんとおかみさんも同じようなことを考えたのか、心配そうな顔をしていた。

「先にアンリが必要な打ち合わせをして、本番までゆっくりさせようか」

「それがいいだろうな。結婚式の主役の一人とはいっても、男は新婦の引き立て役だからな」

おやじさんはおかみさんとの結婚式の時に何かあったのか、新郎に多くを求めるつもりはないようだ。おやじさんの隣に座るおかみさんも、同意見だとばかりに頷いていた。

その後、時間はかかったものの何とかアンリの打ち合わせを終え、やりきった感を出しているアンリを食堂の隅に追いやってセルナさんとの打ち合わせをしたのだが、こちらはアンリの数分の一くらいの時間で終わったので、総合的には予定通りの時間で終わることができた。

「アンリの奴、今日はもう動かさない方がいいかもしれないな。テンマ、アンリを部屋に連れていってやってくれ」

「はいよ」

おやじさんに言われたので、惚けているアンリに肩を貸して部屋へと連れていったのだが……惚けすぎていて、肩を貸すというよりも完全に運搬する形になっていたので、部屋に着いて早々にベッドに放り投げた。かなり布団が乱れたが、どうせ後でセルナさんが世話を焼くだろうと思い、そのままにしておやじさんたちの所へと戻った。

「おやじさん、アンリ置いてきたよ」

「お～う。じゃあ、テンマ。次はこれを保管しておいてくれ」

おやじさんは俺がアンリを連れていっている間に料理を進めていたみたいで、出来上がったものを鍋ごと俺に預けてきた。受け取った鍋はそのままマジックバッグに保管し、結婚式の当日に皿に盛りつけるのだ。

「マジックバッグがあると数日前から料理を準備できるから、当日はだいぶ楽になるな」

出来上がったものをマジックバッグに保存しておけば、残る作業は取り出して皿に盛りつけるだけなので、当日はかなり余裕をもった行動が可能となる。もっとも、事前に全ての料理を作ることができたとしても、皿に盛りつける時に加える必要のあるものがあったりするので、完全に調理から解放されるわけではないが、それでも仕事が減る分だけ楽ができるのは違いない。

「それじゃあ、俺は一旦帰るから。夜にまた来るよ」

そう言って満腹亭を出ると、扉の外にいた男性とぶつかりそうになった。軽く頭を下げて謝罪すると、向こうも同じように頭を下げたが、満腹亭に入らずにそのまま去っていった。怪しげな行為ではあったが、中がどういった感じか見たかっただけなのかもしれないと思うことにした……が、やはり気になって振り向いた時には、男性の姿はなかった。

「敵意はなかったみたいだけど……注意だけはしておこうかな」

念の為、もう一度満腹亭に戻っておやじさんに報告したが、そういった輩は結構いるので、あまり気にする必要はないとのことだった。

少し楽観的すぎないかとも思ったが、おやじさんは元冒険者であり、今でもトレーニングは欠かしていないので、心配は無用とのことだった。

「まあ、満腹亭の宿泊客のほとんどは冒険者で、なおかつ常連ばかりですから、そう簡単に後れは取らないでしょう」

館に帰って皆に話したところ、プリメラにそんな風に言われた。言われれば確かにその通りであり、俺が心配しすぎているだけだとわかるのだが……ニヤニヤと笑っているカインとクリスさんには、少しイラっとしてしまう。しかも、俺が何かする前にニヤニヤをやめたので、仕返しすらできなかったのだ。

「こんな時にリオンがいれば……憂さ晴らしができるのに」

「さすがにそれはちょっと……」

俺の言葉を聞いたプリメラは若干引いていたが、アルバートとカインとアムールは頷いていたので、俺の考えは間違っていない……はずだ。

「まあ、リオンの扱い方は置いておくとして、今日も満腹亭で夕飯を食べるつもりだから、出かける予定があるのなら、早めに戻るか満腹亭に直接集合な」

その言葉で解散となったが、全員特に外に出かける予定がなかったようで、それぞれ思い思いに館の中を移動した。ちなみに、俺は少し疲れを感じたので眠るつもりだったのだが、何故かアルバートとカインが俺の部屋までついてきた。しかも、カインの手にはトランプが握られており……

「よし！　革命成功！」

「「あ～～～～！」」

と、いった感じで、俺の部屋で大富豪大会が行われることになった。ちなみに、革命を起こしたのはカインで、悲鳴を上げたのはクリスさんとアムールだ。

「なあ、アルバート。リオンがいないと、カインは誰を狙うかわからないな」

「ああ、まあその分、白熱したゲームになるけどな……上がりだ」

リオンがいないせいでカインの狙い撃ちがなくなり、その分だけ誰が最下位になるかわからない状況が多くなり、結果的にゲーム性の高い大富豪へとなっていた……まあ、以前遊んだ時はカインだけでなく、俺とアルバートもリオンを狙っていたので、本来の大富豪に戻ったというだけだった。

そんな感じで大富豪は盛り上がり、あっという間に満腹亭へと向かう時間となった。結局俺は眠ることができなかったわけだが、遊んだことで気晴らしができたのか、疲れがどこかに吹き飛んだ感じだった。

「結果オーライか」

「ん？　何か言った？」

俺の呟きがアムールに聞こえたみたいだが、はっきりとは聞き取れなかったようなので、何でもないと誤魔化して満腹亭へと足を進めた。アルバートたちがいるので館の使用人が馬車を用意しようとしたが、全員が乗るとなると何台か必要になるので、満腹亭まで歩いて行くことになったのだった。まあ、俺やじいちゃんがいるので危険はないとの判断だろうが、何人かは帰る時には酔い潰れている可能性があるので、その時はスラリンたちの入っているディメンションバッグに入れて帰るということに決まった。

「満腹亭がいつもより静かじゃないか？」

いつもなら夕食時の満腹亭は、冒険者や宿泊客の騒ぐ声が外の通りまで聞こえるのだが、今日はそんな騒々しさがなかった。

「客は入っておるようじゃから、そういう時もあるのかもしれんが……とりあえずは中に入って確かめてみればいいんじゃないか？」

じいちゃんの言う通り中に入ると、いつもと同じくらい客は大勢いたのだが、ほとんどの客が何かの様子を探っている感じがした。

「ようやく来た！　テンマ、すぐに二階にある大部屋に行ってくれ！」

入ってきた客が俺だと気づいたおやじさんが、慌てた様子で二階を指差した。

「その前に、何があったのか教えてくれない？」

「ああ、そうだな……簡単に言うと、アンリの兄二人がバラバラにやってきて、ここで鉢合わせになって揉めて、そこにお忍びでやってきたアビス子爵が来て、微妙な雰囲気になっている」

聞いただけで、回れ右で帰りたい気持ちになった。まあ、そんなことはできないんだけど。

「すっごく帰りたい気持ちになったけど……行くしかないか。じいちゃん、アルバート、プリメラ、同行してくれ」

三人に声をかけると、じいちゃんとアルバートはすぐに頷いたが、プリメラは名前が呼ばれるとは思っていなかったのか、驚いた顔をしていた。あと、何故か行く気満々だったアムールも、同じように驚いた顔をしていた。

「じいちゃんは俺の相談役、アルバートは何かあった時にアビス子爵を抑えてもらう為、プリメラはセルナさんについてもらう為だ」

「アンリは？」

「放っておいていい。むしろ、自分の兄二人の対応を任せたいくらいだ……無理だったから、変な雰囲気になっているんだろうけど」

名前を呼んだ三人の役割をアムールに教えると、アンリの名前を出したが、最初からアンリは無視するつもりだった。まあ、アムールはそれで納得したみたいだが、その他の面々は何か言いたそうな顔をしていた。

「一応言っておくけど、別にアンリが嫌いとか、アンリが男だから雑に扱うとかじゃないからな。今回のことはアンリ側の問題だから、多少はアンリにも責任を取らせようと思っただけだからな」

アンリの扱いについて俺なりの判断の仕方を話すと、それなりの理解は得られたようだが、クリスさんやアルバート、カインはまだ少し疑っているみたいだった。

「とりあえず、セルナさんたちのいる部屋に向かおうか？」

重い足取りで二階へ向かい、セルナさんたちがいる部屋の前に立つと、部屋の外まで重苦しい空気が溢れているかのように感じた。そして、ノックしてドアを開けると、思った以上の重苦しい空気だった為、反射的にドアを閉めてしまいそうになった。

「初めまして、アビス子爵。今回、セルナさんとアンリの結婚式を企画しました、テンマ・オオトリです」

「ボニート・フォン・アビスだ。子爵家の当主で、代々サンガ公爵家に仕えている」

部屋に入って真っ先にアビス子爵に挨拶すると、その返事からは少し気難しい印象を受けた……が、

「お久しぶりです、アビス子爵」

「おお！　プリメラ様、お久しぶりです！」

プリメラが挨拶すると、先ほどまでの気難しそうな顔が一変し、満面の笑顔となった。ちなみに、

プリメラとほぼ同時にアルバートが挨拶したが……子爵の目と耳には、プリメラの姿と声しか入らなかったようだ。

「いつものことだ。私は気にしていない……」

プリメラとアビス子爵が話している様子を見ながら、どこか寂しそうにしているアルバートに声をかけようとしたら、声をかける前にアルバートの口からそんな言葉が出てきた。

「それじゃあ、その間に……セルナさん、どうなっていますか？」

この部屋にいる人の中で、今一番客観的に話せそうなのがセルナさんだけだったので、半ば強制的に指名すると、セルナさんは一度アンリの方を見てから話し始めた。

「まず初めに、アンリの一番上のお兄さんがやってきて、食堂の方で話をしていたのですが、そこに二番目のお兄さんが来たんです」

事前に聞いた話だと、一番上の兄はアンリと仲がいいそうなのだが父親からは嫌われているようで、グロリオサ商会で働いてはいるものの、後継者とは認められていないそうなのだ。そして、二番目の兄は、仕事に関しては一番上の兄に劣るとの評判だが父親のお気に入りということで、知り合いなどには自分の後継者は次男だと言っているのだそうだ。さらに、アンリと一番上の兄は母親が同じだが、二番目の兄は父親が外で作った子だそうで、一二、三歳の時に母親が亡くなったということで引き取られたということもあり、兄弟仲はよくないらしい。

「内外的にも、アンリの父親側と言われている二番目のお兄さんがいきなり来たので、一番上のお兄さんと言い争いになりまして……そして、ちょうどそこにアビス子爵様がいらっしゃったので、掴み合いの喧嘩にこそならなかったのですが、場所を移した後も険悪な雰囲気のままでして……」

そのままアビス子爵が二人の仲裁、もしくは話を聞くのかと思ったら、おやじさんが急遽用意したこの部屋まで黙ったまま一緒に来て、俺たち（正確にはプリメラ）が入ってくるまで、静かにお茶を飲んでいたのだそうだ。

「それで、アンリのお兄さんたち……」

「ダニエルです」

「ファルマンだ」

離れた席から聞いていた二人が、すぐに自分の名前を言った。長男がダニエル、次男がファルマンという名だ。それぞれに、アンリに会いに来た理由を聞くと、ダニエルはアンリが結婚すると聞いたので、父親より先に来て祝福する為、ファルマンはというと、結婚式を中止するように説得しに来たとのことだった。食堂で二人が言い争いになったのも、ダニエルがファルマンを問い質してその目的を知ったから、そこから「帰れ！」「話を聞け！」の言い争いになったとのことだった。

「そういうことなら、ファルマンにはお帰り願いましょうか？」

話を聞く限りでは、ファルマンは父親と同じ考えを持っていて、妨害する為に来たという感じだったので、とりあえず追い出そうかと思ってセルナさんに確認を取ろうとしたところ、俺の声が聞こえたのかファルマンが慌てだした。

「違う！　いや、結婚式を中止させようと思ったのは間違いないが、二人の結婚に反対しているわけじゃない！　むしろ、幸せになってほしいと思っている！」

などと、これまでのイメージとは違うことを言い始めた。その言葉に俺たち……特にダニエルが怪しんでいると、

「いきなり何故と思うだろうが、彼の言っているのは本心だ」

それまで、プリメラにデレデレだったアビス子爵が、ようやく最初に見た時と同じ雰囲気に戻って話に加わってきた。

「私も初めは怪しんでいたが、色々と話を聞いて彼は父親とは違う人間だと判断した。それと、今日私をここに呼んだのも彼だ」

アビス子爵を呼んだということは、本当に妨害するつもりで結婚式を中止させようというわけではないのかもしれない。ダニエルはまだ疑っているみたいだが、俺たちの中ではファルマンのイメージが少しずつ変わり始めていた。

「信じるか信じないかは置いておいて、まずは俺の話を聞いてほしい」

ファルマンの話は驚きの連続で、俺たちのファルマンの印象を完全に変えるものだった。それは、一番疑っていたダニエルもだ。さらには、事前に話を聞いていたアビス子爵も知らない情報があったようで、プリメラの相手をしていた時とは比べものにならない鋭い目つきをしていた。

「話をまとめると、ファルマンはセルナさんとアンリの味方で、結婚式を中止させようとしたのは二人の為を思ってのことで間違いないんだな。ただ、それとは別に、自分の思惑の為の行動でもあった……と」

「それは間違いない。二人の為を思ったことではあるが、それに俺の計画の邪魔になるからでもある。ただ、俺の計画が終わった後で結婚式を挙げた方が、二人の為になると思ったのも事実だ」

確かにファルマンの言う計画が成功した後で結婚式を挙げた方が、セルナさんとアンリの為になるだろうし、もし失敗したとしても、二人が自分たちだけで結婚式を挙げようとした状態に戻るだけだ。もしかしたら失敗した状態でも、二人にとっていい方向になる可能性が高いので、どちらにしろファルマンの言う通り、計画が実行された後の方がいいのかもしれない。

「ならファルマン、その計画に俺たちも参加させろ。実際には二人の結婚式の後でその計画……まあ、多少の変更をして発動させるという感じだが、そっちの方が一人でするよりも成功率が上がるはずだ」

俺の提案に、最初こそ難色を示したファルマンだったが、詳しい話をするうちに次第に乗り気になり、最終的には「その話に乗らせてほしい！」と頭を下げたのだった。

こうして、予期せぬ形でセルナさん側の味方が増え、父親側の味方はほぼゼロとなったのだった。

◆リオンSIDE

「ようやく着いた……仲間たちよ！　私は帰ってきた――――！」

「リオン様、夜遅くに大声を出されると、周囲の方々に迷惑がかかるのでおやめください」

「すんません……」

すっかり護衛の騎士に頭が上がらなくなったリオンは、謝罪の言葉を口にすると、すぐに周囲にわずかにいた人たちにも頭を下げた。

周辺にいた人たちは、一目見てリオンが貴族だとわかっていたので、リオンの突然の叫び声に驚きはしていたものの、表立って文句を言う者はおらず、頭を下げたリオンに対しても、軽く会釈を返すのみだった。ただし、それは周辺にいた一般人のみの話であり、入口に立っていた見張りの兵士はすぐに応援を呼び、リオンたちの元へと向かって事情聴取をしていたが……護衛の騎士が辺境伯家の家紋を見せて、グンジョー市に来た目的とリオンが叫んだ理由を伝えると、軽い注意だけですぐに解放された。

「それじゃあさっそく、サンガ公爵家の屋敷へと向かいましょう。ただし、街の中では馬は並足で進ませてください。わかりましたか、リオン様？」

「はい……」

貴族で大人なのに、子供が諭されるようなリオンを見ていた入口の兵士は、軽く同情してしまったのだった……諭していた騎士に対して。

自分が同情されているなど知る由もない護衛の騎士は、リオンを先導するように先を進み、無事にサンガ公爵家の屋敷へと到着したのだったが……

「リオン様、アルバート様たちは今食事に行っているそうで、留守とのことです」

「よし、なら皆が食事に行っているという所に、俺たちも向かうぞ！」

そう言ってリオンは、以前テンマの話に出た『満腹亭』に皆がいるだろうと当たりをつけて向かおうとしたが……

「リオン様、皆様が食事に向かってからかなりの時間が経っているそうで、このまま向かうと行き違いになる可能性がありますが、どうしますか？」

「確かにそれはまずいか……じゃあ、もう少しここで待ってみるか」

そのまま外で皆の帰りを待っていたリオンたちだったが……三〇分ほどでしびれを切らしたリオンが、満腹亭に向かうと言い出した。仕方なしに同行する騎士たちだったが、使用人に満腹亭の場所を聞く前にリオンが先に進み始めたせいで、慌てて後を追いかける羽目になるのだった。しかもリオンは、満腹亭の場所を詳しく知っていたわけではなかった為、通りすがりの酔っぱらいに道を聞くまで、大きく時間を無駄にする羽目になるのだった。

しかし、ようやくたどり着いた満腹亭の食堂は閉まっており、再度サンガ公爵家の館まで引き返すことになるのだった。だが、リオンの不幸はそれでとどまらず、館に戻って使用人に訊いても、まだ誰も戻ってきていないと言われるのだった。

満腹亭ではなかったのかと思ったリオンだったが、それは単にテンマたちがセルナたちとの話し合いで二階の大部屋を利用したついでに、その部屋で食事をしていたせいで下の食堂にいなかったというだけであり、実際にはリオンの勘は当たっていた。

もう一度街の中を探そうと提案したリオンだったが、騎士に却下された為、おとなしく館の使用人に部屋を用意してもらい、そこで皆の帰りを待つのだった。

ただ、その頃の満腹亭では、まだ食事……という名の飲み会が盛り上がっていた為、館に帰るのにまだまだ時間がかかりそうであった……

◆

「こんな時に限って、何でリオンは期待に応えないのかなぁ……」

昨日の夜遅く、食事から戻ってきた俺たちは、ようやくリオンと合流することができたのだが……そのことに関して、リオンを置いていく気満々だったカインは納得できていないようで、先ほどから愚痴ばかり言っていた。

「あれほどリオンが必要だ、必要だとか言ってたのに……もしかして、ツンデレ？」

「まじか！」

「それ、罰ゲームとかの話だよね！　誤解を招くような言い方はやめて！」

アムールの言葉に、リオンは嬉しそうな顔をしたが、カインは嫌そうにしていた。

「あなたたち、口じゃなくて手を動かしなさい！」

現在、俺たちは満腹亭を結婚式場に改装している最中である。まあ、改装といっても、結婚式に必要のないものをどけて、壁などに飾りつけをしているだけだ。

「アンリ、そこで指輪の交換だ」

「は、はいっ！　……あれ？」

「アンリさん、控室に忘れてましたよ！」

アンリは衣装を届けに来たフェルトに、結婚式の流れの最終確認をしてもらっていた。もっとも、先ほどから緊張しすぎて失敗を連発しているが……明日は何とかしてくれるだろうと信じている。

「お～い、テンマ。焼き上がったから、これも預かってくれ」

おやじさんは、おかみさんと一緒に料理の量産をしている。セルナさんは、フェルトの奥さんにドレスを着せてもらっていたが……男性陣はセルナさんのドレス姿は当日のお楽しみということで、アンリすら見ていない状況だ。ちなみに、プリメラとジャンヌはフェルトの奥さんの手伝いに行っている。最初は女性陣全員で手伝いをしていたが、数が多すぎる以上にクリスさんとアムールとアウラが使えない、もしくは邪魔だったので奥さんに追い出され、最終的にプリメラとジャンヌの二人だけになったのだ。ちなみに、クリスさんはセルナさんへの嫉妬で使いものにならず、アムールは性格的に細かいことが苦手で、アウラはここぞという時のドジで戦力外となったのだった。なお、レニさんは合格ラインにいたがアムールと一緒に部屋を出て、今はアムールの手伝いをしている。

「それじゃあ、そろそろ休憩にしようか？」

昼をだいぶ過ぎたところで、遅めの昼食を兼ねた休憩をとることにした。まだ準備は残っているが、リオンやその護衛の騎士たちが加わったので、多少長めに休憩しても大丈夫だろう……というか、アンリが回復するまで結構な時間がかかりそうなのだ。

「それにしても、フェルトは結婚式に慣れているんだな」

「まあ職業柄、新郎新婦や参加する者が客として来ることが結構あるからな。ドレスコードやウエディングドレスを調べたりするうちに、自然とそっちの知識も身につくものだ」

理由を聞いてみると、確かに詳しくなるだろうなといったところだった。それにしても、フェルトが結婚しているとは思わなかったが、よくよく考えてみると、ギルド関係の客ならともかく何も知らない女性が、大男(フェルト)に服の相談……特に下着類の相談をするのはハードルが高いだろう。

「テンマが今考えていることは、ほぼ間違いないだろう」

考えを読まれたと思ったら、知り合いのほとんどから同じようなことを言われたのだそうだ。それに実際、奥さんがいない時にやってきた初見の女性客のほとんどが、フェルトを見てすぐに店を出ていくのだそうだ。つまり、デザインや製作のほとんどはフェルトがやっているにもかかわらず、フェルトの店は奥さんでもっているということらしい。

「テンマ！　そろそろこっちを手伝ってくれ！」

フェルトと話していると、厨房にいるおやじさんからヘルプの要請が入った。いつもならおかみさんが手伝っているのだが、結婚式の準備で慌ただしくなっているせいでソレイユちゃんの機嫌が悪い為、そちらにかかりきりになっているのだ。そういった理由から、おやじさん一人では俺たちの食事を用意するのが困難な為、手伝いに呼ばれたのだ……そこはメイドであるジャンヌやアウラに頼めばいいような気もするが、おやじさんにしてみれば、ジャンヌやアウラより俺の方がこき使いやすいのだろう。

その後、おやじさんの料理の手伝いをしていると、ジャンヌとアウラが配膳の手伝いにやってきたのだが……二人に交じって、何故かクリスさんも配膳の手伝いをしていた。

「なあ、カイン……クリスさん、どうしたんだ？」

「ん？　ああ、クリス先輩はね、リオンの護衛についている騎士団長に、昔告白したことがあるんだよ。まあ、その時はフラれたんだけど……」

クリスさんに聞こえないようにカインに尋ねてみると、予想外の答えに大声を出しそうになった。

「たぶんだけど、『好きだった人にかっこ悪いところは見せられない』……とか思っているんじゃない？」

「あ～……ありそう」

かっこつけたがりのところがあるクリスさんなら、十分考えられる話だ……というか、言われてみればそうとしか思えない。

「とにかく、後が怖いから気がつかないふりをしておこう」

「そこは、面白そうだから、からかってやろう……じゃないの？」

「その役目はカインに譲るよ」

「いや、僕もいらない」

「クリ「ごめんなさい！」」

かなりイラっと来たので、クリスさんにチクってやろうと思ったら、そんな気配を察したカインが俺の言葉を遮って頭を下げた。

「それじゃあ僕、ちょっとリオンを焚きつけてくる」

カインは、次のターゲットにリオンを選び、俺の前から逃げるように離れていった。そしてカインが離れていってから数分後、クリスさんの怒号とリオンの悲鳴、そしてカインの悲鳴が満腹亭に響いたのだった。

「ははは、クリスは学生の時から変わっていないな」

クリスさんに怒られているリオンとカインを見ながら配膳をしていると、グンジョー市までリオンを護衛してきた騎士団長がやってきた。

この騎士団長……ニコラス・ヘルマンは、クリスさんと同じ時期に学園にいただけあって、騎士団長という肩書の割には若い。それには理由があって、先代の騎士団長がククリ村の事件で辞任した為、幹部候補生だったニコラスが若くして騎士団長の地位に就くことになったからなのだ。

これは、ニコラスが周囲から将来の騎士団長と期待されていたこともあったのだが、その他にも若手を指名することでイメージを変える為だったり、ニコラスを騎士団長の地位に長く就かせることで、辺境伯軍の安定化を図ろうとする目的があったりするそうだ。そしてもう一つ、大きな理由がある。それは、ニコラスが先代騎士団長の義息子なのだ。コネで騎士団長になったと見られるこ

とも多いが、副団長のライラをはじめとした幹部連中の満場一致で推薦され、辺境伯も納得した上で任命された為、少なくとも辺境伯軍では問題らしい問題はないとのことだった。そして、その当人はというと、

「それでオオトリ殿、これをあそこに持っていけばいいのかな？」

といった感じで、先ほどから率先して配膳の手伝いをしている。何でも、辺境伯や先代騎士団長より、できる限り協力するようにと言われているからとのことだった。

「それで最後ですので、そのまま席に着いて待っていてください。クリスさん、そのあたりにして、食事にしますよ」

クリスさんは、俺の方を見てからニコラスが見ているのに気がつき慌てて姿勢を正すと、取り繕うような作り笑顔を浮かべてトイレの方へと静かに逃げていった。

「はぁ……疲れた……」

「久々に姐さんに怒られた気がするぜ」

クリスさんの逃走により解放された二人は、愚痴りながら席に着いた。カインは疲れた感じだったがリオンの方は笑顔だったので、いつもの場所に戻ってこられたのがよほど嬉しいらしい。ちなみに、昨日は戻ってきたばかりのリオンに、誰もカノンがどうなったのか訊いていない。何となく訊きづらかったのもあるし、面倒事に巻き込まれる可能性も否定できないからだ。まあ、リオンやニコラス、他の騎士たちの雰囲気からは大きな問題にはなっていないように感じるので、そうであってほしいと願うばかりだ。

その後、クリスさんは何事もなかったかのように戻ってきて、ニコラスから離れた場所に座り、

いつもより大人しく食事をしていた。

「とまあ、これが明日出す予定の料理だけど、どこかおかしいところはあるかな？」

デザート以外の料理を昼食に出してみたが、全員満足した様子だった。まあ、一部「量が少ない」と言ってお代わりを要求していたが、試食という名目なのでこれ以上は出さないというと、不満そうな顔をしていた。さすがに本番の半分以下の量では足りないというのは当然だと思ったので、追加でパンを用意したら、不満そうな顔をしていた一部以外も、次々とパンに手を伸ばしていた。もしかすると、本番でももう少し量を増やした方がいいのかもしれないが……今更作り足す時間はないので、物足りない人用にパンを追加で用意することにした。

「それじゃあ……もう少し食休みしてから作業を再開しようか？」

そろそろ再開してもいいかなと思ったら、アンリとリオンとアムールが動けそうになかったので、休憩時間を延ばすことにした。なお、アンリは練習疲れがまだ抜けていないだけだが、リオンとアムールは食いすぎで動けないだけである。その為、アンリはセルナさんの優しい介護を受けているが、リオンとアムールの二人は容赦なくいじられていた。特にリオンのいじられ方はひどく、アルバートとカイン、それにクリスさんは当然として、ニコラスにまでいじられていた。

「それじゃあ、これで準備は完了です。お疲れ様でした。明日の本番もよろしくお願いします」

後半は思っていた以上に早く終わることができた。その理由は、宿に泊まっている冒険者たちが準備に参加したからだ。手伝ってくれた冒険者たちも、満腹亭で結婚式をするということで準備に参加することになっていたのだが、それぞれ依頼がある為に前半は参加できなかったのだ。それを、できる限り依頼を早く終わらせて帰って来てくれたのだった。

そういった理由から、なるべく丁寧な言葉遣いを心がけたところ……

「テンマ……正直言って、違和感がありまくりだ」

おやじさんからそんな言葉が返ってきた。しかも、俺を見ているほとんどの顔が、おやじさんの言葉に同意するように上下に動いた。

こんちくしょうと思った瞬間、冒険者たちは蜘蛛の子を散らすようにそれぞれの部屋へと逃げていった。残ったのはおやじさんや身内だけだが、卑怯(ひきょう)にも頷いていた奴らは、即座にソレイユちゃんを抱いているおかみさんの近くへと避難している。

「……そういえばおかみさん、ソレイユちゃんでも使えそうな、肌に優しい薬草を使ったせっけんを作ったんですけど、見てもらえませんか？」

そう言うと、おかみさんは興味をそそられたようで、ソレイユちゃんを抱いたまま俺の方へとやってきた。

「これです。一応、女性陣に使ってもらって大丈夫だったんで、よかったら様子を見ながら使ってみてください」

ソレイユちゃんを実験に使うようで気が引けるが、材料自体は安全なものしか使っていないので薦めたのだ。おかみさんは、俺が差し出したせっけんを手に取って、においをかいだり自分の手首に塗ったりして確かめ、使われている材料を聞いてからソレイユちゃんを連れて浴室へ向かっていった。

「さて……何か言っておきたいことがあったら聞くけど？」

「そういえば、追加のパンを焼かないといけなかったな」

「ふむ、汗もかいたし、風呂に入らんといかんな」

「あっ！　マーリン様、申し訳ありませんが、お風呂のお湯の交換を手伝ってもらえませんか？」

「クリス、おじいちゃんに手伝わせるだけは駄目。せめて、男湯の方の掃除も手伝うべき」

「アムールの言う通りです。ジャンヌ、掃除に行くわよ」

「そうね」

おやじさんがパンを理由にその場から離れた瞬間、即座にじいちゃんがその場を離れ、追いかけるようにクリスさん、アムール、アウラ、ジャンヌと逃げていった。

「私たちも、掃除を手伝わないといけないいな」

「そうだね」

「力仕事は任せろ！」

アルバートたちも、じいちゃん＋女性陣に続いて行こうとしたが、

「ああ、あんたたちは最後の仕事が残っているでしょ。掃除の方は私たちがやっておいてあげるから、感謝しなさい」

と、クリスさんに拒否られた。つまり、見捨てられたのだ。

「クリスさんはああ言ったけど、最後の仕事は後でもいいし、風呂に入る前にもう一汗かいておくか。さあ、行くぞ」

リオンとカインの肩に腕を回し、強引に満腹亭の裏へと連れていった。アルバートはほったらかしの状態だったが、逃げられないと観念しているようで、大人しく俺たちの後をついてきていた。

まあ、アルバートはこの二人とは違い、無駄な抵抗はしないと思ったからなのだが、もし逃げていたら俺に加えて見捨てた二人の相手もしなければならなくなると判断したからだろう。

その後、およそ一時間の仕返し……もとい、手合わせを終えた俺たちは、最後の仕事をしてから風呂に入った。最後の仕事は時間も手間もかからないので、ボロボロの状態だった三人でも大丈夫だったはずなのだが、その仕事にアムールも加わろうとしたことで一悶着あり、そのせいで精神的な疲れが増したらしい三人は風呂の中で眠りそうになり、揃って溺れかけていた。

「じゃあ、準備はできたということで、今日は解散。満腹亭に残る人は申し訳ないけど、朝の準備をお願い」

来客の対応や会場の準備などを朝早くからしなければならないので、ジャンヌ、アウラ、アムール、レニさん、それにスラリンは満腹亭に泊まることになったのだ。その他はサンガ公爵家の館に戻り、明日の朝に馬車で来る手はずとなっている。最初は、仲人役をするので俺も泊まろうとしたのだけれど、オオトリ家として参加しているというところを周囲に見せなければならないという話になり、館に戻ることにしたのだ。同様の理由で、プリメラも戻ることになった。

「アウラ、アムール、リリー、ネリー、ミリー、念の為言っておくけど、喧嘩するんじゃないぞ。今日、ここで喧嘩するということは、セルナさんとアンリの結婚式にけちをつけるようなものだからな。もしも喧嘩したら……俺も本気で怒るぞ」

先ほどから大人しくしている五人に向かって、強めの口調で言いつけた。いくら本気の喧嘩ではないにしても、せっかくの晴れの舞台を台無しにしてしまう可能性を見過ごすわけにはいかない。これがちょっとした祝いの席程度であるならば、賑やかしの一つとでも言えるかもしれないが、一生に一度と言っていい舞台では、セルナさんが許しても周りが許さないだろう。

俺が本気だというのが伝わったのか、五人は何度も頷いていた。何故五人が大人しくしているかというと、夕食の席でいつも通り喧嘩して騒ぎ、眠っていたソレイユちゃんを泣かせてしまった為、周囲からものすごく怒られたからなのだ。ちなみに怒ったのは、俺、じいちゃん、クリスさんのいつものメンバーに加え、満腹亭を利用している冒険者たちもだった。満腹亭を利用している冒険者たちからもソレイユちゃんは可愛がられている為、ソレイユちゃんが生まれて以降、満腹亭は昔のような馬鹿騒ぎがほとんどなくなり、常連客の団結力が上がったそうだ。

「これだけ味方の冒険者がいたら、万が一襲撃があったとしても大丈夫だろうな」

もっとも、ここを襲撃するだけの戦力と度胸をアンリの父親が持っていたとしたら、とっくの昔にセルナさんとアンリにちょっかいをかけていただろう。

「子爵の権力を利用するつもりなんだろうけど……裸の王様だな」

子爵の権力をうまく利用できれば、一般人相手ならどうにでもなるが、今回ばかりは運が悪かった……というか、アンリを気に入っているというアビス子爵を利用しようと考えた時点で、うまくいかないことが決まっていたようなものだ。

「まあ、別にどうなろうともいいんだけど」

会ったこともない人物、しかもセルナさんに対して敵対行動をとるという奴がどうなろうとも、俺には関係ないことだ。まあ、知り合いからはからかわれただろうが、それくらいのものだろう。

「それじゃあ、明日は早いから各自早めに寝るように。解散」

じいちゃんやリオンは酒盛りしたそうにしていたが、飲みすぎて二日酔いになる未来が見えてい

たので、夜更かししないように言って解散した。しかし、館に帰った後で、

「なあ、テンマ。ちょっとくらいならいいんじゃないか？」

「そうじゃぞ。ちょっとくらいなら、二日酔いになることはないぞ」

「ちょっとで満足しないでしょ？　諦めて。それと言っておくけど、もし隠れて飲んだりしたら……リオンは辺境伯に連絡するし、じいちゃんはアーネスト様に言うからね」

もし、俺の関係者の結婚式にハウスト辺境伯家の代表として招かれたというのに、前日に飲みすぎて二日酔い、もしくは酒気帯び状態で出席したと聞いたら、辺境伯よりもエディリアさんの方が怖いだろう。じいちゃんに関しては……アーネスト様から、嫌味を言われるくらいだろう。だが、じいちゃんにとっては屈辱的なことだと思う。

俺の言いたいことを理解したのか、その後二人は何も言わずに、大人しく自分たちの部屋に戻っていった。

「そういうわけだから、クリスさんもお酒は飲まないようにね」

クリスさんが、俺が二人に注意しているところを陰からこっそり見ていたので、念の為注意した。クリスさんは、「わかってる、わかってる」と言いながら、俺に後ろを見せないように厨房へ戻っていった。たぶん、これで大丈夫だろう。

「もう寝るか」

近くにいた使用人に、朝早く起こしてほしいことと、もしじいちゃんたちが酒を飲もうとするのを見たら注意してくれということを頼み、自分の部屋で明日の準備をしてから寝た。そして次の日、

「酒を飲んでも飲まなくても、リオンは寝坊するのか……」

出発時刻ギリギリまで準備をしているリオンを待ちながら、俺は愚痴るのだった。

第一〇幕

「それじゃあ、始めましょうか」

　俺の合図で、結婚式の会場となっている満腹亭のカーテンが一斉に引かれ、会場が真っ暗になった。その間に俺とプリメラは司会者用の席に移動した。移動が終わると、じいちゃんが『ライト』の魔法を使って俺とプリメラを照らした。

「ただいまより、冒険者アンリ、冒険者ギルド職員セルナの結婚式を行います」

　いつもとは違う俺の話し方が面白かったのか、客席から小さな笑い声が聞こえてきたが、プリメラが口を開こうとすると、すぐに静かになった。

「初めに、特別ゲストの紹介です」

　プリメラから、アルバート、カイン、リオンの紹介が行われた。普通、こういった形でゲストの紹介をすることはないそうだが、公爵、侯爵、辺境伯の次期当主が紹介されたことで、参列客の雰囲気が変わった。緊張感が強いみたいだが、これでこの結婚式が特別なものだと認識してくれればいい。

「それでは、本日の主役の入場です」

　俺がそう言うと、入口付近に控えていたプリメラの部下によってドアが開かれた。魔法がプリメラの部下の動きに合わせて消されると、式場はセルナさんとアンリの背後から差す光のみとなり、二人の影を浮かび上がらせていた。

ドアが閉じられて会場が再び暗くなると、すぐにじいちゃんの魔法が歩き出した二人を照らした。光の中を歩くアンリは会場の雰囲気のおかげか、いつもより男前に見えた。そしてセルナさんは、ドレスに使われているゴルとジルの糸が歩くたびに煌めき、とても神秘的で魅力的だった。その姿は、男性はもちろんのこと、女性の参列客も感嘆の息を漏らすほどだった。

俺は、二人が一番前まで進んだのを見計らってからその前に進み、

「不肖、このテンマ・オオトリが、皆様を代表いたしまして、二人に夫婦の誓いを問わせていただきます」

俺がこの役をやっていいのかと思ったが、貴族の結婚式でも神官や自分たちより身分の高い人や上司に頼んだり、一般人だと知人や友人に頼んだりすることがあるので、特におかしなことではないらしい。

「新郎アンリ。あなたは新婦セルナを、健やかなる時も病める時も、富める時も貧しい時も、妻として愛し、敬い、慈しむことを誓いますか？」

「はい、誓います！」

「新婦セルナ。あなたは新郎アンリを、健やかなる時も病める時も、富める時も貧しい時も、夫として愛し、敬い、慈しむことを誓いますか？」

「はい、誓います」

アンリは緊張からかかなり大きな声になっていたが、練習の時よりも力強く答え、セルナさんは涙ぐみながら静かに答えた。

「続いて、指輪の交換をお願いします」

俺が目配せすると、プリメラが指輪が入った小箱を持って俺の横に並んだ。そしてアンリに指輪をセルナさんの指にはめるようにこっそりと合図を出したのだが……あろうことかアンリは、自分用の指輪を手に取った。その瞬間、客席で見守っていたフェルトからアンリに向けて、殺気にも近いプレッシャーが向けられた。そのせいで、手伝いに入っていたプリメラの部下やニコラスたちリオンの護衛の騎士、それに冒険者たちが反応して動きかけたが、すぐに理由に気がついたようで警戒しつつ見守っていた。かなりきわどいことになりかけたが、フェルトのおかげでアンリはすぐに間違いに気がついてセルナさん用の指輪に持ち替え、セルナさんの指にはめた。

そしてセルナさんの方はというと、少し手が震えてはいたものの、アンリほどのトラブルもなく練習通り指輪の交換を終えていた。

「それでは、誓いのキスを」

前世であれば、カメラのフラッシュが雨あられのように二人を照らすだろうが、今世ではそんなものは存在していないので、代わりに俺とじいちゃんの魔法で二人を照らした。

「ただいまの誓いをもって、この二人を夫婦と認めます。証人はここにいる全ての人であり、お二人はここで誓いを見守った人々に恥じぬ人生を送ってください」

「「はい！」」

二人が返事をすると、参列客から盛大な拍手と歓声が上がった。まあ、中には興奮したのか、数人の冒険者がアンリを胴上げし、そのままどこかに捨てに行こうとしていたが……女性の冒険者たちに怒られて未遂に終わった。

「それでは、お食事の方に……プリメラ、お客さんみたいだ」

そろそろ食事を開始しようとした時、外を見張っていたスラリンが赤い旗を上げていた。プリメラもスラリンの旗を確認し、扉の近くに控えていた部下に合図を出した。そして、

「何を勝手、にぃいいいっ！」

スラリンが旗を振り下ろすと同時に、扉が乱暴に開かれてアンリの父親が姿を見せた……が、全てを言い切る前に、数人のプリメラの部下に剣を向けられて尻餅をついていた。

「いきなり何をするんだ！　我々はアンリの身内だぞ！」

尻餅をついている父親に代わり、ファルマンが抗議した。父親はここにやってきた目的を思い出したらしく、

「貴様ら！　我々が誰だかわかってやっているのか！」

父親はアビス子爵を意識しながらそんなことを叫んでいたが、当の子爵は父親を無視してその場に膝をついた。

「お久しぶりでございます、アルバート様、プリメラ様」

アビス子爵の行動に、父親は訳がわからないといった顔をしていたが、ファルマンの方は慌てた感じを出しながらも、アビス子爵と同じように膝をついた。

「久しぶりだな、アビス子爵。それで、この目出度き日に、一体何用だ？」

アルバートがアビス子爵を責めるような口調で要件を聞き、アビス子爵は頭を下げたままで答えた。その間に父親はファルマンに無理やり跪かされ、小声でアルバートの正体を聞かされて絶句していた。

「急に来て申し訳ないが、我々の席も用意してもらえないだろうか？」

アビス子爵はアルバートと少し話した後で、俺に結婚式への参加の許可を求めてきた。

「二人と関係があり、心から祝おうと思っている人ならば問題ありません。ただ、子爵様お一人分の席は前の方に用意できると思うのですが、その他の方は後ろの方になります」

俺の言葉にアビス子爵は頷いたが、父親の方は納得がいかない様子だった。

「ふざけるな！　何故私が後ろに座らなければならないんだ！　そこら辺の冒険者を後ろにやればいいだろうが！」

父親の言葉に、それまで大人しくしていた冒険者たちがキレかけて、腰を浮かせかけていた。それに気がつかない父親は続けて、

「そもそも貴様の態度は何だ！　平民の分際で、私に後ろに行けなどと、何様のつもりだ！」

などと言い出した。この言葉を聞いて、キレかけていた冒険者たちは椅子に座り直した。

「平民と言いますが、あなたは貴族様ですか？　もし貴族籍を持っていないのならば、あなたも平民ですよね？　それに、父親と言っていますが、あなたがアンリを勘当した以上、親子の縁は切れていますよね？　何故他人の結婚式に乱入してきた平民に、特等席を用意しなければならないのですか？　一番後ろとはいえ、席を用意するだけ感謝してください」

俺の挑発に父親は顔を真っ赤にし、今にも爆発しそうな雰囲気だったが、

「いい加減にしないか！　先ほどから大人しく聞いていれば勝手なことばかり言いおって！」

「アビス子爵、何故この者を連れてきたのだ。こやつのせいで、せっかくの結婚式が台無しではないか」

「勘当したとはいえ、息子の結婚式でこのような真似をするとは思いもよらず……何にせよ、私が

いればこういったことは起きないだろうと軽く見ていたのは確かです。まことに申し訳ありません」

　アビス子爵に怒鳴られた父親は、驚き固まっていた。そして、アルバートと参列客に謝罪したアビス子爵に睨まれて、顔を真っ青にしていた。そして最後に、

「先ほどお前が平民と馬鹿にしていたのは、『龍殺し』と呼ばれているテンマ・オオトリ殿だ。平民といえば平民ではあるが、オオトリ家は下手な貴族より気を使わなければならないというのは、この国の貴族にとって今や常識だ」

　俺の正体を知った瞬間、父親は気を失って倒れた。

「これくらいで気を失うなんて……色々考えていたのが無駄になったな」

　ファルマンは、気を失った父親を見下ろしながらそんなことを呟き、会場の参列客に向かって謝罪していた。いきなり態度の変わったファルマンを見て、参列客のほとんどが怪しんでいたが、アルバートが父親を潰す為の俺の作戦に協力していたと言うと、一転して盛大な拍手を送っていた。

「それでは一段落ついたところで、食事の時間にしたいと思います……お酒も出ますが、『酒は飲んでも飲まれるな』を合言葉に楽しんでください」

　酒が出ると聞いて酒飲みたちが歓声を上げたが、最後の方で軽く殺気を飛ばすと静かになった。これくらいやっておけば、酒場でやるような馬鹿騒ぎは起こさないだろう。

　食事を開始しようとしたところ、ファルマンが父親を連れて帰ろうとしたがアンリとセルナさんに引き留められ、父親を後ろに寝かせて（放って）前の席で食事をすることになった。

「まずは前菜から」

まずはおやじさん特製の鶏ハムや角ウサギを使ったスープ、タイラントサーモンのマリネといった軽めのものを続け、

「角ウサギのシチューとサーモンの塩焼きです」

ちょっとボリュームのあるものを出した。参列客はごく普通のシチューと塩焼きだと思っていたみたいだが、実際に出てきたのはパイで蓋をして焼いた『シチューのパイ包み焼き』と、周りを塩で固めて焼いた『タイラントサーモンの塩釜焼き』だったので、想定外の料理に皆驚いていた。

「塩焼きの方はここで切り分けますので、少々お待ちください」

シチューを先に配り、塩釜焼きはおやじさんに皆の前で塩釜を割ってから切り分けてもらった。本来なら、一品ずつ出すのが正しいのだろうけど、今回はアンリの父親に見せつける意味もあった為、二つ同時に出すことにしたのだ。まあ、父親は気絶しているので、同時に出す意味はなくなってしまったが……皆が喜んでいるので構わないだろう。

口休めのシャーベットを出した時に参列客の様子を確認したが、皆まだまだお腹に余裕がありそうだった。この様子だと、メインも楽しんでもらえそうだ。

「次の料理です。次は、ワイバーンの肉を使った料理の盛り合わせとなっております」

ワイバーンの肉を使った料理を、小分けにして盛り合わせたものを用意したのだ。ローストワイバーンにハンバーグ、カツにから揚げに串焼きといったもので、自信作ばかりを集めたような一皿になっている。実際に素材の珍しさもあって、参列客からはこれまでで一番の盛り上がりを見せていた。

「サラダの後は、本日の目玉料理の登場です」

　ワイバーンの肉が一番だと思っていたらしい参列客の間から、それ以上の料理が出るのかといった驚きの声が聞こえてきた。

　その声に反応するように明かりを消し、食堂の方からアムール、ジャンヌ、アウラ、レニさん、山猫姫の三人の手で、高さ一メートルほどある五段重ねのウエディングケーキが運ばれてきた。

「新郎新婦による初めての共同作業を、皆様の前で行ってもらいます」

　ケーキが会場の中央のテーブルに置かれたところで二人を呼び、

「それでは、お願いします」

　プリメラの合図で、二人は息を合わせてケーキにナイフを入れた。その瞬間、打ち合わせ通りにアルバートたちが拍手をすると、二人を見ていただけだった参列客も、アルバートたちに合わせて拍手を送った。

　ケーキはその場でおやじさんにより、下の四段が切り分けられたが一番上は切らずに取り外され、セルナさんとアンリの前へと運ばれた。

「まずは新郎新婦に、召し上がっていただきます。どうぞ」

　切り分けられたケーキが全員に行き渡ったのを見て、最初に主役の二人に食べてもらうことにした。これは事前に打ち合わせていたのだがアンリは緊張から、互いに食べさせ合わなければならないところを、自分で食べようとしてしまった。だが、セルナさんがすかさずアンリの口の前にケーキを持って行ったことで食べる寸前で間違いに気が付き、何とかセルナさんの口元にケーキを持って行くことができた。

「それでは皆さん、お召し上がりください」

二人が食べたのを見て、参列客に合図を出したところ……見事に二通りの食べ方に分かれた。一つはセルナさんたちと同じようにカップルで食べさせ合う方法と、それを見ながら自分一人で食べる方法だ。前者の代表格はフルートさんとギルド長で、後者の代表格はリオンだ。

食事が終わったところで予定の大半が終わり、あとは終了時刻まで各々気楽に過ごすだけという時に、ファルマンが父親を連れて帰ると言い出した。何でも、気を失ってからだいぶ時間が経っているので、いつ目を覚ますかわからないし、この場よりも二人だけの所で起きてくれた方が計画を進めやすいからとのことだった。

「それはわかったが……間違っても殺すなよ。縁が切れているとはいえ父親を殺され、その犯人が新郎の兄とか、二人にとってマイナスにしかならないからな」

強く念押しするとファルマンは笑って頷き、「そんなことは絶対にしない」と確約した。ファルマンはセルナさんとアンリに気がつかれないように父親を馬車に運び、そのまま満腹亭を後にした。

「テンマさん！　本当に、本当にありがとうございます――――！」

「おわっ！」

ファルマンを見送り、自分の席に戻ろうと振り向いた瞬間、号泣しているマルクスさんに抱きつかれた。

「こんな、こんな素晴らしい結婚式を！　セルナが幸せそうな姿を！　姉にも見せたかった！」

「ちょっと、マルクスさん。いったん離れてください」

マルクスさんはかなり酔っぱらっているようで、俺の話を聞いていなかった。はっきりと聞き取れたのは最初のお礼の言葉だけで、あとは断片的なものばかりだった。そのほとんどがセルナさんの殺された母親や父親のことばかりだったので、他の参列客に聞かれないように会場の隅に連れていったのだが、マルクスさんの声が大きくてあまり意味がなかった。もっとも、参列客のほとんどがセルナさんの事情を知っている者だった為、わざと大きな声を出して聞いていないふりをじたり、事情を知らない客の気をそらそうと話しかけたりしていた。

「テンマ、わしが代わろう」

マルクスさんと何とか会話を成立させようとしていると、じいちゃんが来て代わってくれた。一瞬、マルクスさんは俺に話を聞いてもらいたくて来たのだろうから、このまま俺が話を聞いた方がいいのではないかと思ったが、このままではまともに話ができそうにないので、じいちゃんの年の功に任せてみることにした。

しばらく離れて二人を見守ってみたが、俺の判断は間違っていなかったようで、しばらくするとマルクスさんはだいぶ落ち着いたらしく、じいちゃんの話を聞いていた。

「セルナさん、おめでとうございます」

「ありがとうございます、テンマさん。こんな立派な結婚式……何と言っていいか……」

セルナさんは、涙ぐみながら俺にお礼を言い、プリメラに背中を撫でられていた。その役目は新郎のアンリのものだと思ったら、当のアンリは冒険者の先輩や仲間たちに囲まれて身動きが取れない状態だった。

セルナさんやアンリの所に、友人や同僚が次々と集まってきていたので場所を譲り、ダニエルの様子を見に行こうとしたのだが……ダニエルは酔い潰れているようで、テーブルに突っ伏していた。

「オオトリ殿、結婚式の参加を許可していただき、本当に感謝している」

アビス子爵は、わざわざ俺の所まで礼を言いに来た。

「それはセルナさんとアンリに言ってください」

「いや、今回のような場合は、参加者を決めるのは基本的に主催者だ。私はアンリの知り合いであるものの、オオトリ殿とは全く面識がなかったし、厄介者も連れていた。断られてもおかしくない」

そう言いながら、アビス子爵は壁に飾られている四つの旗に視線をやった。その四つの旗には、オオトリ家、サンガ家、サモンス家、ハウスト辺境伯家の家紋が入っている。

「あれは私を利用して、アンリとセルナさんに力を見せつけるつもりだったのだろうが……正直言って、あれが私を担ごうとする前に退場してくれて助かった。この四家にたった一つの子爵家で対抗しようなど、笑い話にしかならない。担がれても参加を断られても、どちらにしろ恥をかくだけだっただろう」

なので、父親がアビス子爵の名前を出す前に、飛び入りという形で参加の許可が下りたのはありがたかったということらしい。

「そろそろ、私も行くとしよう」

この後アビス子爵は、ファルマンの手伝いに行くそうだ。あの二人より先に会場を出る予定だったらしいが、俺と話す為に残っていたそうで時間的にはギリギリとのことだった。

「アルバート様たちほど役に立てるかわからぬが、何かあれば手を貸そう。それと、プリメラ様を頼むぞ」

「ありがとうございま……は？」

どういう意味なのか問い質そうとしたが、アビス子爵は足早に満腹亭を出ていってしまった。

「何で早とちりしたがるのかな……」

「だといいですね」

アビス子爵の勘違いにため息をついていると、背後からフルートさんが声をかけてきた。

「まあ、そのことは置いておいて……すごい結婚式でしたね。さすがは『龍殺し』の本気というところですか？」

フルートさんはからかうように笑っていた。その横にはギルド長はおらず、俺の視線に気がついたフルートさんが指で居場所を教えてくれた。ギルド長がいる場所は……

「あの人なら、いの一番にアンリさんをからかいに行きました」

アンリを囲んでいる輪の一番内側に……というかアンリの隣に、ギルド長がいた。ギルド長は酔っているのか、アンリにしつこく絡んでいた。

「あれ、放っておいていいんですか？」

「お説教は帰ってからにします。今だと、場を白けさせるだけですから」

しっかりと尻に敷いているんだな……と思っていると、

「それよりテンマさん、彼女をほったらかしにしていいんですか？　何か困っているみたいですけど」

フルートさんに言われて視線を向けると、プリメラが酔っぱらいに絡まれていた……クリスという名の酔っぱらいに……

「ちょっと行ってきます」

フルートさんに断りを入れて、プリメラとクリスさんの所に行くと、クリスさんがプリメラに文字通り絡んでいた。

「クリスさん、プリメラが困ってるよ。だから、離れて、離れて」

「え～……やぁ～よ～」

プリメラに絡まっていたクリスさんを引き離して椅子に座らせると、すぐにレニさんがやってきてクリスさんをどこかに連れていった。

「助かりました……」

「災難だったな。ああなったクリスさんは、ウザいからな……それにしても、酔っぱらいが増えてきたな。そろそろ一度お開きにして、二次会に突入させるか」

このままだと、アンリや参列客はともかく、ウエディングドレスを着ているセルナさんがきつそうなので、一度仕切り直しをすることにした。

その旨を皆に伝えると、セルナさんは明らかにほっとした顔をして、着替える為に二階に上がっていった。ただ、アンリはそれでも解放されなかったので、そのままギルド長たちの相手をさせることにした。

「それでは、主賓のお色直しも終わったところで……二次会に突入します！　料理も飲み物も色々用意しているので、心行くまでお楽しみください！　ただし、常識の範囲でお願いします。でないと……怒ります」

『料理も飲み物も』のところで参列客が大いに沸いたが、最後に『怒ります』と付け足したとたんに静かになった。まあ、実際に料理が運ばれてきた瞬間に、もう一度騒がしくなったが……どう考えても駄目だろうという苦情が来ない限りは、多少羽目を外すのは仕方がないだろう。ちなみに、運ばれてきた料理はコースで出したものの余りや簡単に作れるものにパンなどで、それぞれ好きに取って食べるバイキング方式にしてみた。もっとも、それだけだと皿ごと持っていく馬鹿も現れるはずなので、一人につき一皿配り、一度に取れるのは皿にのせられる分だけとし、それを食べ切ってからでないとお代わりできないというルールを作った。

そのルールが功を奏したのかセルナさんの同僚のギルド職員たちも、冒険者たちに交じってもちゃんと料理を食べることができていた……もっとも、料理がなくなった頃を見計らって出したお菓子類に関しては、女性陣が結託してお菓子のほとんどを確保し、それぞれでシェアして食べていたので男性陣の多くが食べ損ねていた。

「お菓子にもルールを作るべきだったか……」

「いや、これは予想……できていたな」

「そうだね。ほらあそこ、警備を同僚（男性騎士）に押しつけて、プリメラの部下たち（女性騎士）が参加してるよ」

「まあ、テンマのことだから、お菓子の予備を確保しているんだろう？　それを出してくれよ」

アルバートたちとお菓子を食べる女性陣を眺めながら話していると、リオンが余計なことを言った。そのせいで自然と俺に視線が集中し、中には「あるなら出せよ……」という声が聞こえそうなほど強いものもあった。そんな食いそびれた奴らのお菓子への執着心が強すぎるせいで、いくら「持っていない」と言っても、なかなか信じてもらうことができなかった。

「お菓子への執着心がすごすぎて怖い……」

軽くトラウマになりそうになった俺だった。なお、その後二次会は無事終了し、そのまま飲んで騒ぐだけの三次会へと突入し、何度目かの○次会を経て、会場は酔い潰れた参列客だらけになったのだった。

◆ファルマンSIDE

「親父、起きろって！」

「な、何があった！」

ファルマンはグンジョー市にあるグロリオサ商会の支店に父親を運び込むと、支店内にある自分たち専用の部屋のソファーに寝かせ、一度廊下を確認してから父親を起こした。

父親はファルマンの慌てた声と体を揺さぶられた衝撃で飛び起き、部屋の中を何度も見回している。起きたばかりで状況が摑めていないようだ。

「親父、まずいことになった」

「その前に、どうして俺はここにいるんだ？」

状況の摑めていない父親はファルマンに説明を求め、何とか気を失う寸前のところまでを思い出した。

「あの『龍殺しのテンマ』がアンリから色々吹き込まれて、親父に対してキレている。それだけじゃなくて、テンマの付き合いのあるサンガ公爵家とサモンス侯爵家、それにハウスト辺境伯家の嫡男まで、テンマに媚びを売る為に味方した！」

「な、何だと！　そ、それで、アビス子爵は、何と！」

「アビス子爵はサンガ公爵家に仕えている身分だから、どうすることもできないらしい」

「そんな……」

ファルマンの言葉に、父親は頭を抱えてうなだれた。さらに続けてファルマンは、

「このままだと、グロリオサ商会も潰されかねない。テンマはジェイ商会と繋がっているらしく、親父のことで難癖をつけて店を潰し、グンジョー市にジェイ商会を押し込むつもりだ！」

「卑怯者め……どうにかならんのか！」

自分のことを棚に上げて、何を言っているんだとファルマンは思ったが、表面上ここは父親に同意した。

「一応、解決策はあるらしい」

「それは何だ！」

ファルマンがもったいぶった言い方をすると、すぐに父親は食いついてきた。

「アビス子爵に助けを求めた時に、正面からではどうにもできないが、いくつかの条件があれば何とかと言っていた。その条件は、今回の件で親父が責任を取って商会を去ることと……」

「そんな条件が飲めるわけないだろうが！」

父親はファルマンの言葉を遮って怒鳴った。

「ちょっと落ち着いてくれって、親父。何も、馬鹿正直にやめる必要はない。やめた振りをするだけだ」

「そ、そうか」

「続けるぞ。まず、親父がテンマではなく、サンガ公爵家の嫡男の気を悪くしたという責任をもって、商会の会長を辞任する。これで、平民のテンマに頭を下げずに、公爵家の嫡男とアビス子爵に気を使っているという形にする。そして、全財産と商会の全権を俺に譲るというのを書類に残せば、あとはアビス子爵がかばってくれるそうだ」

「う、うむ……だが、全財産まで譲るとしなくてもいいのではないか？」

父親は全てを譲るというのが気になるのか、ファルマンの計画を一部変更させようとした。だが、

「甘いぞ、親父。テンマはこれまで何人もの敵対者を消してきたんだ。その中には、貴族も含まれている。それなのにこれまで問題にされていないということは、それだけの権力者と繋がりを持っているということだ。だから、全てを捨てて責任を取ると書類に残し、アビス子爵を通してサンガ公爵家に訴えて認めさせれば、いくらテンマでも手出しはできないはずだ。なに、書類上では俺に全てを譲ったと記しても、没収されるわけじゃないんだから、書類上の持ち主が変わっただけでこれまでと何も変わらないさ」

「なるほど、確かにそうだ。何も書類に記したことを馬鹿正直に守る必要はないいな」

「そういうことだ。それで、急いでこれにサインしてくれ。すぐにでもアビス子爵に出して、手を打ってもらわないとまずい」

ファルマンはにやけそうになるのを抑えながら、一枚の紙を父親に渡した。その紙には、グロリオサ商会の全権とグロリオサ家の財産の全てをファルマンに譲渡し、自分は隠居するというものであり、すでにファルマンのサインが入っていて、あとは父親のサインを入れるだけというものだった。

「う、うむ。わかった」

父親はファルマンの手際の良さに驚いていたが、何の疑問も持たずに書類にサインを入れた。すぐにでも手を打たないと、グロリオサ商会が潰されてしまうかもしれないというのが効いたようだ。

「それと、こっちの三枚は、アビス子爵とサンガ公爵、それに議会に提出するためのやつだ。内容は一緒だから、これも名前を書くだけでいい」

「うむ！」

時間との勝負だと考えた父親は、何の疑いもせずに自分のサインを入れた。ファルマンはそのサインを確かめるとにやりと笑い、

「これで大丈夫だ、全てうまくいく」

「ああ、そうだな」

ファルマンは四枚の書類を受け取ると大事そうに抱え、

「アビス子爵様、準備ができました」

ドアに向かって声をかけた。その言葉を合図にドアが開かれ、アビス子爵と共にグンジョー市騎士団の団員が数名部屋に入ってきた。

いきなりのことに混乱している父親をよそに、アビス子爵はつい先ほど父親のサインが入れられたばかりの書類に目を通し、

「本当にいいんだな、ファルマン」

「はい」

ファルマンに確認を取ってから、最後の書類以外に自分のサインを入れた。そして、

「その者を捕らえるのだ！　それと、重要参考人としてファルマンを連れていけ！」

騎士たちに父親の捕縛を命じ、ファルマンを連れていくように指示を出した。

「何が、一体何が！」

団員は、父親を両脇から押さえつけ跪かせたが、ファルマンに関しては背後に一人立っただけで何もしなかった。

「この書類に、これまで表に出ていなかったお前の悪事が書かれている。しかも、お前が認めたというサイン付きでだ！」

アビス子爵が父親に突きつけた書類はファルマンが用意した最後の書類で、これまで父親が隠してきた悪事に関するものだった。ちなみに、一枚目は最初に書かせたファルマンへの権利の譲渡の書類と似てはいるが、内容は父親から譲渡された権利の全てを、ファルマンがダニエルとアンリに譲渡するというもので、二枚目は父親とファルマンが、グロリオサ家及びグロリオサ商会と縁を切るという誓約書だった。

完全にファルマンが父親を騙し討ちにした形で、詐欺ともいえる方法ではあるが、そこに貴族であるアビス子爵のサインが入ったことで、どこに出しても公式の書類として扱われることになる。父親がこれを覆すには、アビス子爵よりも高位の貴族（この場合はサンガ公爵）か国の機関に訴えなければならないが、それをすると書類の内容の真偽を確かめる為に、事細かに調べられることになる。

もし父親がサンガ公爵や国に訴えを起こすと、その間のゴタゴタで商会の経営に大きな影響を与えてしまうかもしれない。そうさせない為に、アビス子爵は最後の書類にサインを入れなかったのだ。

つまり、悪事に関して今は公式な書類としないことで、父親に逃げ道を作ったのだ。犯罪者として追放されるか、ただ単に追放されるかを選べということである。犯罪者として追放されれば、その後は牢屋(ろうや)に入れられるか犯罪者奴隷として厳しい罰が与えられるかのどちらかだ。もっとも、単に追放されただけだとしても、父親に恨みを持っている者に危害が加えられないとは限らないが
……そこは運が良ければ逃げ切れる可能性もある。

これらはアビス子爵の流儀に反するものの、成功した暁にはグロリオサ商会の名でダニエルが被害者にできる限りの償いをするということで話はついている。まあ、アンリの結婚祝いに目を瞑るというところもあった。

「う、あ……あぁあああ！　この裏切者が！　何故だ！　何故父親に対してこんなことをした！」

どう転んでも全ての権利と財産を奪われ、さらには命の危険にさらされるという未来しかないと理解した父親は、完全に自分の味方だと思っていたファルマンに怒りを向けた。しかしファルマンは、

「父親、か……俺とお前の間に、血の繋がりはない。グロリオサの家に引き取られても、俺はお前を父親と思ったことは、一度もない」

と、冷たい声で言い放った。ファルマンのこの言葉に、父親はしばらくの間何を言われたのかわからなかったようだが、その意味を理解したとたん、ファルマンとファルマンの母親を大声で罵り始めた。それはそばで聞いていたアビス子爵や団員たちが眉をひそめるほどだった。

父親はファルマンが何も言わないのをいいことに、ますますヒートアップしていったが、

「黙れ」

「ぎっ！　あが、が……」

ファルマンの前蹴りを顔面に食らい、鼻血を出して苦しむことになった。しかし父親は、鼻血を出しながらも、もう一度口を開きかけたが、ファルマンの怒りの表情に気圧(けお)され、代わりにアビス子爵や団員たちにファルマンの非道を訴えようとしたが……

「ようやく静かになったか……あまりにも聞くに堪えない言葉が続いたせいで、思わず耳をふさぎ目を背けてしまった……それで、何故お前は鼻血など出しているのだ？」

完全に見て見ぬふりをした。

「まあ、そんなことはどうでもいい。とりあえず、騎士団本部の牢に連れていけ。治療は牢に入れてからでいい」

アビス子爵の命令を受けた団員たちは、父親を無理やり立たせ、半ば引きずるようにして連れていった。父親は引きずられながらも必死になって何か叫んでいたが、鼻血のせいなのかアビス子爵には父親が何を言っているのか聞き取ることはできなかった。

「ファルマン、先ほどの行為は褒められたものではないが、気持ちはわかる。気持ちを落ち着けたいというのなら、もう少し待つが」

「大丈夫です。お願いします」

ファルマンはアビス子爵側の人間とはいえ、それと同時に重要参考人という立場でもある為、団員に連行される形で騎士団本部へと向かった。

◆

「アビス子爵、昨日はお疲れさまでした」

「いえいえ、私は大したことはしていません。大変だったのはファルマンとプリメラ様の部下たちですから」

アビス子爵が、昨日グロリオサ商会で起こった出来事を報告に、サンガ公爵家の館まで来ていた。ただ、最初の挨拶はアルバートにしたものの、その後はずっとプリメラとばかり話している為、アルバートが若干拗ねていた。俺の視界の隅には、拗ねるアルバートをいじろうと狙っている三つの影が映っているので、今日も違うお祭り騒ぎになるだろう。

プリメラとアビス子爵の話を聞いていてわかったことは、父親は『犯罪者奴隷となって鉱山送り』か『グロリオサ商会及び家族との縁切りをした上での追放』かの二択を突きつけられ、さんざん抵抗したらしいが最終的には追放の方を選び、数日後にはアビス子爵の家来によってどこかに連れていかれるとのことだった。

ファルマンの方は、父親の犯罪行為に直接加担してはいないものの、犯罪行為を容認し隠蔽を手伝っていたことを本人が認めたのだが、今回父親の罪を告発したことと捕縛への協力、そして被害者への補償をすることで減刑となり、アビス子爵の監督下による数年間の奉仕活動となったそうだ。被害者への補償はファルマンの財産を充て、足りない分はグロリオサ商会が肩代わりするということらしい。

何故父親が財産や権利を剝奪されたが追放だけで、ファルマンが数年間の奉仕活動が課されたのかというと、父親は恨みを買いすぎているので、今後は色々な所から命を狙われると思われるからだった。早い話、わざと襲われやすい状況を作ることで、今後常に命を狙われる恐怖を味わうことになるというのが、父親に課せられた罰なのだ。

対してファルマンは、被害者に金銭的な補償をした上、奉仕活動をさせることで罪を償わせているとし、ファルマンに危害を加えることはアビス子爵、及び許可したサンガ公爵家の顔を潰すようなものだと思わせることで保護するのが目的らしい。まあ、知らない所で危害を加えられることも考えられるが、貴族の監視がついているファルマンより父親を狙う方が簡単だし、襲って気が晴れるのも父親の方だ。それでも、襲われる可能性はゼロではないが当のファルマンは、「もしこれで襲われても、それは仕方のないことだ」と覚悟を決めているらしい。

それと、何故ファルマンが父親を恨んでいたのかというと、ファルマンの母親と本当の父親に関係しているらしい。

ファルマンの本当の父親は、ファルマンの母親と結婚する寸前に事故で亡くなったとされていたが、実際には（父親だとややこしいので、本当の方を父親、違う方を偽親とする）偽親がファルマンの母親を手に入れる為に仕組んだものだったそうだ。父親が亡くなって数日後、偽親はファルマンの母親を無理やり手籠めにし、その後にファルマンが生まれるのだが、実際は亡くなった父親の子供とのことだった。

そんなことなど知らない偽親は、ファルマンの母親の所へは年に数回、思い出したかのように通っていたのだが、会うたびに見かけるファルマンが自分に似てきたように感じ（実際には、あまり似ていない）、実の子供より可愛がった為、ダニエルと後に生まれるアンリとの間に溝ができたそうだ。

ファルマンの母親はお腹にいたファルマンを守る為に、嫌悪感すら抱いていた偽親の言いなりになっていたが、ある日、ひどく泥酔した偽親を相手にした際にひょんなことから真実を知り激しく憎悪したらしい。だがしかし、復讐する前に病に倒れてしまったのだそうだ。病気を知った偽親は、それ以降ファルマンの母親の元に通うことがなくなり、母親は復讐の機会を得ることができなくなってしまった。そして、最後には心の病にもかかって亡くなってしまった。

ファルマンは体と心の病にかかった母親の世話を幼いながらにしていたが、その過程で実の父親のことを知り、偽親との間にある因縁を知った。元々、偽親のことを『母親を苦しめる存在』として認識し、嫌悪していたファルマンは、いつか偽親に復讐すると誓っていたとのことだった。

「しかし、始まりがそれで、よくまともに育ったな」

「まとも……とは言えないかもしれないが、アンリたちを巻き込まなかったのは意外かもな」

俺の呟きに、拗ね気味だったアルバートが反応した。確かにまともではないが……それでも、グロリオサ家全ての人間に復讐を……と考えてもおかしくはなさそうな状況で、偽親一人の犠牲で済ませ、グロリオサ家の被害を最小限に抑えたのは、アルバートの言う通り意外であった。

「そのことだが、本人が言うには、引き取られてからの数年は、グロリオサ家全てに復讐をするつもりだったらしい」

アルバートと話していると、突然アビス子爵がプリメラとの話を中断させて口を挟んできた。

「だが、そんな中でもアンリの母親はファルマンに優しく接していたらしい。それに、小さかったアンリが甘えている姿を見て、昔の自分と母親が重なって見えたことが、今回の結果に繋がったそうだ」

「やはり、母親の愛はすごいのですね」

「そうなのですよ、プリメラ様」

至極真面目な顔をして話していたアビス子爵は、プリメラの言葉を聞いた瞬間に破顔し、俺とアルバートに背を向けた。

「アルバート……ここはプリメラに任せて、出発の準備をしに行こうか」

無視された俺とアルバートはアビス子爵をプリメラに丸投げし、明後日に迫った出発の準備をする為に応接間を離れた。

「まあ、準備といってもするべきことはないけど、お土産くらいは見て回るか」

落ち込み気味だったアルバートを連れて外を回り、土産や食料品を買い求めることおよそ三時間、館に戻った俺たちを待っていたのは、置いてけぼりにされて怒っているプリメラだった。何でも、あのままアビス子爵の話に付き合っているとじいちゃんもやってきて、年寄り二人の話し相手をさせられたそうだ。しかもその中で、セルナさんの結婚式の話からプリメラの結婚の話になり、何故か小さい頃のプリメラの話（恥ずかしい話含む）をアビス子爵に暴露されたらしい。アビス子爵は、自分の話でプリメラの機嫌が悪くなったのを察し、俺たちが帰る前に館を去っていったそうで、じいちゃんもアビス子爵に合わせてどこかへ逃げていったらしい。

二人が逃げたせいで、プリメラは怒りのはけ口を失っていたみたいだが、そんなところへ俺とアルバートがのこのこと帰ってきたせいで怒りが再燃し、しかも倍増してしまったようだ。

「アルバート、もうすぐしたらしばらく会えなくなるんだし、今日くらいは兄妹水入らずで話したらどうだ？　俺は邪魔にならないように、他の皆と挨拶回りに行ってくるからさ」

「えっ！　ちょっ、テンマ！」

「サンガ公爵家のこととか領内のこととか、外部には知られたくない話もあるだろうし、俺たちに遠慮せずに話し合えよ……じゃあな！」

アルバートをプリメラの方に押し出すと、アルバートは反射的に俺の方へ駆け寄ろうとしたが、その前にプリメラに肩を掴まれていた。

「テンマ、早く行こ！」

アルバートがプリメラに捕まってから間髪入れずに、アムールが俺の手を引いて外へと走り出した。それに続くようにカインとリオン、ジャンヌにアウラも、アルバートとプリメラを大きくよけながら外へと飛び出した。

「クリスさんとレニさんは？　まさか、逃げ遅れた？」

外に出て、玄関から見えない所に皆で集まったのだが、そこにはクリスさんとレニさんがいなかった。

「クリスは、部屋に閉じ籠もってシロウマルをモフってる。レニタンは……」

「ここにいますよ」

アムールがレニさんの名前を出した瞬間、近くの茂みからひょっこりと姿を現した。

「あの時、皆さんより少し離れた所におりまして……なので、わざわざあの横を走り抜けるのは失礼かと思い、窓から抜け出してきました」

「じいちゃんは先に逃げて、クリスさんは部屋でトリップ中……というわけで、全員の無事が確認されたわけだ」

「いや、アルバートが捕まったままなんだが……」

「リオン、久々に兄妹でじゃれ合ってるだけなんだから、絶対に邪魔しちゃだめだよ」

「そんなに言うなら、リオンも二人に頼んで交ぜてもらえばいい」

「いや、水入らずのところを邪魔しちゃいけないな！　ほら、さっさと行こうぜ！　ここにいると、二人の邪魔になるかもしれないからな！」

『そんなわけあるか！』と思いつつも、ここに居続けたら何かの拍子に見つかってしまうかもしれないので、リオンの言う通りさっさと街に繰り出すことにした……正門を通らずに、裏口から。

こうして俺たちは、アルバートを犠牲にしてグンジョー市を散策し、買い物や買い食いを楽しんだのだが……

「聞いてください、テンマさん。兄様は本当にひどいんですよ！」

帰ってきて早々に、プリメラに捕まって愚痴を聞かされた。逃げる前に感じていたプリメラの怒りは、全てアルバートにぶつけて霧散したようで、愚痴だけで済んでいるのは幸いだと言えるが……今度は俺の方が怒りをぶつけたくなってきた。カインとかリオンとかアムールとかジャンヌとかアウラとかレニさんとかに……

あの六人、プリメラが声をかけてきた瞬間に、俺を押し出して逃げ出したのだ。しかも、逃げ出すだけならまだしも、女性陣は館を使わせてもらったお礼にとか言って、掃除をしながら俺の様子を観察しているのだ……とか思っていたら、カインとリオンもやってきた。何をする気かと思ったら、じいちゃんを連れてきて、隅の方の席で話をするふりをしながらこっちを見ている。アルバートは疲れて部屋に籠もっているらしく、館に帰ってから一度も見ていない。

「プリメラ、カインとリオンの奢り。これでも飲んで落ち着く」

「ありがとうございます」

アムールがカインとリオンから持っていくよう言われたという飲み物を、プリメラは受け取ってすぐに飲み干した。俺にはないのかと思ったら、アムールがすぐに持ってきたので口にしたところ
……

「酒じゃないか……って！」

慌ててプリメラの方を見ると、アムールにお代わりを要求していた。アムールは、俺のものを持ってくる時にすでに用意していたらしく、俺が止める間もなくお代わりを差し出し、プリメラはお代わりもすぐに飲み干した。そして、さらにお代わりを要求した。

このままでは、酒に飲まれたプリメラに絡まれてしまう！　……と、思ったら、

「すぅ……」

三杯目のお代わりを飲んですぐに、寝息を立て始めた。

「作戦成功！」

「アムール、カイン、リオン……ちょっと来なさい」

三人を呼び、何か怪しい薬でも盛ったのかと詰問したところ、寝つきの良くなるお酒を使用したカクテルを飲ませたと白状した。

「とりあえず、三人のことはサンガ公爵に報告だな。まあ、それはアルバートに任せればいいか。ジャンヌ、アウラ、プリメラを部屋に連れていって、寝かせてやってくれ」

ジャンヌとアウラは不穏な雰囲気を察したのか、すぐにプリメラを両脇から挟むようにして支え、プリメラの部屋へと運んでいった。たぶん、何だかんだ理由をつけて戻ってこないだろう。

三人は、助けを求めるかのように部屋中を見回していたが……先ほどまで、三人と同じように俺とプリメラの様子を窺っていたじいちゃんとレニさんは、いつの間にか部屋から姿を消していた。

「さてと……ちょっと、お話しようか？」

「「「はい……」」」

プリメラが寝入って助かった面もあるが、三人がやったのは犯罪行為と取られてもおかしくない手法だったので、注意だけはしっかりとすることにした。なお、一通り俺とのお話が終わったところで、じいちゃんとレニさんに呼ばれたアルバートとクリスさんがやってきて、三人は追加で怒られることになるのだった。ちなみに、じいちゃんとレニさんにもカクテルの件を問い質してみたが、二人揃って知らぬ存ぜぬを貫かれた為、見逃さざるを得なかった。その代わり一時の間、食事時のお酒と寝る前のお酒を禁止にしたので、レニさんはともかくじいちゃんにはダメージを与えることができた。まあ、じいちゃんは色々と抵抗していたが、連帯責任ということで納得してもらった。


そして出発当日。

「ば～か！」

「ばか、ば～か！」

「ばかばか、ば～か！」

「アウラ、右！　レニタン、左！」

「「はい！」」

出発直前だというのに、三対三のチーム戦が行われていた。グンジョー市に来て何戦目の戦いかはわからないが、俺たちも見送りに来た人たちも気にしないくらいの光景となっていた。

「テンマさん、色々とありがとうございました」

「ネリー、ミリーをカバー！」

「させん！」

「いえ、俺の方こそ大事(おおごと)にしてしまって、申し訳ありません」

「隙あり！」

「お尻がぁああー！」

「確かにすごい結婚式でしたね。できれば、私の時にも来てほしかったです」

「リリー、ミリー、へ～ル～プ～！」

「秘技、エビぞり固め！」

「そこ、うるさい！」

「「「「「「はい……」」」」」」

「あ、相変わらず……賑やかです、よね？」

見送りに来てくれた人たちと話している最中、俺たちの周りでは六人が暴れ回っていたせいで邪魔だったので、少し強めに怒って黙らせた。その様子をすぐ近くで見ていたプリメラは、六人を助けようと口を開いたがいい言葉が思い浮かばなかったようで、中途半端になっていた。

「アムールとアウラはともかく、何でレニさんまで……」

そもそもレニさんは、アムールを教育する為って話だったのに……と考えていると、

「テンマ君の言いたいことはわかるわ……私も気になって問い質したことがあるし」

クリスさんがやってきて、その答えを教えてくれた。何でも、俺に近づく女を遠ざけることも、妻の役目だと教えているとのことだった。

「妻って……」

「まあ、そういう心構えもあるということでしょ。それよりも私としては、アムールを利用して自分が楽しんでいるように見えるのが気になるんだけど……レニの方が逆に、アムールに感化されているってことはないわよね？」

クリスさんの予想は、あり得そうで怖い……が、レニさんに関してはそこまで心配していない。何故なら、レニさんは南部に恋人がいるので、王都に常駐はできないとのことだからだ。まあ、アムールに会う為に、たまに王都まで来ることはあるだろうが、たまになら我慢できる……はずだ。

そんなことを考えながらも、見送りに来てくれた人……プリメラにおかみさんとソレイユちゃん、フルートさんにセルナさんとアンリ、マルクスさんたちと別れの挨拶を済ませていった。ここにおやじさんとギルド長が来ていない理由は、二人とも仕事があり離れることができなかっただけで、事前に挨拶はしているので問題はないが、もう一度おかみさんとフルートさんからよろしく伝えてくれと頼んでおいた。なお、その間もアムールたちは、静かに戦いを続けていた。

「お～い！　そろそろ出発するぞ！」

「しまった！」

「最後のチャンスを逃した！」

「おのれ～……アムール、アウラめ～……」

「ふっ……勝った！」

「完全勝利です！」

「やりましたね、お嬢様！」

どんな理由で勝負していたのか知らないが、アムール側の勝利で終わったようだ。

「それじゃあ、色々とお騒がせしました。でも、また来ますので、その時はまたよろしくお願いします」

こうして俺は、三年前と同じように見送られながら、グンジョー市を離れたのだった。

異世界転生の冒険者⑩／完

あとがき

『異世界転生の冒険者10巻』を手に取っていただき、ありがとうございます。夏よりも何故か日焼けをしている（あとがき執筆時10月前半）作者のケンイチです。

ついにここまで来たかと言う感じの二桁到達ですが、これはかなり運がよかったからだと思います。ずぶの素人で読み専だった自分がパソコンを買い替えたのを機に、ちょっとした好奇心から小説家になろうに書いてみたのが『異世界転生の冒険者』です。そんな軽い感じで描き始めた物語が、まさか書籍化された上に10巻まで続くとは、まったく想像していませんでした。

そんな軽いノリで描き始めた『異世界転生の冒険者』ですが、このタイトルは自分が小説家になろうを読み始めたきっかけが異世界転移もので、そこから異世界転生ものにもはまってそれらのジャンルばかりを読んでいたので、「書くのなら好きなジャンルで」ということで頭に『異世界転生』を入れ、「異世界と言ったら冒険だよな」程度の考えで『の冒険者』をその下に付けました。ちなみに、このタイトルは自分の中ではしばらくの間『(仮)』状態で、もっとしっくりくるタイトルがあれば変更しようかとも思っていたのですが結局思い浮かばず、同名のタイトルが小説家になろうにはなかった（見つからなかった）ので、自然と『（仮）』が取れたという経緯があります。

話が変わりまして10巻の内容ですが、前半が戦闘パート、後半が日常パートとなっております。前半ではついにテンマがククリ村に帰還する話となっており、そこで強力な敵（リッチ）と戦うことになります。このリッチはかなり前から登場させようと思っていた敵キャラで、今後の話にも関わって来るキャラ（予定）となっています。なお、『異世界転生の冒険者』は、1巻でククリ村を舞台にしてテンマが旅立つまでを書き、今回の10巻で帰ってきたという巻数的にキリのいい物語の進行となっているのですが……自分には全くその意図はなく、むしろ全然気にしていなかったので、担当さんに言われるまで気が付きませんでした。もし担当さんに言われなかったら、発売されて誰かに指摘されるまで気が付かなかったことでしょう。

そして後半の日常パートでは、懐かしのキャラクターたちのお祝い事が満載となっております。見方によっては、1巻の舞台であるククリ村でシーリアとリカルドの死を墓という形ではっきりさせたので、2巻の舞台となったグンジョー市で新しい命（キャラ）を出したという感じですね。

最後になりますが、ここまで続くとは思ってもいなかったこの作品が10冊目を迎えることができたのは、『異世界転生の冒険者』を見つけ出してくれた担当さんに、書籍として発売してくださったマッグガーデン様、そして何よりも、応援してくださっている読者の皆様のおかげです。このままちゃんとした形で『異世界転生の冒険者』を終わらせることを最終目標としていきたいと思います。

10巻までのお付き合いありがとうございました。そして、今後も変わらずの応援よろしくお願いします。

ケンイチ

異世界転生の冒険者 ⑩

発行日　2020年11月25日 初版発行

著者 ケンイチ　イラスト ネム

©Kenichi

発行人 保坂嘉弘

発行所 株式会社マッグガーデン

〒102-8019 東京都千代田区五番町 6-2

ホーマットホライゾンビル 5F

編集 TEL：03-3515-3872　FAX：03-3262-5557

営業 TEL：03-3515-3871　FAX：03-3262-3436

印刷所 株式会社廣済堂

装　幀 ガオーワークス

本書は､｢小説家になろう｣(https://syosetu.com/) 作品に､加筆と修正を入れて書籍化したものです。

本書の一部または全部を無断で複製、転載、複写、デジタル化、上演、放送、公衆送信等を行うことは、著作権法上での例外を除き法律で禁じられています。

落丁本・乱丁本はお取り替えいたします（着払いにて弊社営業部までお送りください）。

但し古書店でご購入されたものについてはお取り替えすることはできません。

ISBN978-4-8000-1024-7 C0093

著者へのファンレター・感想等は弊社編集部書籍課「ケンイチ先生」係、「ネム先生」係までお送りください。

本作品はフィクションです。実在の人物・団体・事件等には一切関係ありません。